VI KEELAND

LES BELLES APPARENCES

Traduit de l'anglais (États-Unis)
par Robyn Stella Bligh

Hugo Poche
NEW ROMANCE®

Parfois, nous traçons notre propre chemin.
D'autres fois, le chemin est déjà tracé,
et nous ne pouvons que le suivre.

CHAPITRE 1

RACHEL

Je suis certaine qu'il y a une corrélation scientifique établie entre le fait d'être génétiquement gâté, et celui d'être un enfoiré de première.

J'observe de nouveau celui qui est responsable de l'état d'ébriété avancé de mon amie alors que je fais la queue pour me rendre aux toilettes. Bien évidemment, celles des femmes sont prises d'assaut – seuls les hommes ont le droit de se soulager dès qu'ils le veulent. *Mec Marié* est dans le couloir, occupé à écrire sur son téléphone. Sans doute ment-il à une pauvre femme qui ne se doute de rien. J'étudie ses doigts de plus près et note qu'il ne porte pas d'alliance. *Tu m'étonnes !* Pas évident de faire gober aux nanas qu'on cherche « la femme de ses rêves » quand on porte un anneau qui symbolise son engagement éternel auprès d'une autre.

J'adore Ava, mais à sa place je me méfierais des mecs qui disent ce genre de conneries lors du premier rencard.

Je lève les yeux vers le visage de *Mec Marié* au moment où il lève les siens. Si seulement les regards pouvaient être véritablement assassins… Je le fusille du regard, mais il me répond par un sourire.

Quel enfoiré !

Mais je ne sais pas pourquoi je suis surprise – il pense sans doute que je le mate.

Je sors à mon tour mon téléphone pour me distraire pendant que je patiente, et je consulte mes messages. Hélas, je n'arrive pas à les déchiffrer sans mes lunettes. Je range donc mon portable et attends patiemment tout en sentant son regard sur moi. Néanmoins, l'acte de froncer les sourcils contracte davantage de muscles que celui de sourire, et ce type ne mérite pas la moindre ride.

Lorsque je sors enfin des toilettes, je me lave les mains, manquant de m'ébouillanter puisque le robinet chez *O'Leary* n'offre pas d'autre option de température, et je décide que je suis prête à rentrer. J'ai fini mon service il y a plus d'une heure et Ava est profondément déprimée depuis que *Mec Marié* est arrivé, donc je doute qu'elle insiste pour rester plus longtemps.

Je sors des toilettes lorsqu'une voix grave m'intercepte.

– On se connaît ?

Je me tourne et vois *Mec Marié* adossé contre le mur, comme s'il m'attendait. *Ignore-le, Rachel. Il n'en vaut pas la peine.* Je le regarde droit dans les yeux pour qu'il sache que je l'ai bien entendu, puis je lui fais volte-face et emprunte le couloir pour retourner au bar.

Mais apparemment, il n'a pas compris. Il m'emboîte le pas et commence à parler lorsque je m'arrête brusquement pour lui faire face.

– T'es un vrai connard, tu le sais, ça ? je déclare alors que cet enfoiré a le culot d'être choqué.

– Moi ? Faut croire qu'on se connaît, alors ?

– Je connais les mecs dans ton genre, t'en fais pas.

– Qu'est-ce que c'est censé vouloir dire ?

– Tu crois que parce que t'es canon, t'as le droit de faire du mal aux gens et de t'en tirer avec un simple sourire ? Eh bien, j'espère du fond du cœur que ça se retournera contre toi un jour et que ta jolie petite femme se tapera tout New York avant de te filer une MST qui fera tomber ta grosse queue.

– Écoute, chérie, répond-il en levant les mains en signe de capitulation, je ne sais pas pour qui tu me prends, ni ce que tu penses que ma *grosse queue* t'a fait, mais je crois que tu me confonds avec quelqu'un d'autre.

D'un simple regard, je lui signifie de m'épargner ses bobards.

– Je suis venue avec *Ava*.

– *Aaah, Ava !* Ça explique tout !

– Grrrr… Eh bien, ça devrait !

Cet enfoiré me dégaine un sourire étincelant.

– T'es mignonne, quand tu grognes comme ça.

Ébahie, j'écarquille les yeux en haussant les sourcils.

– Attends, t'es sérieusement en train de me draguer ?

– Ce serait mal n'est-ce pas ? Étant donné… tu sais… mon histoire avec Ava, et tout… ?

– T'as un sacré problème, je déclare avant de tourner les talons.

– Attends, gronde-t-il en saisissant mon poignet pour m'arrêter. Je peux te demander un truc ?

– Quoi ?

– C'est qui, Ava ?

Waouh.

En même temps, je ne devrais sans doute pas être choquée qu'un mec comme lui ne se souvienne pas de toutes les femmes à qui il a menti. Après tout, ça fait *deux semaines* qu'ils n'ont pas couché ensemble.

– Retourne auprès de ta femme, *Owen*.

Sur ce, je le plante dans le couloir et rejoins Ava au bar, où elle noie son chagrin en silence.

– On s'en va ? Je suis fatiguée et je dois me lever tôt demain matin.

Inutile de lui dire que j'ai parlé à Owen, ça ne ferait qu'aggraver la situation. Le plus triste, c'est qu'Ava avait commencé à s'attacher à lui. Ils ne se sont fréquentés que pendant un mois, mais il n'avait pas cessé de lui faire miroiter un futur heureux avec deux enfants et un carlin.

Or il ne mentait pas sur ce point, puisque lorsqu'Ava l'a croisé, il tenait bien la laisse de son chien en se promenant dans le parc avec ses deux petites filles. Ce qu'il avait oublié de dire, c'est que ce joyeux futur inclurait sa femme, qui profitait aussi de la balade familiale en poussant dans son landau leur fils âgé d'à peine un mois.

Ava vacille lorsqu'elle descend de son tabouret.

– Je devrais monter sur le bar et dire à toutes les femmes de se méfier de cet enfoiré, déclare-t-elle.

En temps normal, je lui aurais dit de se lancer. Mais ce soir, vu son état, je suis sûre que ça se terminerait aux urgences.

– Il n'en vaut pas la peine, je réponds en m'emparant de sa veste pour l'aider à l'enfiler.

Mon amie soupire, et rate la manche plusieurs fois avant de réussir à la mettre.

De l'autre côté du bar, Charlie, qui nous a écouté toute la soirée, est en train de servir une pression lorsqu'il la pose brusquement sur le comptoir, renversant de la bière partout.

– Ça suffit maintenant, grogne-t-il. Dorénavant, je veux les noms des mecs que vous fréquentez et je consulterai systématiquement leur casier judiciaire.

Charlie O'Leary est le propriétaire du pub de Brooklyn où Ava et moi travaillons. Et c'est aussi un ancien flic.

– Ok Charlie, je réponds en souriant. Mais sache que ça me donne surtout envie de te donner les noms de tueurs en série, juste pour voir tes oreilles s'empourprer comme à chaque fois que t'es furax, j'ajoute en me penchant par-dessus le bar pour l'embrasser sur la joue. Bonne nuit Charlie.

Notre patron s'éloigne en marmonnant dans sa barbe qu'il est reconnaissant de ne pas avoir dû élever de filles.

– On peut sortir par la porte arrière ? demande Ava. Je ne veux pas passer devant lui.

– Ouais, bien sûr.

Je la prends par le bras pour la soutenir mais, après quelques pas, j'aperçois *Mec Marié* près de l'issue de secours.

– Euh, Ava, on devrait passer par l'avant. Il est à la porte arrière, maintenant.

Elle balaie la salle du regard d'un air concentré.

– Non, il est à l'entrée. Il parle à Sal, le nouveau serveur.

Il faut croire qu'elle est plus saoule que je ne le pensais.

– Ça c'est la porte arrière, Ava, je rétorque en désignant Owen d'un signe de la tête.

– Je sais. Il est à la porte d'entrée.

– Attends, c'est pas Owen, ça ? je demande en fronçant les sourcils. Avec la chemise bleue ?

– J'ai dit que c'était le *beau gosse* avec la chemise bleue, pas le demi-dieu ! ricane-t-elle.

Je tourne la tête vers la porte d'entrée, où je ne vois qu'un mec que je ne connais pas et qui, en effet, parle à Sal.

– Tu dis qu'Owen est en train de parler au nouveau serveur ?

Elle le regarde de nouveau et hoche la tête en soupirant.

– Je devrais dire à Sal de lui en mettre une.

– Ava, le mec qui parle à Sal, en ce moment même… c'est Owen ?

– Oui.

– Il porte une chemise *marron*, Ava. Pas bleue !

Elle l'étudie en plissant les yeux puis elle hausse les épaules.

– Peut-être. J'y vois pas très bien – mes lentilles sont toutes sales à force de pleurer.

Lorsqu'elle m'a dit que son ex venait d'entrer dans le bar, tout à l'heure, et qu'elle a pointé la porte d'entrée du doigt, il n'y avait qu'un type en chemise bleue.

Merde.

J'ai engueulé le mauvais mec.

Hélas, comme je ne peux pas forcer mon amie à passer devant le *vrai* Owen, je n'ai d'autre choix que de ravaler ma fierté. Bien évidemment, le *faux Owen* ne me quitte pas des yeux et me lance un sourire narquois pendant les vingt secondes qu'il nous faut pour atteindre l'issue de secours.

– Bonne nuit, Ava, déclare-t-il à mon amie lorsque nous passons devant lui. Bonne nuit, Tigresse.

La poule mouillée que je suis garde la tête bien haute, ne lui accordant pas le moindre regard jusqu'à ce que nous soyons dehors. Mais Ava n'a pas ma détermination et elle l'observe par-dessus son épaule tandis que je la tire en avant. Elle a beau être ivre et avoir des lentilles de contact sales, elle n'est pas aveugle pour autant.

– Waouh. T'as vu ce mec ? Il a dit mon prénom, non ?

Je regarde en arrière alors que la porte du bar se referme – mais pas avant de voir le *faux Owen* me lancer un sourire mesquin.

– T'entends des voix, Ava.

***

Mon Dieu, je vais être en retard.

Les cours du lundi sont déjà suffisamment affreux lorsque j'ai enchaîné deux services au bar le dimanche, mais pour aggraver la situation, j'ai renversé mon café sur ma chemise lorsque j'ai dû freiner brusquement afin d'éviter un vieux au volant d'une énorme Cadillac. Ce chauffard avait décidé d'emprunter la sortie à gauche… alors qu'il était sur la voix de droite.

La rentrée des classes est toujours un enfer. Le campus grouille de nouveaux étudiants qui restent plantés au milieu de la route, perdus, tandis que d'autres les aident à trouver leur bâtiment. Je klaxonne justement pour en faire partir deux et ils me regardent comme si c'était *moi* qui les dérangeais.

Allez les mecs, on se bouge !

Après avoir fait le tour du parking trois fois, je finis par me garer devant le Nordic Hall, sur un emplacement réservé. Je fouille dans ma boîte à gants, déversant tout son contenu par terre afin de trouver ce que je cherche.

Ah, ça y est.

Je glisse un vieux PV sous mon essuie-glace et file en direction de l'amphi 208. J'ai désespérément envie de faire pipi, mais ça va devoir attendre. Je ne sais que trois choses du professeur West en dehors du fait qu'il travaille au département de composition musicale. La première, c'est qu'il a viré sa dernière chargée de TD parce qu'elle refusait de noter de façon aussi sévère que lui. La deuxième, c'est que depuis une semaine, à chaque fois que je dis à quelqu'un que je suis rattachée à monsieur West, la personne en question grimace d'un air profondément désolé avant de me dire que c'est un enfoiré et qu'il a failli se faire virer il y a quelques années. La dernière, c'est qu'il déteste que les étudiants soient en retard. Apparemment, il ferme même la porte à clé pour que les retardataires ne puissent pas interrompre son cours.

Tout ça n'augure rien de bon pour moi. Hélas, je n'ai pas le choix. J'étais sous la direction de monsieur Clarence jusqu'à il y a trois semaines, lorsqu'il est mort subitement d'une rupture d'anévrisme.

À ce stade, je m'estime chanceuse d'avoir pu trouver un autre poste de chargée de TD puisque sans ça, je ne pourrais plus étudier au conservatoire. Je travaille déjà à plein temps chez *O'Leary* pour payer mon loyer et ce que ma bourse d'études ne finance pas.

Des gouttes de sueur coulent dans mon décolleté lorsque j'arrive à l'amphithéâtre. La porte est fermée et j'en profite pour essayer de me rendre présentable, lissant mes boucles brunes autant que possible alors que l'humidité ne joue pas en ma faveur. Inutile de me battre contre la tache qui couvre mon sein droit – je me contente de la cacher sous mon classeur en cuir. Je compte ensuite jusqu'à trois, prends une profonde inspiration, et saisis la poignée.

C'est fermé à clé. *Merde !*

Qu'est-ce que je fais, maintenant ? Je regarde l'heure sur mon téléphone et constate que je n'ai que huit minutes de retard. C'est le premier jour de la rentrée, mais j'entends déjà le prof donner son cours. Est-ce que je dois frapper à la porte et l'interrompre, sachant qu'il déteste ça ? Ou est-ce qu'il vaut mieux que je ne me présente pas alors que c'est mon premier jour à ce poste ?

Être en retard est le moindre mal, il me semble.

En tout cas, c'est ce que je pensais.

Je frappe à la porte plusieurs fois en espérant qu'un étudiant assis au fond l'entendra et que je pourrai me glisser à l'intérieur sans me faire remarquer.

La voix grave du professeur se tait alors que la porte s'ouvre lentement et que je découvre que je suis tout en haut de la salle, surplombant l'estrade du prof en contrebas. Par chance, il est dos à l'assemblée, écrivant au tableau, lorsque j'entre sur la pointe des pieds.

– Merci, je chuchote en m'installant sur le siège le plus proche et en soupirant, soulagée.

Mais peut-être était-ce un peu prématuré, car le professeur reprend la parole sans pour autant se retourner.

– Qui est arrivé en retard ?

Argh.

Je n'ai qu'une envie : m'enfoncer dans mon siège et faire comme si ce n'était pas moi. Or je suis la chargée de TD, pas une simple étudiante. Il faut que la classe me respecte étant donné que je vais lui faire cours de temps en temps.

– C'est moi, monsieur West, je réponds après m'être raclé la gorge.

Il rebouche son feutre et se tourne vers la salle.

Je cligne plusieurs fois des yeux, persuadée que mon cerveau me joue des tours. Je plonge ma main dans mon sac pour en sortir mes lunettes – alors que j'y vois parfaitement bien de loin – comme si cela pouvait transformer le prof en quelqu'un d'autre.

Mais ce n'est pas quelqu'un d'autre. Ça ne fait aucun doute. Il a le genre de visage qu'on n'oublie pas facilement.

Un visage superbe.

C'est *lui*.

Merde !

C'est vraiment *lui !*

Je suis foutue.

Le prof balaie l'amphi du regard, étudiant les deux cents élèves sans trouver celui qui a répondu. Peut-être qu'il laissera tomber et qu'il expliquera à tout le monde qu'il ne tolère aucun retard ?

Bien évidemment, je n'ai pas cette chance. En fait, j'en ai rarement.

– Levez-vous. Que la retardataire se lève, s'il vous plaît.

Oh mon Dieu !

Je me lève lentement, difficilement, écrasée par le poids des vingt-cinq mille dollars que me coûtent mes études. Mais il attend, je ne peux pas y couper. C'est la rentrée, et j'ai déjà des ennuis.

Je retiens mon souffle une fois debout, espérant qu'il ne me reconnaîtra pas. Peut-être qu'il avait trop bu et qu'il ne se rappelle même pas notre échange ?

– Je ne tolérerai aucun retard. Ça interrompt mon cours.

– Je comprends.

Les projecteurs l'éclairent comme un acteur sur scène, l'empêchant de distinguer correctement les rangs les plus élevés de la salle. Il protège ses yeux avec sa main pour mieux y voir, mais je suis à presque cinquante mètres de lui. Toutefois, lorsque nos regards se croisent, ils ne se quittent plus, comme si nous étions seuls dans l'amphithéâtre.

Je vois l'instant où il me reconnaît. Tout semble se dérouler au ralenti. Un sourire s'étend sur son beau visage, mais ce n'est pas un sourire heureux. Ça me fait plutôt penser à un chien qui vient de piéger un chaton dans un coin et qui est sur le point de s'amuser avec.

Je déglutis et prends mon courage à deux mains.

– Ça ne se reproduira plus, monsieur West. Je suis Rachel Martin, votre chargée de TD.

CHAPITRE 2

RACHEL

Tout le monde est parti sauf moi. Je ne sais même pas s'il voit que je suis encore là. Si c'est le cas, il cache bien son jeu, puisqu'il m'ignore habilement en rangeant ses affaires.

– Contrairement aux rumeurs que vous avez sans doute entendues, je ne mords pas, déclare-t-il, me faisant sursauter.

Maintenant que la salle est vide, sa voix de baryton résonne sur les murs.

Je me lève et entame ma *walk of shame* jusqu'à l'estrade en contrebas. Je sais, bien évidemment, que je lui devrais des excuses même si ce n'était pas mon prof et mon boss pour les quinze prochaines semaines. Je m'en veux de ne pas m'être excusée auprès de lui en partant du bar. En ne le faisant que maintenant, il pensera que je le fais seulement à cause du revirement de situation.

C'est vrai, bien sûr, mais je ne veux pas qu'il le sache.

Je prends une profonde inspiration avant de me lancer.

– Je suis désolée pour hier soir.

Son visage est impassible, indéchiffrable.

– J'imagine bien, oui, maintenant que vous savez qui je suis.

– Vous aurez deviné que je vous ai pris pour quelqu'un d'autre.

– En effet. Vous pensiez que j'étais le connard. Celui avec la grosse queue, c'est ça ?

Je ferme brièvement les yeux, morte de honte. Cela fait une heure et demie que je repasse notre échange dans ma tête. Je pensais m'être souvenue de tout, mais j'avais omis ce détail, contrairement à lui. Lorsque je rouvre les yeux, il me dévisage avec une intensité gênante.

– Ma copine Ava est sortie avec un certain Owen pendant environ un mois, j'explique au professeur West à toute allure. Il lui a menti dès le premier jour, mais elle n'y a vu que du feu. Sans rire, il l'a accostée au bar, un soir, en lui disant « Ça te gêne si je te raccompagne chez toi ? Ma mère m'a toujours dit de suivre mes rêves ». Elle est immédiatement tombée sous son charme. Puis, un samedi, alors qu'il était censé être en voyage d'affaires, elle faisait quelques courses et elle a pris un raccourci à travers le Madison Square Park. Elle est tombée sur lui. Il était avec sa femme et ses enfants.

– Et vous avez pensé que j'étais ce mec ?

Je hoche la tête.

– Elle est arrivée au bar pendant mon service et elle a enchaîné les cocktails. Quand Owen est entré, elle l'a pointé du doigt en me disant que c'était celui avec la chemise bleue.

– Et on avait tous les deux des chemises bleues, c'est ça ?

Je ne peux me retenir de sourire en repensant à l'état d'Ava hier soir.

– Eh bien… non. Ava n'a pas l'habitude de boire. Apparemment elle était plus saoule que je ne le pensais. Owen portait une chemise marron, même pas noire, qu'elle aurait pu confondre avec du bleu marine.

Sa bouche tressaute, comme s'il réprimait un sourire.

– Bref, je suis vraiment désolée. Je ne vous ai pas laissé le temps de parler, et quand j'ai compris mon erreur, j'avais tellement honte que je ne me suis même pas arrêtée pour m'excuser.

– J'accepte vos excuses pour hier soir. Même si je pense que vous ne devriez pas engueuler un inconnu quand vous êtes toute seule, vos intentions étaient bonnes.

Je sais que je devrais me taire et être soulagée qu'il ait accepté mes excuses. Mais…

– Pourquoi je ne devrais pas parler à un inconnu ?

– Parce que vous êtes minuscule, que le bar était bruyant, et que personne ne vous aurait entendue crier si je vous avais traînée dans les toilettes pour hommes, répond-il en plongeant son regard dans le mien.

– Je sais me défendre, je rétorque en croisant les bras.

– Je n'en doute pas. Je dis simplement que vous ne devriez pas tenter le diable.

– Mais vous insinuez que je ne suis pas capable de me défendre.

Il referme sa sacoche en cuir en soupirant.

– Mademoiselle Martin, je viens d'accepter vos excuses après que vous m'avez traité de connard. Souhaitez-vous que je change d'avis ?

Mon Dieu, quelle idiote je suis ! Apparemment, je me transforme en psychopathe quand je suis en présence de ce type.

– Non, pardon. Je me suis comportée comme une garce et j'aimerais reprendre à zéro, si c'est possible.

– Tout ce qu'il s'est passé avant ce matin est oublié.

– Merci.

– Mais pas ce matin. Je ne tolérerai aucun retard. Que ça ne se reproduise plus.

– Promis.

Il hisse sa vieille sacoche en cuir sur son épaule et me regarde d'un air sérieux.

– Venez me voir à dix-sept heures, demain. On passera en revue le programme du semestre ainsi que les cours que vous enseignerez, et je vous expliquerai mon barème de notation.

C'est en plein milieu de mon service au bar, mais je me débrouillerai.

– Ok.

– Vous avez fini pour la journée ?

– Oui. D'ailleurs il faut que j'aille au travail. Je dois remplacer Ava qui ne se sent pas bien après sa cuite d'hier soir. On travaille toutes les deux chez *O'Leary*.

– Vous êtes serveuse ?

– Serveuse, barmaid, donneuse de leçons auprès d'inconnus…

Le professeur West sourit jusqu'aux oreilles et je me surprends à espérer que ça arrivera plus souvent. Or il vaut sans doute mieux pour moi qu'il ne sourie plus jamais.

– Je vous raccompagne.

Nous longeons les couloirs du bâtiment et traversons le parking jusqu'à ma voiture.

– Je m'arrête ici. Donc… dix-sept heures, demain ?

Il regarde ma vieille Subaru cabossée en fronçant les sourcils.

– Vous vous êtes garée sur l'emplacement réservé au doyen de la fac. Vous avez eu un PV. D'ailleurs, ajoute-t-il en étudiant le pare-brise de plus près, vous avez deux PV.

Merde.

– Euh… en fait, je garde toujours un vieux PV dans ma boîte à gants pour le mettre sous l'essuie-glace quand je n'ai d'autre choix que de me garer de façon illégale.

– Ingénieux, déclare-t-il en haussant les sourcils.

– À l'évidence, ça ne marche pas tout le temps.

– En effet…

– Il faudrait un parking plus grand. Quand on arrive en retard il n'y a nulle part où se garer.

– Alors si je comprends bien, être en retard est une habitude, chez vous ?

– Hélas, oui.

– Dans ce cas, je me dois de clarifier ce que j'ai dit tout à l'heure.

– Non, non, c'est inutile. Je serai ponctuelle.

Il fait un pas vers moi et se penche légèrement en avant.

– Je suis ravi de l'entendre, mademoiselle Martin. Mais ce n'est pas ça que je voulais clarifier.

Je déglutis. *Mon Dieu, il sent tellement bon !*

– Tout à l'heure, j'ai dit que je ne mordais pas les étudiants, gronde-t-il en me lançant un sourire machiavélique qui me fait frissonner de plaisir. Et c'est vrai. Mais je ne promets rien lorsqu'il s'agit de mes chargées de TD.

***

Certaines filles avaient des pères qui lustraient leur carabine quand des mecs venaient les chercher chez elles. Moi, j'ai Charlie. Même si ça fait dix ans qu'il est interdit de fumer dans les bars et restaurants de New York, Charlie s'en grille toujours une derrière le comptoir. En même temps, qui va venir verbaliser un ancien flic de son gabarit ?

– Alors, c'est qui le mec que tu vois ce soir ? me demande-t-il en extirpant sa batte de baseball de dessous le bar. Je vais garder ça à portée de main pour qu'il la voie quand il arrive.

J'éclate de rire en prenant mon plateau.

– Ça va aller, Charlie. C'est un comptable de trente-deux ans qui habite dans l'Upper East Side.

– Ça ne veut rien dire. L'habit ne fait pas le moine, ma belle.

Je ne sais même pas pourquoi j'ai décidé d'accepter ce rencard. Depuis que Davis m'a quittée, il y a huit mois, je ne suis sortie avec personne. Après tout, je n'ai pas de temps à consacrer à une relation amoureuse et encore moins l'énergie. Et c'est sans parler du fait qu'en matière de mecs, je n'ai pas un super passif. En fait, si j'en suis là ce soir, c'est par amitié pour Ava. L' hiver dernier, le jour de ses vingt-cinq ans, elle s'est séparée du mec avec qui elle était depuis sept ans. Je l'ai regardée déprimer pendant des mois et je l'ai finalement convaincue de s'inscrire sur un de ces sites de rencontres. Je me suis inscrite par solidarité, même si je n'avais pas la moindre intention de donner suite.

Vous parlez d'une bonne idée, c'est là qu'elle a rencontré Owen ! Avec une amie comme moi pour lui remonter le moral, ce n'est qu'une question de temps d'ici à ce qu'elle soit sous antidépresseurs.

J'apporte les boissons à ma table et prends la commande à la huit, même si mon service est terminé. En gros, je repousse le moment où je vais devoir aller me préparer pour mon rencard. Chez *O'Leary*, on arrête le service en salle quand on veut après vingt heures. Le dicton de Charlie, pour tous ceux à qui ça ne plaît pas, est : « Y a un snack-bar en bas de la rue. Ne claquez pas la porte en sortant. »

J'enlève mon uniforme et me passe de l'eau sur le visage avant de mettre du mascara et un peu de gloss. J'étudie le résultat dans le miroir, ravie d'avoir hérité de la peau claire de ma mère qui me permet de ne jamais avoir à beaucoup me maquiller. J'envisage un instant de souligner mes yeux verts avec de l'eye-liner, puis je change d'avis. *Ça fera l'affaire*. Sans doute devrais-je faire plus d'efforts pour un premier rendez-vous, mais tant pis.

Après nos premiers échanges, Mason m'a semblé suffisamment sympa pour que je continue à lui parler durant quelques semaines. Après tout, il semble répondre à tous les critères que je cherche chez un mec : il a un métier stable, il est poli, il a plus de trente ans mais pas encore la quarantaine, il n'a jamais écrit « truc de ouf » ou « déso » dans nos échanges, il est plutôt beau, et il prend soin de lui. Je devrais être plus enthousiaste. Ça fait longtemps que c'est fini avec Davis et il est temps de tourner la page.

J'aperçois Mason avant qu'il ne m'ait vue. Je sors de la remise où je suis allée chercher deux bouteilles de tequila pour Charlie quand je le vois parcourir la salle du regard. Il est identique à ses photos – c'est un plus. Peut-être est-il un peu plus maigre que je m'y attendais, mais rien de catastrophique. Il est de taille et de carrure moyennes, plutôt beau, même s'il n'est pas canon au point de me faire frémir de plaisir. Il porte une chemise bleue, me faisant penser à monsieur West ce qui, étrangement, me fait frissonner de la tête aux pieds.

« *Je ne promets rien lorsqu'il s'agit de mes chargées de TD.* »

Je secoue la tête pour me ressaisir et prends une grande inspiration avant de rejoindre Mason.

***

Vous connaissez ce sentiment qui s'empare de vous quand vous pensez goûter à quelque chose, et que finalement ça n'a rien à voir ? Ce n'est pas que vous n'aimez pas ce que vous découvrez, c'est juste que vous vous attendiez à autre chose – comme une eau gazeuse à la place d'une eau plate.

Mason est plein de bulles alors que je m'étais préparée à de l'eau du robinet. Peut-être est-ce le terme « comptable » qui m'a induite en erreur. En tout cas, il est plus confiant et dragueur que je ne le pensais.

– T'es vraiment superbe. Je m'y attendais, vu ta photo de profil, mais on n'y voit que ta tête. Je ne m'attendais pas à ce que tu ressembles à Megan Fox de la tête aux pieds.

– Euh, merci… je crois.

Ça a beau être un compliment, je n'aime pas sa façon de me regarder. On est allés dîner en bas de la rue et on est revenus boire un verre chez *O'Leary*. Ses yeux s'attardent trop longtemps sur mon corps tandis qu'il entame son quatrième whisky-Coca et un signal d'alarme retentit dans ma tête. Quatre verres d'alcool fort lors d'un premier rencard ? Chaque verre le rend plus téméraire et ça me plaît de moins en moins.

– T'as dit que t'étais cent pour cent Italienne, c'est ça ?

– Non, j'ai des origines allemandes, aussi.

Il se penche et pose sa main sur mon genou.

– Et que dirais-tu d'avoir un peu plus d'Allemagne en toi, ce soir ?

Beurk. Je suis sur le point de dire à cet abruti qu'il va devoir se divertir tout seul quand Charlie débarque *avec sa batte.* Il la pose sur le comptoir, entre nous, faisant sursauter Mason.

– Tout va bien ? Ma puce n'a pas l'air ravie, gronde-t-il.

Je n'ai pas envie d'en faire tout un plat. Je veux juste que ce rencard se termine.

– C'est ton père ? demande Mason.

Je l'ignore et m'adresse à Charlie.

– Tout va bien. On allait partir, de toute façon.

L'abruti me comprend mal, vidant son verre d'un trait en se levant.

– On va chez toi, ou chez moi ?

– Toi tu vas chez toi, et moi chez moi, je rétorque.

Il essaie de m'attraper le bras, mais je fais un pas en arrière.

– Rentre chez toi, Mason, avant que Charlie ne te fasse faire plus ample connaissance avec sa batte.

Comprenant qu'il ne va pas baiser ce soir, Mason paie l'addition et s'en va sans un mot.

– Le prix du whisky-Coca a augmenté ? je demande à Charlie en souriant.

– C'est la taxe connard.

J'éclate de rire et m'installe de nouveau sur le tabouret, décidant de parler à Charlie pour ne pas risquer de revoir Mason dehors.

– Je déteste les premiers rendez-vous, je soupire. C'est pour ça que je ne fais jamais ça.

– Je suis content que ça ait été différent à mon époque, sinon je n'aurais jamais rencontré Audrey.

La femme de Charlie est décédée il y a une dizaine d'années d'une crise cardiaque, alors qu'elle avait tout juste cinquante ans.

– Comment vous êtes-vous rencontrés ?

– À l'ancienne, au supermarché.

– C'est chou ! Vos chariots se sont rentrés dedans, comme dans les films ?

– Plus ou moins. Audrey choisissait des aubergines au rayon fruits et légumes et elle a mis ses courses dans le mauvais chariot. Elle était en direction des caisses quand elle s'en est rendu compte. Quand elle est partie à la recherche de son chariot, elle a remarqué la liste de courses dans celui qu'elle avait pris par erreur.

– Elle avait pris le tien ?

– Ouais. Elle m'a rendu la liste en me disant : « Je ne voudrais pas que vous oubliiez un élément important de votre liste. »

– Qu'est-ce qu'il y avait sur ta liste ?

Charlie hausse les épaules en souriant.

– J'avais écrit « fromage et autres merdes ».

– Sérieux ? « Fromage et autres merdes » ? T'avais même pas listé les autres merdes ?

– Le seul truc que je ne voulais pas oublier, c'était le fromage. J'aime manger une tranche de cheddar avant de me coucher. Le reste était sans importance. Bref. Audrey m'a souri, et mon cœur s'est aussitôt emballé. J'ai cru tomber dans les pommes, comme les femmes dans les vieux films. J'avais jamais connu ça. J'ai dû m'asseoir dans le rayon, au milieu des aubergines, pour reprendre mon souffle. Ce jour-là, je n'ai pas ramené que du fromage à la maison.

– Peut-être que je devrais aller au supermarché plus souvent. Je ne crois pas que les sites de rencontres soient faits pour moi.

– J'ai jamais essayé, mais ça me semble débile. Ça te force à dresser la liste des qualités que tu veux chez ton partenaire et à chercher quelqu'un qui les aura toutes. Alors qu'en réalité, peu importe les qualités que tu cherches. Quand tu trouves la bonne personne, ton cœur te le dit tout de suite, déclare Charlie avant de me lancer un clin d'œil. Ton cœur, et d'autres parties de ton corps.

CHAPITRE 3

RACHEL

Je ne suis pas en retard – je suis *méga* en retard.

J'ai également besoin d'une bonne douche, d'un mécano, d'une bouteille de vin, et sans doute d'un nouveau job – mais pas forcément dans cet ordre. Le pire, c'est que j'avais une demi-heure d'avance alors que je n'étais qu'à quatre rues de la fac. J'avais largement le temps de trouver une place de parking, et j'aurais quand même eu quinze minutes d'avance à mon rendez-vous, prouvant à Monsieur Ponctualité que j'étais capable d'être à l'heure. C'est alors que… là, c'est la cata. J'ai entendu un gros *boum* suivi d'un *pchiiiit.* J'ai essayé de l'ignorer et de poursuivre ma route, mais j'ai finalement été obligée de m'arrêter sur le bas-côté.

L'horreur. Cependant, j'avais le temps, et Davis, mon ex-copain/coloc – ou je ne sais quoi – m'a appris à changer un pneu. Tout était nickel… au début. J'ai dégainé mon cric, j'ai soulevé ma voiture comme une pro, et je me suis attaquée à mon pneu crevé. Tout se passait très bien jusqu'à ce que j'arrive au dernier écrou qui, bien sûr, était bloqué. *Vraiment bloqué*. J'ai appuyé sur la clé en croix avec mon pied, sans succès. J'ai alors eu l'idée brillante de mettre *tout* mon poids dessus. J'ai donc sauté sur la clé, espérant que la pression soudaine ferait bouger l'écrou. Bien sûr, au lieu de ça, la clé a glissé, rebondissant par terre pour me frapper en plein dans le tibia.

J'ai désormais vingt minutes de retard, ma jambe me fait un mal de chien, et j'ai dû aller jusqu'à la fac en boitant par trente degrés alors que je pue le cambouis. Mon seul espoir est que le prof aura également eu une crevaison et qu'il sera en retard. Il y a peu de chances, je le sais, mais je dois me raccrocher à quelque chose si je ne veux pas m'effondrer au beau milieu du couloir.

Lorsque j'arrive enfin à l'amphi, je regarde par l'entrebâillement et vois que, bien sûr, West est assis à son bureau. J'inspire profondément, prends mon courage à deux mains, et pousse la porte.

– Avant que vous disiez quoi que ce soit, j'avais trente minutes d'avance. Je vous le jure.

Il lève la tête de son agenda et je découvre qu'il porte des lunettes. *Merde. Ça le rend encore plus sexy*. Je suis devenue tarée, ou même sa mine renfrognée est canon ?

– Et que s'est-il passé aujourd'hui, mademoiselle Martin ? Vous vous êtes laissée distraire entre votre stationnement illégal et ma salle de classe ? Vous vous êtes arrêtée pour jouer dans la boue, peut-être ?

– Je vous demande pardon ?

Il me regarde de la tête aux pieds avant de répondre.

– Vous êtes couverte de boue.

Je porte aussitôt ma main à ma joue pour l'essuyer.

– Ah, ce n'est pas de la boue, c'est du cambouis.

– Voilà qui est mieux…

– J'ai crevé en venant, je réponds simplement.

Je ne sais absolument pas où se situe le cambouis, mais je suis stressée et je frotte divers endroits de ma figure tout en expliquant ce qui m'est arrivé.

– L'écrou était bloqué. Je n'ai pas réussi à l'enlever. J'ai essayé de…

– Mademoiselle Martin, gronde-t-il. Cessez tout de suite.

– Mais c'est vrai ! J'ai vraiment essayé d'être à l'heure. J'avais plein de temps devant moi et *boum,* j'ai crevé. Ce n'est pas de ma faute, cette fois.

– Je ne faisais pas référence à vos excuses. Je vous disais de cesser de frotter votre visage. Regardez vos mains.

Merde. Elles sont couvertes d'huile de moteur.

Le prof sort des mouchoirs de son tiroir et me les tend.

– Votre visage est couvert de cambouis. Vous devriez aller aux toilettes pour vous débarbouiller.

– Vous serez toujours là à mon retour ?

– Oui, Rachel, répond-il en souriant. Je vous attends. C'est notre truc, apparemment.

Lorsque j'ai fini de me laver les mains et le visage, j'envisage d'essayer d'enlever la grosse tache sur ma chemise, mais je décide que ce serait en vain. Pour l'instant, je n'ai vu mon nouveau boss que trois fois. La première fois, je l'ai engueulé. La seconde, j'ai interrompu son cours en me présentant avec une chemise couverte de café, et la troisième, je l'ai fait attendre vingt minutes avant de me pointer couverte de cambouis. De mieux en mieux.

Lorsque je reviens dans la salle, West a déjà remballé ses affaires.

– Je suis vraiment navrée. Vous avez cours ?

– Non, mais il va bientôt faire nuit donc il vaudrait mieux qu'on s'active.

Nuit ?

– Euh, d'accord. On peut fixer un autre rendez-vous ? Je peux venir avant le cours, demain, pour que vous me disiez ce que vous attendez de moi ?

– Non, on va le faire ce soir, répond-il en posant sa main dans mon dos pour me guider vers l'escalier. Vous ne travaillez pas au bar, si ?

– Non, j'ai posé ma soirée.

– Il n'y a pas d'autres cours dans cette salle, ce soir. On reviendra quand on aura fini.

– Quand on aura fini… ?

– Avec votre voiture. Je vais changer votre roue et vous accompagner au garage. Ensuite, on reviendra pour parler du semestre à venir.

– Vous allez changer ma roue ?

– Je ne vais pas vous laisser comme ça, Rachel.

– Vous n'êtes pas obligé de faire ça, monsieur West.

– Bien sûr que si. Et appelez-moi Caine, s'il vous plaît.

***

Les muscles de Caine sont en parfaite adéquation avec son visage. *Superbes*. Il enlève sa chemise blanche et, vêtu d'un t-shirt blanc au coton très fin, il se démène contre l'écrou pendant que je mate les muscles de ses bras, bavant un peu plus à chaque fois que ses biceps se bandent. Ses bras sont bronzés et parcourus par une petite veine qui gonfle à chacun de ses mouvements. J'ai l'impression d'avoir ma propre chaîne porno pour fétichistes des bras. Je m'en veux presque de le mater mais… Mon Dieu, quelle vue !

Lorsqu'il a enfin enlevé le pneu crevé, il le soulève pour le mettre dans mon coffre et son t-shirt remonte légèrement, révélant le V délicieux sous ses abdos divins. J'ai mortellement envie de tendre la main pour caresser son ventre et suivre la ligne de poils qui naît sous son nombril et disparaît sous l'élastique de son boxer noir, et j'ai un mal fou à me retenir.

Il dépose le pneu dans mon coffre et le remplace par la roue de secours.

– Tu devrais vérifier que ta roue de secours est gonflée comme il faut, dit-il en resserrant les écrous. C'est dangereux de rouler sur un pneu dégonflé. L'équilibre est précaire et si tu as un accident, ta voiture a plus de risques de se retourner.

Il me jette des coups d'œil de temps en temps et je suis à deux doigts de me faire surprendre en train de le mater. Il faut vraiment que je trouve une autre distraction et je décide de consulter mon téléphone pour trouver le garage le plus proche.

Le soleil se couche lorsqu'il range la clé en croix dans le coffre et le referme. Il fait un peu moins chaud, mais l'air est encore humide. Caine transpire, et son t-shirt est ruiné.

– Je crois que je vous dois un t-shirt, je déclare en regardant les traces de cambouis qui le couvrent.

– À ce stade, je crois qu'on peut se tutoyer, non ? Puis, foutu pour foutu…, répond-il avant d'essuyer ses mains sur son t-shirt et de l'enlever.

Je crois que je suis littéralement bouche bée en découvrant son torse. Je ne sais pas s'il me voit le reluquer puisque je suis incapable d'arracher mes yeux de ses abdos. Il éponge son visage en sueur avec le t-shirt, puis il continue d'essuyer ses mains. De mon côté, je commence à transpirer alors que je n'ai pas fait le moindre effort.

– Tu sais où est le garage le plus proche ?

– Euh… C'est à trois rues d'ici.

– J'enfile ma chemise et je te suis.

Dommage.

– Ça marche. Merci.

Je m'assois dans ma voiture, contente d'avoir le temps de me ressaisir avant de reprendre le volant. Ça fait combien de temps que je n'ai pas couché avec quelqu'un ? Huit mois ? Bon sang, j'aurais dû suivre Mason hier soir, histoire de satisfaire ma libido. Il me suffit de voir des abdos pour mouiller ? J'ai l'impression d'avoir dix-sept ans !

Lorsque nous arrivons au garage pour y déposer mon pneu, il est presque dix-neuf heures trente et ils m'annoncent que je ne pourrai le récupérer que demain matin. Caine reste à mes côtés et, quand le mécano essaie de me vendre le pneu le plus cher du garage, il s'occupe même d'en choisir un qui est dans mes moyens.

– J'ai l'impression d'être un disque rayé, je dis à Caine une fois qu'on est installés dans sa voiture. Je passe mon temps à m'excuser ou à te remercier.

– Y a pas de problème. Tu es toujours motivée pour parler du semestre à venir ? demande-t-il en regardant sa montre. Il est tard. Je peux te ramener chez toi si tu es fatiguée.

– Je suis plutôt du soir, ne t'en fais pas. C'est le matin que j'ai du mal.

– Ok, ça marche, répond-il en hochant la tête.

Il est sur le point de démarrer quand mon ventre émet un gargouillis tonitruant qui résonne dans toute la voiture. Inutile de faire comme si ce n'était pas moi.

– Et si on parlait du semestre autour d'un repas ? demande Caine en souriant.

Je suis morte de faim. Je pensais manger avant de partir du pub, mais il y a eu du monde, et je n'ai pas voulu m'arrêter en route pour ne pas risquer d'être en retard. Rien ne s'est passé comme prévu, aujourd'hui.

– Ce serait super.

– De quoi as-tu envie ? demande-t-il en démarrant.

– Je ne suis pas difficile. Je te laisse choisir.

– Un burger, ça te dit ? Tu aimes la viande ?

Heureusement, la pénombre cache mes joues cramoisies.

– Euh… oui. J'aime la viande.

Et apparemment, c'est justement ce dont mon corps et mon cerveau ont envie quand je suis avec Caine.

CHAPITRE 4

RACHEL

– Au fait, ce n'était pas de la drague quand je t'ai demandé si on se connaissait, au bar. J'ai l'impression de t'avoir déjà vue, dit Caine en buvant une gorgée de bière.

J'ai été surprise qu'il commande une pression. Je m'attendais à ce qu'il boive quelque chose de plus chic – un vin liquoreux, ou peut-être un cognac. Maintenant que je le vois avec une bière, ça change l'idée que je me fais de lui. Ou peut-être que c'est juste parce que j'ai bavé devant ses abdos.

– On s'est sans doute croisés sur le campus de la fac, je réponds.

Cela dit, je suis certaine de ne l'avoir jamais vu. Je n'aurais pas oublié un mec avec un tel physique.

– Peut-être.

– Tu vas souvent chez *O'Leary* ?

– L'autre soir était ma première fois. Je m'y suis arrêté en rentrant de chez un ami qui a emménagé à quelques rues de là.

– Ok. Eh bien en gros, je suis soit au pub, soit sur le campus, soit chez moi pour dormir ou étudier. Je n'ai pas le temps pour autre chose, ces temps-ci, je réponds en souriant. Et ce n'est pas près de changer. D'après le magazine *People*, mon année va être centrée autour du travail, pas des loisirs.

– Ah ouais ? Le magazine *People* ? C'est clairement une source fiable.

– Je suis d'accord. Il a quand même fallu que je réponde à *cinq* questions pour avoir ce résultat, donc c'est on ne peut plus scientifique. Une seule erreur aurait pu me prédire une horrible année d'aventures ou de découvertes de moi-même.

Caine glousse doucement.

– Eh bien, essaie quand même de t'amuser un peu. La vie peut être sacrément ennuyeuse si on ne fait que travailler.

– L'ennui ne me dérange pas. J'ai pris ma retraite, pour ce qui est des aventures.

– Ta retraite ? T'as quel âge ? Vingt-deux, vingt-trois ans ?

– Vingt-cinq, je réponds en haussant les épaules. J'ai eu mon quota de frissons durant mon adolescence. J'étais hors de contrôle. J'essaie juste de mener ma vie d'adulte. Ça me convient parfaitement.

– Hors de contrôle, tu dis ? répète Caine en se frottant le menton. C'est-à-dire ?

– Ah non, Monsieur le professeur. Je t'ai déjà fait suffisamment mauvaise impression comme ça. Je vais attendre de t'avoir prouvé combien je suis intelligente et talentueuse avant de confier toutes les bêtises que j'ai pu faire.

Pour la première fois depuis notre rencontre, Caine m'offre un sourire sans réserve. Il recule sur la banquette et tend son bras sur le dossier.

– Ok. Alors parle-moi de toi et de ta musique. Comme ça, j'en saurai davantage sur ton intelligence et ton talent, et ça m'aidera à choisir quels cours tu enseigneras.

– Qu'est-ce que tu veux savoir ?

– Pourquoi la musique ?

– Tu veux dire pourquoi j'ai choisi d'étudier la musique ?

– Non. J'imagine bien que tu as choisi de l'étudier parce que tu aimes ça. Ce qui m'intéresse, c'est *pourquoi* tu aimes la musique ?

– C'est une question un peu vague, ce n'est pas évident d'y répondre en quelques phrases.

– Essaie. Il n'y a pas de bonne ou de mauvaise réponse.

– Ok, je réponds avant de réfléchir plusieurs minutes. Parce que la musique exprime tout ce que les gens sont incapables de dire mais qui est impossible à taire.

Il ne répond pas immédiatement.

– Tu chantes, ou joues d'un instrument ? demande-t-il enfin.

Je souris, car ma réponse à cette question perturbe toujours les gens.

– Non et non. Je ne chante pas faux, mais je suis loin d'avoir une belle voix. Et je peux jouer de plusieurs instruments, sans être particulièrement douée pour ça.

Quatre-vingt-cinq pour cent des étudiants en musique chantent, jouent de la guitare, ou du piano. Les quinze pour cent restants sont soit batteurs, soit saxophonistes. Je suis l'exception.

– Je n'entends pas ça très souvent, dans mes cours.

– Je sais. Je me débrouille avec quelques instruments, mais je ne veux pas être musicienne ou rockstar. Je me spécialise en thérapie musicale.

La serveuse nous apporte alors des assiettes avec d'énormes burgers. J'espérais que ça permettrait de changer de sujet, mais apparemment Caine profite du silence pour analyser le peu qu'il sait de moi.

– Je suppose que la même raison se cache derrière ton besoin de t'exprimer grâce à la musique ainsi que derrière ton adolescence difficile, dit-il simplement.

– Est-ce que je suis transparente à ce point, ou c'est toi qui es doué pour analyser les gens ?

– Ni l'un ni l'autre, répond-il en plongeant son regard dans le mien. Disons juste que je comprends.

– Et toi ? Tu voulais être une rockstar ?

– Quelque chose comme ça.

Je souris jusqu'aux oreilles avant de mordre dans mon burger.

– Waouh. Merci pour ta confiance. T'es un vrai livre ouvert.

Caine éclate de rire.

– T'es toujours aussi insolente ?

– Et toi, t'évites toujours de répondre aux questions personnelles ?

Il me dévisage pendant que je mâche puis avale ma bouchée.

– Ok. Quand j'étais plus jeune, je voulais devenir une rockstar. Ça te va, comme réponse ?

– Tu chantes ou joues d'un instrument ? je réponds en souriant.

– Je jouais de la batterie.

– Jouais ? Ou *joues* ?

– Tu poses beaucoup de questions.

– Ça te dérange ?

– En voilà encore une, répond-il en riant. Mangez votre burger, mademoiselle Martin.

Notre repas se poursuit dans un silence confortable. Caine termine son assiette et je commence à caler sur mes frites lorsque son téléphone sonne. Il regarde l'écran et s'excuse pour s'éloigner avant de répondre. Ce n'est pas comme si c'était un rencard, mais je me surprends à me demander s'il est marié et s'il veut peut-être éviter que sa femme sache qu'il est avec moi. Faut croire que *Mec Marié* m'a rendue méfiante.

– Désolé, dit-il en revenant s'asseoir.

– Pas de souci, je réponds alors que, pour une raison absurde, je suis soudain agacée. J'ai fini, on peut s'y mettre, maintenant. J'ai déjà occupé suffisamment de ton temps comme ça.

Lorsque le serveur a débarrassé la table, Caine sort un classeur de sa sacoche et nous étudions ensemble le programme. Nous choisissons les chapitres que je vais enseigner et décidons de nous revoir après le prochain cours pour finir de mettre le planning sur pied. Je vais l'assister sur trois cours et en enseigner trois toute seule. Caine me surprend par sa gentillesse lorsqu'il s'informe sur mes horaires au bar afin que nous fixions les cours de soutien sans que cela n'affecte mon planning.

– Alors, quelles sont les rumeurs que tu as entendues sur moi ? demande-t-il après avoir commandé un café.

– Tu veux vraiment savoir ?

– Je suis sûr que je les connais déjà, mais parlons-en, comme ça, je te dirai si elles sont vraies ou non.

– Ok. Eh bien, pour commencer, tu es à cheval sur la ponctualité. Je n'ai pas besoin de te demander si c'est vrai ou faux.

– Pas besoin, non, répond-il en souriant. Autre chose ?

– Tu as viré ta dernière chargée de TD parce qu'elle n'était pas assez sévère.

– C'est vrai aussi, déclare-t-il en hochant la tête. Mais tu ne sais pas tout. C'est lorsqu'elle notait *son mec* qu'elle n'était pas assez sévère. À moins qu'elle ne notait tout ce qu'il voulait lui faire parce que ça… c'était assez détaillé. Je le sais, parce que j'ai découvert que c'est *ça* qu'il écrivait sur ses copies. Ses devoirs n'avaient rien à voir avec la musique, et il avait les meilleures notes de la classe, à chaque fois.

– Ah…

– Autre chose ?

Je ne sais pourquoi, je décide d'embellir la dernière rumeur pour satisfaire ma curiosité.

– Tu es marié, et tu as failli te faire virer parce que tu couchais avec tes élèves.

Son expression me dit tout de suite que j'ai touché un point sensible. Sa mâchoire se crispe et ses lèvres se pincent.

– Je ne suis pas marié, et j'ai arrêté de coucher avec mes étudiantes après ma première année d'enseignement.

Je ne peux me retenir de grimacer.

– Tu te tapais tes élèves ?

– J'étais jeune et stupide. J'ai passé toute ma première année sur le campus. C'était le seul endroit où je faisais des rencontres.

– Tu n'as jamais entendu parler de Meetic ?

– Bien sûr que si, Madame Je-sais-tout. Mais sur Internet, les gens sont rarement ce pour quoi ils se font passer.

– À qui le dis-tu, je rétorque en ricanant.

Caine hausse un sourcil.

– Apparemment, tu sais de quoi je parle.

– Depuis hier soir, oui.

– Et…

– Et il ne pensait qu'à une chose.

– Le cul ?

– C'est ça. Les mecs sont vraiment des enfoirés, parfois. Sans vouloir te vexer.

Sa foutue bouche tressaute de nouveau.

– Je ne suis pas vexé, t'en fais pas. À moins que tu me traites d'enfoiré – ce ne serait pas la première fois, après tout.

– Est-ce que tu passes des semaines à raconter à une femme que tu veux une relation sérieuse, tout ça pour ne parler que de cul lors du premier rencard ?

Caine plonge son regard dans le mien.

– Je ne cherche pas une relation sérieuse, et je le dis toujours dès le début pour éviter le moindre espoir. Cela dit, je t'assure que même quand c'est dit, les femmes ne l'entendent pas toujours. Elles entendent ce qu'elles *veulent* entendre. Faut croire que les femmes peuvent aussi être des enfoirées, parfois. Sans vouloir te vexer.

– T'en fais pas, je réponds en riant.

Il étudie mon visage plusieurs secondes et reprend d'un ton sérieux.

– Je peux te donner un conseil ?

– Vas-y.

– Tu es magnifique. Si un mec te dit qu'il ne pense pas à coucher avec toi lorsqu'il te voit : il ment. Mais si un mec est incapable de voir que ce n'est pas ce que tu cherches, c'est qu'il ne fait pas attention à toi. Et ça se traduit sans doute par un manque d'attention au pieu, de toute façon, donc mieux vaut ne pas perdre ton temps avec lui.

Il a parfaitement raison, et je réfléchirai à ses propos plus tard mais là, la seule question que je me pose, et qui accapare mon esprit, c'est… *Est-ce que Caine pense à coucher avec moi, en ce moment même ?*

CHAPITRE 5

RACHEL

La pratique orale.

Ok. Peut-être le cours parle-t-il de *perception* orale – peu importe. J'ai clairement l'esprit ailleurs. Je suis assise au fond de la salle et je regarde Caine expliquer comment les gens, quel que soit leur métier ou leur âge – philosophes, compositeurs, médecins ou ados – conçoivent l'écoute de manière différente. Je me souviens avoir eu ce cours en première année. Je ne sais si c'est le fait d'avoir mûri qui me permet de l'apprécier davantage à vingt-cinq ans, mais ce que je sais, c'est qu'aujourd'hui, le prof n'a aucun mal à retenir mon attention.

Pendant que j'écoute, le mec coiffé d'un bonnet en laine assis à côté de moi est occupé à dessiner des corps nus sur son cahier. Il en a couvert toute une page – des corps sans visage qui sont impressionnants, même s'ils sont légèrement lubriques.

Il hausse les épaules et sourit lorsqu'il me surprend en train de les observer.

– Faut bien s'occuper pendant que cet enfoiré s'écoute parler.

Caine n'est pas le genre de prof qui reste assis à son bureau pour faire cours. Au contraire, il se déplace dans la salle et interagit régulièrement avec ses étudiants.

– La perception orale, l'écoute, peut être divisée en plusieurs catégories : informative, appréciative, perceptive, et discriminatoire. La méthode, ainsi que le moment d'écoute, peuvent affecter ce que l'on entend. Dites-moi : où écoutez-vous de la musique, par quel moyen, et quel est le dernier artiste que vous avez écouté ?

Une flopée de mains se lèvent aussitôt et une femme au premier rang est la première à répondre.

– Dans le train, avec mon iPhone, et Adele.

– Je bosse au Madison Square Garden, répond ensuite un mec, donc j'entends beaucoup de musique live au boulot. Le dernier concert était celui de Maroon 5.

L'amphithéâtre est composé de rangées de sièges centrales bordées d'escaliers de chaque côté. Je suis tout en haut, à côté de l'escalier de gauche. Caine avance de quelques marches à chaque fois avant de s'arrêter pour interroger différents élèves.

– Je bosse pour UPS et j'écoute la musique dans mon fourgon. Hier soir, c'était un vieil album de Slayer, répond un barbu, à quelques rangées de moi.

– Au travail. Il y a des enceintes dans la salle d'attente du cabinet de médecin où je bosse. Et c'est la même musique instrumentale passée en boucle, répond une femme à l'autre bout de ma rangée.

– Il semblerait que beaucoup d'entre vous écoutent leur musique au travail ou dans les transports. Est-ce que quelqu'un est dans un autre cas ? demande Caine en gravissant les escaliers, s'arrêtant deux rangées en dessous de moi.

J'ai désormais l'excuse parfaite pour le reluquer sans que ce soit flagrant. Aujourd'hui, il porte une veste de costume noire sur une chemise blanche, sans cravate, et, sans être une fashionista, je n'ai aucun mal à voir que sa chemise coûte plus cher que tout ce je dépense pour une tenue complète. Il dégage une élégance naturelle bien qu'il ait assorti sa veste à un jean et des Converse noires. Sa peau est naturellement bronzée, ce qui me laisse penser qu'il est d'origine grecque ou italienne. Quoi qu'il en soit, son physique est spectaculaire. Son nez est droit et viril et, de profil, ses cils sont les plus beaux que j'ai jamais vus. Certaines femmes paieraient une fortune pour ces cils épais qui bordent ses yeux chocolat. Sa mâchoire est parsemée d'une barbe naissante, à peine visible, et je me surprends à imaginer la sensation contre ma peau. Je suis tellement perdue dans mes pensées que je sursaute lorsque je réalise qu'il me regarde. Il fronce les sourcils et j'aperçois une lueur amusée dans ses yeux, même s'il ne sourit pas.

Lorsqu'il monte encore une marche, je fais de mon mieux pour prendre un air nonchalant et je regarde devant moi, réalisant que mon visage est à la hauteur de son entrejambe. Je cherche désespérément à poser mon regard ailleurs, mais – est-ce que c'est… est-ce qu'il a quelque chose dans la poche ou… ? Vu la forme, je ne crois pas. Enfin si, c'est bien *quelque chose* – et la chose est sacrément impressionnante.

Caine se tourne pour interroger quelqu'un d'autre et son jean en devient plus moulant, confirmant ce que je pensais avoir vu. Il faut croire que l'apollon a aussi une grosse verge. Je tourne la tête, m'efforçant de regarder ailleurs, et *Bonnet* me renvoie un sourire aguicheur. Je lui renvoie un sourire poli… au moment où Caine s'adresse à lui.

C'est le premier étudiant qu'il interroge sans qu'il n'ait levé la main – peut-être qu'il a vu ce qu'il faisait et qu'il veut le forcer à participer.

– Et vous ? demande Caine d'une voix un peu sèche. Quel est le dernier morceau que vous avez écouté, et par quel moyen ?

Bonnet ricane.

– Pharrell Williams, sur mon enceinte Bose pendant que je me branlais.

La classe ricane.

– Merci, monsieur…

– Ludwig.

Caine hoche la tête et descend vers l'estrade.

– Tous les exemples que nous avons entendus relèvent de l'écoute appréciative. Pour le prochain cours, je veux que vous téléchargiez *Trumpets* de Jason Derulo. Mettez-vous dans les mêmes conditions que pour votre dernière écoute, que ce soit avec votre casque, dans le train, dans un fourgon de livraison ou, dans le cas de monsieur Ludwig, en vous masturbant.

La classe rit de nouveau.

– Lorsque vous aurez terminé, je veux que vous répondiez aux questions sur cette feuille, dit Caine en tendant un paquet de copies au premier rang. Ce n'est pas un examen, donc répondez de façon sincère. Ne lisez pas les questions avant d'avoir écouté le morceau, sinon votre cerveau cherchera les réponses au lieu d'apprécier la musique. Lors du prochain cours, nous comparerons ces résultats avec ceux que vous obtiendrez lors d'écoutes de types différents.

Quelques minutes plus tard, le cours touche à sa fin et les étudiants quittent la salle. J'attends que tout le monde soit parti et je descends les marches vers l'estrade.

– À l'heure, avec des vêtements propres, déclare-t-il en rangeant son ordinateur sans lever la tête. Je suis impressionné.

– J'ai toujours pensé que les quatrièmes impressions étaient les plus importantes, tu sais, je réponds en souriant.

Caine referme sa sacoche. Je pensais qu'il s'agissait d'une conversation détendue, mais apparemment je me suis trompée. Son ton est sec et son regard froid lorsqu'il le plonge dans le mien.

– Tu ne devrais pas fraterniser avec les étudiants.

– Fraterniser ?

– Appelle ça comme tu veux.

– Je ne comprends pas.

– Baiser. Tu ne devrais pas baiser avec les étudiants. C'est plus clair, comme ça, Rachel ?

– Eh bien, oui, c'est plus clair. Mais je ne comprends pas ce qui t'a donné cette impression. Je ne couche jamais avec mes étudiants.

– Est-ce que monsieur Ludwig le sait ?

Je me doutais bien qu'il parlait de lui.

– Ne t'en fais pas. Je ne ferai pas de favoritisme, comme ta dernière chargée de TD. C'est promis.

Caine soutient mon regard pendant plusieurs secondes, s'assurant sans doute de ma sincérité, puis il hoche la tête.

– Alors, quelle princesse ?

Je fronce les sourcils avant de comprendre qu'il a dû voir l'intitulé du quiz que je faisais avant le début de son cours : *Quelle princesse Disney êtes-vous ?*

– Jasmine, d'*Aladdin*, je réponds en souriant.

– Et ils ont raison ?

– J'espère. Jasmine est logique et sceptique.

– Tu sais que ces tests ne sont qu'un ramassis de conneries, n'est-ce pas ?

– Bon sang, j'espère bien. Le mois dernier j'en ai fait un dans *Lui* intitulé *Comment vont vos testicules ?* et ça n'augurait rien de bon pour moi.

La bouche de Caine tressaute.

– Insolente. On termine de voir le programme du semestre ?

– Oui. J'ai une heure avant mon service.

Il place sa sacoche par-dessus son épaule.

– Tout s'est bien passé quand t'as récupéré ta voiture ?

– Eh bien… non.

– Pourquoi ?

– Quand ils ont enlevé la roue, ils ont vu que les roulements étaient abîmés. Je ne sais pas ce que c'est, mais ils les changent aujourd'hui.

– Tu veux que je te dépose au boulot ?

– Je peux prendre le bus, merci. Il passe à l'entrée du campus et s'arrête à deux rues du pub.

– J'allais te proposer de manger un bout en même temps. J'ai une réunion avec les collègues du conservatoire et j'aimerais manger avant. On pourrait dîner chez *O'Leary* ? Comme ça, tu seras déjà au boulot quand ton service débutera.

– Ce serait super. C'est moi qui offre, j'ajoute en souriant. Vu que ce sera gratuit, de toute façon.

***

– Alors, t'as été au supermarché ? demande Charlie en regardant Caine, derrière moi.

– Euh, non. Je te présente Caine West. Je suis sa chargée de TD au conservatoire. Caine, je te présente Charlie. C'est le patron du pub.

– Ravi de vous rencontrer, Charlie, dit Caine en lui tendant la main.

– Vous avez un casier, Monsieur le professeur ? demande Charlie en empoignant sa main.

– Un casier ?

– Ouais. J'aime pas que ma petite traîne avec des délinquants.

– Charlie, c'est mon prof. Un interrogatoire n'est pas nécessaire, je gronde.

– Si tu le dis. Mais je vous ai à l'œil, grommelle mon patron.

Caine ne paraît pas perturbé par les menaces de Charlie. Au contraire, ça semble plutôt l'amuser.

– C'est bon à savoir.

Les deux hommes se lâchent enfin la main et Charlie se détend.

– Qu'est-ce que je vous sers, Prof ?

– Une pression, s'il vous plaît. J'étais là l'autre soir. Un ami à moi a emménagé dans le coin et m'a dit que vous aviez les meilleures wings de la ville. Mais la cuisine était fermée et je n'ai pas eu l'occasion de les goûter. Vous nous en mettez deux assiettes ?

Charlie est *old school*. Il y a deux choses qui lui font apprécier un homme : une poignée de main bien ferme, et des compliments sur les wings de sa femme.

– C’est la recette secrète de ma tendre Audrey, déclare-t-il alors que son visage s’illumine. Deux assiettes de wings, alors. Au fait, si jamais vous revenez quand la cuisine est fermée, faites savoir que vous êtes un ami de Charlie. J’ai une équipe sympa.

– Je vous crois sur parole. Rachel a été charmante quand on s’est rencontrés, déclare Caine en me lançant un regard complice. J’aurais dû lui demander de me servir des wings. Je suis sûr qu’elle aurait été ravie de le faire.

Sans chercher plus loin, Charlie sert une pression à Caine et me tend un Coca Zéro, puis il file en cuisine pour préparer lui-même notre commande. À cette heure-ci, les retardataires du déjeuner sont partis, mais les clients du soir ne sont pas encore arrivés et seuls quelques hommes, la plupart étant des flics à la retraite, sont assis au bar.

– Très drôle, Prof. Très drôle.

– Je trouve aussi.

Caine et moi nous installons à une table au calme, dans un coin. Comme c’est moi qui vais faire le prochain cours, il m’explique ce qu’il attend des étudiants et ce qu’il veut qu’ils apprennent grâce au devoir qu’il leur a donné aujourd’hui.

– Dans le placard de la salle, il y a deux cents paires d’écouteurs Bose anti-bruit. Explique-leur que l’écoute appréciative peut se transformer en écoute critique simplement en changeant le moyen par lequel la musique est écoutée. Fais-leur réécouter le morceau que j'ai donné aujourd'hui dans le même lieu – dans le train ou au travail – mais en se coupant du bruit extérieur. Puis, demande-leur de répondre aux mêmes questions qu'aujourd'hui. Normalement, la moitié de la classe remarquera des choses qu'ils n'ont pas entendues la première fois. Les trompettes sont synthétisées.

– Ah bon ?

– C'est un super moyen de comprendre l'influence de la méthode d'écoute, et ça fera un lien avec les prochains cours sur la musique synthétisée.

– Waouh. Ok, je réponds en fronçant les sourcils. Alors tu laisses les étudiants ramener les écouteurs Bose chez eux ? Mon prof ne faisait pas ça quand j'ai suivi ce cours il y a quelques années. Faut croire que la fac a plus de moyens. Nous, on avait de vieux écouteurs pourris, à l'époque.

– Ce sont les miens. Pas ceux du conservatoire.

Je fais un rapide calcul dans ma tête. Ça fait au moins cinq mille dollars pour un cours.

– Et s'ils ne les ramènent pas ?

– La question ne s'est jamais posée.

– Parce que les étudiants ont peur de toi, je ricane.

– Contrairement à l'insolente qui me sert de chargée de TD, marmonne Caine.

Charlie sort de la cuisine avec nos assiettes dans les mains en poussant la porte avec ses fesses.

– T'aurais dû me siffler, comme t'as l'habitude de faire, je dis lorsque je le rejoins pour l'aider. Tu ne devrais pas porter de poids avec ton dos.

– Je voulais pas interrompre ton rencard.

– C’est pas un rencard.

Il jette un coup d’œil à Caine et hausse les épaules.

– Ça m’a tout l’air d’un rencard, si tu veux mon avis.

– C’est pas le cas, je rétorque. On prépare le programme du semestre.

– Si tu le dis, dis Charlie en retournant derrière le bar.

Je pose les assiettes sur notre table et remarque que le verre de Caine est vide.

– Tu veux une autre bière ?

– Si tu te joins à moi.

– Je ne bois pas.

Caine fronce les sourcils un instant, puis il semble comprendre quelque chose, sauf qu’il se trompe.

– Je ne suis pas alcoolique.

– Ok.

Je n’ai pas envie de m’expliquer, mais Caine attend que je poursuive.

– J’ai vu trop de problèmes liés à l’alcoolisme en grandissant. À un stade, quand je perdais le contrôle de ma vie, je me suis rendu compte que je buvais un peu trop. Je n’ai pas fait de cure de désintox et je ne suis pas aux alcooliques anonymes – rien de tout ça – mais j’essaie de ne boire que lors d’occasions spéciales.

La raison pour laquelle je n’ai pas l’habitude de m’expliquer, c’est que les gens me regardent toujours avec pitié, par la suite. *Oh, pauvre petite. Elle a eu une enfance difficile.* Étrangement, ce n'est pas ce que je vois dans le regard de Caine. Il semble plutôt m'admirer pour ce que je viens de dire, et je ne sais pas trop quoi penser. Ça me met mal à l'aise.

– Donc… Je vais t'en chercher une autre et je te suis avec une bière sans alcool.

– Super, répond-il en me souriant chaudement.

Lorsque je reviens à notre table, je redirige la conversation sur le cours.

– J'étais en train de penser qu'au moment de récupérer les écouteurs, je refuse de prendre celui de Ludwig. Il faut le désinfecter, d'abord, je déclare.

– C'est toi qu'il dessinait aujourd'hui, tu sais, répond Caine en buvant une gorgée.

– Moi ? Il dessinait des femmes sans visage avec des corps de rêve.

– Et alors ?

– Ce n'était pas moi.

Caine étudie mon visage et j'ai l'impression qu'il hésite à me faire part de ses pensées. Apparemment, il décide de le faire.

– Tu as deux grains de beauté sur le côté gauche de ton cou.

Je porte aussitôt ma main à mon cou. Il a raison, mais mes cheveux les cachent.

– De quoi tu parles ?

– Tu as tendance à mettre tes cheveux d'un côté, à droite. J'ai vu tes grains de beauté l'autre jour, dans ma voiture.

– Ok…

– Sur les croquis de ton ami, les femmes avaient des cous, mais pas de têtes.

– Oui, je les ai vues. Je ne l'encouragerais pas forcément à dessiner pendant les cours, mais il dessine super bien.

– Oui. Il fait attention aux détails. Et toutes les femmes avaient un point commun.

J'écarquille les yeux.

– Mais non ?!

Caine hoche la tête.

– Deux grains de beauté à gauche du cou. C'est toi qu'il dessinait.

– Mais il ne m'a jamais vue à poil.

– Il lui suffit de t'imaginer.

Caine baisse un instant les yeux sur mon décolleté avant de me regarder d'un air machiavélique.

– Et si tu veux mon avis, son imagination ne se trompe pas.

Des papillons s'envolent dans mon ventre et je m'efforce de détendre l'atmosphère.

– Tu vois, c'est justement pour ça que je ne couche pas avec des étudiants. Inutile de dire que je ne toucherai pas à ses écouteurs et que je ne m'assiérai plus à côté de lui.

– Sage décision, répond Caine en souriant. Sors plutôt avec de vrais hommes.

Il a raison. Toutefois, je commence sérieusement à me demander si pour moi, l'acte de ne sortir qu'avec des hommes matures implique de m'attacher à *un* homme en particulier.

CHAPITRE 6

RACHEL

Notre rituel mensuel approche, et le message de Davis arrive pile à l'heure, comme d'habitude.

Mercredi prochain, 19 h ?
Tu me manques.

Le premier mercredi de chaque mois, je dîne avec mes trois anciens colocs de fac, dont Davis. On est sortis ensemble quelque temps mais il m'avait quittée en m'expliquant que ce n'était pas le bon moment.

Je lui réponds aussitôt.

J'ai hâte.

Je viens d'appuyer sur « envoyer » quand Ava fait son apparition. En début de soirée, elle s'occupe de la salle et je passe derrière le bar pour permettre à Charlie de rentrer chez lui.

– Salut, Rach !

– Salut ! Davis vient de m'écrire. Il sera au dîner, mercredi prochain.

– Il était temps, il a raté les trois derniers, répond mon amie en jouant des sourcils. Peut-être que tu peux le faire picoler et mettre fin à ton vœu de chasteté…

– Tais-toi, je gronde en lui jetant mon torchon à la figure.

Ava est la seule personne à savoir qu'il s'est passé quelque chose avec Davis.

– J'aurais jamais dû te le dire.

– Me le *dire* ? rétorque-t-elle en se caressant soudain la poitrine. *Oh, Davis, Davis, oh !*

– Mon Dieu, t'es insupportable, je grogne en riant.

Ava va se changer dans les vestiaires et je repense à mon ancien colocataire, qui n'avait rien d'un étudiant normal. Il a grandi dans le Sud et a passé huit ans dans l'armée avant de venir à Brooklyn pour faire des études de commerce. Quand il a emménagé chez nous, il était en plein divorce. Il avait épousé son amour de jeunesse à dix-huit ans, avant de partir en Irak. Il la voyait lorsqu'il était en permission et lui envoyait son salaire. Leur couple a cessé de marcher quand il a quitté l'armée et que sa femme a compris qu'il lui serait trop difficile de coucher à droite et à gauche une fois que son mari ne serait plus à l'autre bout du monde.

Durant nos deux années de cohabitation Davis est devenu un de mes meilleurs amis… jusqu'au soir où on a fêté sa remise de diplôme. On avait tous les deux trop bu. Une chose en a entraîné une autre et, en fin de soirée… *Oh, Davis.*

Même si je n'avais jamais pensé à lui de cette manière, le lendemain matin je me suis dit : *Waouh. Il est sympa, beau, attentionné et affectueux au lit.* Soudain, je le voyais sous un tout nouveau jour.

Ça a duré un peu plus d'un mois et, alors que je me faisais à l'idée d'être en couple avec lui, ce n'était pas son cas. Il a rompu avec moi en m'expliquant que son divorce était encore trop récent et qu'il n'était pas prêt à se lancer dans une nouvelle relation, surtout avec une femme à qui il tenait autant. J'ai compris son point de vue, à l'époque. Enfin, plus ou moins. Peu de temps après, quand notre bail a touché à sa fin, nous nous sommes quittés en amis, en nous promettant d'explorer un jour la possibilité d'une relation. Entre ses années dans l'armée et son mariage, il avait bien mérité un peu de liberté.

Peut-être que mon célibat depuis huit mois n'est pas sans lien avec la possibilité que l'on retente notre chance…

Mon téléphone vibre, m'annonçant un autre message de Davis.

C'est tout ? Je te manque pas, moi ?

Je souris en réfléchissant à ma réponse tandis qu'Ava revient vêtue de son polo de serveuse.

– J'ai failli oublier. Tu ne devineras jamais ce que j'ai regardé aujourd'hui, dit-elle en nouant son tablier dans son dos.

– Quoi ?

– Allez, devine.

– Ok… Du porno. T'as regardé un porno.

– Non, ricane-t-elle.

– T'as enfin fini ton marathon *Walking Dead* ?

– Non.

– Il va me falloir un indice, il y a des milliers de possibilités.

– Ok.

Elle tapote le comptoir avec ses ongles tandis qu'elle réfléchit, puis elle sourit jusqu'aux oreilles.

– Ça rime avec Madame la peste.

– T'es folle, je réponds en riant.

Un couple que j'ai installé il y a une dizaine de minutes à la table deux me fait signe qu'ils sont prêts à commander, et je hoche la tête pour attirer l'attention de mon amie.

– Ça rime avec *câble bleu.*

– Câble bleu, câble bleu, câble bleu…, répète-t-elle plusieurs fois lorsque son regard s'illumine. Table deux !

Je saisis un carnet de commandes et un stylo de dessous le bar et les lui fais glisser.

– Va prendre la commande, espèce de folasse.

Mes yeux sont encore rivés sur le message de Davis et je cherche toujours quoi lui répondre lorsque je comprends enfin l'indice d'Ava. Ayant résolu son énigme, j'oublie mon téléphone et le range sous le bar, où j'ai l'habitude de le laisser pendant mon service.

Ava prend la commande de la table 2 et la dépose en cuisine avant de revenir au bar, où je suis en train de servir une pression.

– Madame la peste : professeur West ? je demande.

– Bien joué ! Cela dit, il ne s'appelait pas Caine West dans ce que je regardais. Il s'appelait Able Arsen.

– De quoi tu parles ?

– J'avais une réunion de chargés de TD, aujourd'hui, et j'ai rencontré un gars qui était attaché auprès du professeur Anderson, l'an dernier.

– Le directeur du conservatoire ?

– C'est ça. Le mec s'appelle Norman, c'est un prénom pourri pour un mec de vingt ans, mais il est mignon. Il m'a invitée à boire un verre avec lui et d'autres chargés de TD ce vendredi, et tu m'accompagnes.

– Ok…

Je suis contente qu'Ava ait trouvé un moyen de se remonter le moral après Owen. Néanmoins, je ne comprends toujours pas où est le rapport avec Caine ni qui est Able Arsen.

– Quel est le rapport avec West ?

– Prof Anderson a dit à Norman que West était dans un groupe, avant. Il avait même un contrat avec un label de musique, explique Ava en sortant son téléphone.

Elle tapote plusieurs fois dessus et, trouvant ce qu'elle cherche, elle tourne l'écran vers moi.

– Je te présente *Able Arsen*.

La vidéo est de mauvaise qualité et le son est affreux, comme si elle avait été filmée avec un téléphone première génération. Tout ce que je vois, c'est quatre mecs sur scène, au loin.

– Attends un peu, dit Ava.

Au bout d'un moment, vers la fin de la vidéo, la personne qui filme zoome sur le batteur, qui chante également. Il frappe sa batterie en agitant sa tête et je me surprends à fixer ses bras, dont les muscles se bandent à chaque frappe – imaginez l'endurance qu'il faut pour bouger comme ça pendant des heures… !

Les papillons dans mon ventre me le confirment avant-même que le musicien n'ait levé la tête. Mais quand ses yeux se posent sur la caméra, j'en ai le souffle coupé.

Caine West était déjà canon quand il était jeune. Mais le look rockeur/badboy qu'il avait à l'époque joue vraiment en sa faveur. Aujourd'hui, si je devais deviner ce qu'il fait, je dirais qu'il joue du jazz ou du classique. Je ne sais comment, le jeune badboy sexy s'est transformé en *homme* sexy.

Quand le morceau touche à sa fin, Caine lève la tête et adresse un sourire en coin au public. Ses cheveux lui arrivent aux épaules et sont trempés par la sueur. Il jette une baguette en l'air et la rattrape dans son autre main, puis il enlève son t-shirt, faisant hurler les filles lorsqu'elles découvrent ses abdos.

Waouh.

Ce sourire.

Ce corps.

Waouh.

Apparemment, Caine West a de multiples facettes. Or je commence à peine à le connaître.

***

Lorsque j'arrive enfin chez moi, il est deux heures passées. Mes pieds me font un mal de chien et je rêve d'un long bain avant de filer au lit. Pour une fois, je n'ai pas besoin de me lever de bonne heure le lendemain pour être à la fac ou au bar. L'eau est chaude et je la laisse couler sur mes pieds tandis que je m'allonge pour me détendre.

Toutefois, mon cerveau en a décidé autrement. J'ai à peine fermé les yeux que je revois Caine West sur scène. Je me suis envoyé les vidéos d'Ava et les ai regardées plus de fois que je ne veux l'admettre au cours de la soirée.

Je finis par céder une nouvelle fois à la tentation et je saisis mon téléphone, profitant de ne pas avoir à me cacher ou à subir les commentaires d'Ava pour étudier les mimiques de Caine. J'en reconnais certaines, comme la façon qu'a sa bouche de tressauter, ou sa façon de secouer la tête quand les femmes se mettent à crier son nom lors de son solo.

Je reconnais la manière qu'il a de déambuler sur la scène, comme si elle lui appartenait. Aujourd'hui, son public a beau se composer d'étudiants venus pour apprendre, sa confiance en lui est la même. Néanmoins, ce sont ses bras qui me font vraiment craquer. Chaque fois qu'il frappe la batterie, la veine qui parcourt son biceps se gonfle – je n'aurais jamais cru qu'une veine pouvait être aussi sexy.

J'attends que la vidéo touche à sa fin pour couper l'eau avec mes orteils. Consciente que je ne pourrai pas m'endormir sans assouvir ma curiosité, j'entre le nom de scène de Caine dans le moteur de recherche.

« Able Arsen ».

Je suis choquée de découvrir des milliers de résultats. Je les parcours comme une maniaque et passe d'une photo à une autre. Il n'était pas le leader du groupe mais il semblerait que les médias l'aient adoré – et comment leur en vouloir ? Je vois la même fille à ses côtés sur plusieurs photos. Elle a de longs cheveux noirs et elle est mince – ou plutôt maigre, car ses joues creusées rendent ses jolies pommettes un peu trop saillantes. Sur la plupart des photos, elle porte des lunettes de soleil et semble vouloir fuir les caméras. Caine la tient souvent par la taille et semble vouloir la protéger. Elle est clairement plus jeune que lui – elle n'a pas plus de dix-sept ou dix-huit ans – mais je n'arrive pas à savoir si c'est sa petite amie ou sa sœur.

En prêtant davantage attention aux dates des photos, je me rends compte qu'elles cessent il y a neuf ans, date à laquelle, d'après l'article que je trouve, le chanteur du groupe, Liam Marshal, est décédé. Après ça, Able Arsen a disparu.

Que t'est-il arrivé, Able Arsen ?

Mieux encore, comment es-tu devenu le *professeur* Caine West ?

CHAPITRE 7

CAINE

Quinze ans plus tôt

– Bénissez-moi, mon père, parce que j'ai péché.

Je lève les yeux vers la croix fixée devant moi, dans la minuscule pièce sombre, et j'inhale profondément, faisant rougeoyer la petite braise au bout du papier à rouler.

– Tu ne peux pas demander à te faire pardonner alors que t'es en train de pécher à nouveau. T'es censé te repentir !

– Eh, surveille ton langage. On est dans la maison de Dieu, bon sang.

Liam éclate de rire de l'autre côté de la grille.

– Tu parles. Tu viens de fumer un joint dans le confessionnal et c'est mon langage qui est irrespectueux ?

Il n'a pas tort. Mon cerveau étant de plus en plus confus, j'éteins le joint sur le sol et le remets dans ma poche alors qu'il est encore chaud.

– Allez, je me tire, déclare Liam.

– On est censés rester jusqu'à midi.

– Je m'en fous. S'il me cherche, dis au père Frank que je suis rentré me branler.

Liam referme le volet qui obscurcit la grille séparant les deux parties du confessionnal, puis j'entends la porte se refermer derrière lui.

Je dois rester encore trente minutes avant de pouvoir partir avec la bénédiction du père Frank, donc je décide de prendre mes aises, m'enfonçant dans le coussin en velours rouge, espérant m'octroyer une petite sieste. Le fauteuil est sacrément confortable, côté curé. En même temps, c'est sans doute nécessaire puisqu'ils passent des heures entières à écouter les conneries des gens. Je ne comprends pas comment ces mecs peuvent vivre ici. Je ne viens ici que depuis deux semaines et ça me fait déjà flipper.

Il y a trois semaines, ma mère nous a surpris en train de sécher les cours, Liam et moi. On est en terminale et d'habitude, ma mère est plutôt cool. Or ce n'est pas mon absence en cours qui a mis Grace West hors d'elle. Ce n'est pas non plus d'avoir trouvé Emily Willis, défoncée, à genoux, en train de me tailler une pipe. Même pas ! Ce qui m'a valu d'être de corvée de ménage tous les samedis matin à la paroisse Saint-Killian, c'est ma musique. Mes parents ne supportent pas le fait que je n'ai aucune intention d'aller à la fac ni d'intégrer le fonds d'investissement détenu par la famille West.

Je suis condamné à un mois de service civique parce que je veux faire de la batterie et chanter. Après avoir longuement parlé à ma mère, le père Frank en a profité pour nous rappeler, à Liam et moi, que jouer de la musique n'était pas une façon pour un homme de gagner sa vie. Dieu soit loué, il ne me reste plus qu'une semaine à tirer ici.

Je suis en train de m'assoupir quand j'entends la porte du confessionnal grincer. Liam a dû changer d'avis.

– T'as encore péché, espèce de *loser* ? je ricane.

Mais ce n'est pas Liam qui me répond. C'est une petite voix, toute tremblante et nerveuse.

– Bénissez-moi, mon père, parce que j'ai péché.

Merde.

Une petite fille s'est installée dans l'isoloir et elle suppose que je suis le prêtre. À en croire sa voix, elle ne doit pas avoir plus de dix ou onze ans. *Que peut-elle bien avoir à confesser ?*

Je devrais sans doute ouvrir la porte et partir avant qu'elle ne m'avoue ses secrets les plus sombres. Non, pas *sans doute*. Je dois le faire, c'est évident. Mais… Peut-être est-ce l'herbe que je viens de fumer, ou peut-être est-ce sa petite voix apeurée qui attise ma curiosité. Peut-être ai-je un sérieux problème, tout simplement. Quoi qu'il en soit, je ne pars pas, préférant laisser la fillette s'ouvrir à moi. Ce qui, bien que je ne le sache pas encore, changera ma vie à jamais.

– Vas-y, je réponds. Parle-moi de tes péchés.

CHAPITRE 8

RACHEL

Caine est entré discrètement dans la salle à la moitié du cours et j'ai aussitôt compris pourquoi il trouvait les retardataires aussi perturbants. Depuis vingt minutes, maintenant, je perds le fil de mon discours, troublée par l'homme qui s'est installé à ma place habituelle. À ses côtés, monsieur Ludwig, l'artiste au bonnet, semble aussi nerveux que moi. Cela dit, c'est sans doute parce que Caine s'est emparé de son carnet de croquis en arrivant, et qu'il l'a glissé sans un mot dans son sac.

Je m'efforce de ne pas zieuter dans sa direction, mais je sens son regard sur moi. Comment se fait-il que je ne sente que le sien alors que quatre cents yeux sont rivés sur moi ?

– Comme il ne reste que quelques minutes avant la fin du cours, je vais distribuer les écouteurs dont je vous ai parlé tout à l'heure, je déclare en me dirigeant vers le placard fermé à clé.

J'en sors un carton, que je donne à l'étudiant le plus proche, lui demandant de prendre une paire d'écouteurs et de faire passer la boîte aux suivants. Caine se lève et s'empare de quelques cartons qu'il donne aux rangées supérieures avant de se rasseoir. Je rappelle à la classe ce que le professeur attend d'eux tout en distribuant les écouteurs, puis j'ajoute un exercice qui m'est venu en préparant le cours.

– En plus du devoir dont nous avons déjà parlé, je voudrais vous imposer un deuxième exercice d'écoute. Nous avons tous des morceaux qui nous rappellent les bons moments de notre adolescence. Choisissez celui qui compte le plus pour vous et ce soir, quand vous serez seul chez vous, je veux que vous fermiez les rideaux et que vous éteigniez les lumières pour que la pièce soit aussi sombre que possible. Allongez-vous sur le dos, de préférence sur votre lit ou votre canapé, et écoutez ce morceau avec les écouteurs. Écoutez-le deux fois. C'est tout. Rien de plus simple. On en discutera lors d'un prochain cours.

Lorsque la salle s'est vidée, Caine descend jusqu'à moi.

– Bien joué, déclare-t-il.

– Merci. Je ne pensais pas que tu viendrais. Ça m'a déstabilisée que tu arrives en retard, je ricane. Je n'aime pas les retardataires. Ça perturbe mon cours.

– Je tâcherai de ne pas l'oublier, répond Caine en haussant un sourcil.

– Monsieur Ludwig n'avait pas l'air ravi de te voir, je déclare en rangeant mon ordinateur.

– Monsieur Ludwig a de la chance que je ne l'aie pas viré du cours.

Caine m'aide à ramasser les écouteurs en trop et à les rassembler dans un unique carton pour le ranger dans l'armoire et la fermer à clé.

– Alors, quel est ton morceau ? demande-t-il.

– Hein ? je réponds en fronçant les sourcils.

– Le devoir que tu as donné. Quel est le morceau qui te fait penser à ton adolescence ?

La première chose qui me vient est une vieille chanson de Lynyrd Skynyrd, *Devil in a Bottle*, mais je ne suis pas prête à être aussi honnête avec Caine.

– Je ne sais pas. N'importe quoi des Maroon 5, sans doute.

Consciente que je suis incapable de mentir, je fuis son regard pendant plusieurs secondes. Néanmoins, quand je lève les yeux vers lui, je le découvre en train de me dévisager d'un air suspect.

– Quoi ?

– Menteuse.

– De quoi tu parles ? je réponds alors que je me sens rougir.

– T'as tout de suite pensé à une chanson, et c'était pas Maroon 5, répond Caine en se grattant le menton. Je parie qu'il y a plus d'un morceau, en plus.

Plutôt que de continuer à mentir, je décide de lui renvoyer la question.

– Et toi, quelle est ta chanson, Monsieur Je-sais-tout ?

Il plonge son regard dans le mien.

– *Going, Going, Gone.*

– De Bob Dylan ?

– C'est ça.

Hmmm. Les paroles ne me reviennent pas mais je me souviens qu'elle est triste et mélancolique. Je sais déjà que je vais l'écouter ce soir avec mes écouteurs Bose. Il n'y a pas de meilleur moyen pour affiner mon écoute critique que d'essayer de percer le mystère qu'est Caine West. Cela dit, maintenant qu'il s'est ouvert à moi, je me sens obligée d'en faire de même.

– *Hurt.*

– De Johnny Cash, ou de Nine Inch Nails ?

– Johnny. Toujours. C'était le chanteur préféré de ma mère, je réponds en souriant.

Une tension s'installe entre nous tandis que nous nous regardons. Je la ressens à chaque fois que nous sommes ensemble. Aujourd'hui, ce n'est pas une tension sexuelle. C'est plutôt un sentiment de compréhension et d'acceptation. Nous nous définissons tous les deux par des morceaux aux titres déprimants. D'ailleurs, ça me fait penser que…

– J'ai appris une autre rumeur à ton sujet.

– Ah bon ?

– Ben, en fait, c'était une rumeur, mais je sais qu'elle est vraie, maintenant. Donc ce n'en est plus vraiment une.

– Alors tu sais que les ragots qui disent que je suis un connard sont vrais ? se moque Caine. Ce n'était qu'une question de temps, je suppose.

– En fait, celle-ci racontait qu'il fut un temps où t'étais une rockstar et que t'avais même signé avec un label.

Les mots ont à peine quitté mes lèvres que je comprends que j'ai fait une erreur. Le visage enjoué et détendu de Caine se transforme aussitôt et devient froid et sérieux. J'ai franchi une ligne, et il est plus qu'agacé.

– Ne te mêle pas de ma vie privée, Rachel.

J'ouvre la bouche pour m'excuser, mais il me coupe la parole.

– Tu devrais te rendre à ton autre boulot. Bientôt, ce sera peut-être le seul qu'il te restera.

Sur ce, il empoigne sa sacoche et gravit les marches trois par trois avant de disparaître, me laissant bouche bée. Il claque la porte derrière lui, faisant trembler les murs de l'amphithéâtre.

***

– T'es sûre que ça va ?

C'est la troisième fois que Charlie me pose la question. La première fois était quand j'ai renversé tout un plateau de verres. J'en ai cassé deux, et j'étais tellement ailleurs en nettoyant que je me suis ouvert le doigt. La deuxième fois, j'étais perdue dans mes pensées et la pression que je servais a débordé. Il se prépare désormais à partir et semble profondément inquiet.

– Je vais très bien, Charlie. Je suis juste un peu fatiguée, je mens. J'ai veillé pour bosser sur ma thèse, et j'ai un peu mal à la tête. Mais ça va bien. Je suis désolée, pour tout à l'heure.

– Je me fiche des verres cassés du moment que tu vas bien, rétorque-t-il en me regardant dans les yeux. T'es sûre ? Je peux rester pour te remplacer, tu sais.

– Ça va, promis. Merci, je réponds en souriant.

Le mercredi est le jour le plus calme de la semaine, de toute façon. Il n'y a qu'Al et moi, ce soir. Al est un ancien collègue de Charlie qui tient le bar un ou deux soirs par semaine. En revanche, je suis soulagée qu'Ava ne bosse pas, car cela évite qu'elle me harcèle pour savoir ce qu'il se passe. J'ai été tiraillée toute la soirée entre la culpabilité qui me ronge après avoir fouiné dans la vie de Caine, et la colère qui me saisit quand je repense à sa réaction démesurée.

Il n'y a que quelques clients dans la salle, ce qui me laisse beaucoup trop de temps pour analyser ce qu'il s'est passé entre Caine et moi cet après-midi. À l'évidence, j'ai dépassé une limite. Toutefois, je n'ai pas l'impression que ce soit à cause de notre relation employeur-employée. Après tout, c'est lui qui m'a interrogée sur ma vie personnelle en premier, donc ce n'est pas ça qui lui pose problème. J'ai plutôt l'impression d'avoir touché un point sensible. Il a beau m'avoir dit de ne pas me mêler de sa vie privée, je crois surtout qu'il ne veut pas que je me mêle de *cet* aspect en particulier.

Mais en fait, ce n'est même pas ce qui me dérange. Qu'on soit d'accord, je m'en veux de l'avoir agacé. Je m'en voudrais avec n'importe qui. Ce qui me perturbe vraiment, c'est le *degré* auquel cette histoire me dérange. Je ne peux pas nier que Caine m'attire physiquement – qui ne le serait pas ? Or de le voir aussi froid et agacé me fait prendre conscience que mon attirance pour lui va au-delà du simple physique. J'ai le béguin pour mon prof. Et je crois que c'est le cas depuis le premier jour de cours.

Il est presque vingt et une heures quand je sors des toilettes et m'assure que ma dernière table a tout ce dont elle a besoin. Du coin de l'œil, je vois qu'un nouveau client s'est installé à une table et je vais le voir pour lui annoncer que la cuisine est fermée. Je sursaute en découvrant que c'est Caine.

– Caine ? Qu'est-ce que tu fais ici ?

Son regard me dit tout ce que j'ai besoin de savoir.

– Tu peux t'asseoir quelques minutes ?

– Euh, d'accord. Je vais juste donner l'addition à la dernière table et dire à Al qu'il devra les encaisser.

– Merci.

Lorsque je reviens, un Coca Zéro m'attend alors que Caine tient une bière dans sa main. Je défais mon tablier et m'assois en face de lui, attendant qu'il parle.

– Je veux m'excuser pour cet après-midi.

– C'est moi qui devrais m'excuser. Je n'aurais pas dû fouiner dans ta vie privée.

– C'est vrai, répond-il en souriant. Mais je n'aurais pas dû réagir comme ça.

– Si quelqu'un est bien placé pour savoir qu'il y a des souvenirs qu'on préfère ne pas remuer, c'est bien moi.

Caine hoche la tête et joue avec la condensation qui couvre sa bouteille.

– J'ai écouté du Johnny Cash, ce soir.

– Ah bon ?

– Je crois que nous avons chacun des histoires que nous préférons oublier, dit-il en soutenant mon regard.

Ça décrit parfaitement ma façon de voir les choses. J'ai tourné la page sur certains événements de ma vie, et je n'y pense pas au quotidien. Mais ils ne me quittent jamais, et je fais de mon mieux pour que mes souvenirs restent enfermés dans un coin de ma tête.

– Oui. Je suis désolée. Je n'ai pas réfléchi. Je comprends que tu ne veuilles pas parler de ton passé et il y a sans doute une bonne raison.

Caine boit une gorgée sans me quitter des yeux.

– Comment tu l'as découvert ? demande-t-il.

– Par un ami d'une amie, je réponds, pour ne causer d'ennuis à personne.

Il hoche la tête et je décide qu'il vaut mieux être honnête jusqu'au bout.

– Et… J'ai peut-être fait des recherches sur Internet, aussi. Enfin, pas sur toi, mais sur l'autre fils d'Adam.

Caine secoue la tête, mais un sourire se dessine sur ses lèvres.

– J'avais besoin d'une bonne coupe de cheveux.

– T'étais stylé. Ça m'a plu. Le look badboy sexy t'allait à ravir.

– J'y penserai la prochaine fois que j'irai chez le coiffeur.

– Je peux te demander juste une chose ?

– Est-ce qu'après ça, tu acceptes de ne plus en parler ?

– Oui, je réponds en souriant.

– Quelle est ta question, alors ?

– Le dernier article que j'ai trouvé explique que vous avez signé avec un label de musique, mais je n'ai jamais trouvé de disque. Que s'est-il passé ?

Caine reste silencieux un moment avant de se lancer, effleurant l'étiquette de sa bouteille.

– C'était un train de vie difficile. On faisait la fête toute la nuit et on dormait la journée. J'ai vite perdu le sens de la réalité et des priorités, explique-t-il en levant enfin la tête vers moi. Quand on a signé le contrat avec le label, on a raté les dates butoirs plusieurs fois. La sortie était sans cesse repoussée. Puis, j'ai perdu quelqu'un qui m'était cher.

– Je suis désolée.

– J'ai fait un break. Mes parents m'ont forcé à aller à la fac, et moi j'avais besoin de me concentrer sur autre chose. Ils voulaient que j'étudie la finance et que je bosse dans l'entreprise familiale. On s'est mis d'accord sur un master en musique, parce que je ne pouvais pas envisager que la musique ne fasse pas partie intégrante de ma vie. Plus tard, j'ai réalisé que j'étais doué pour enseigner, alors j'ai continué jusqu'à obtenir mon doctorat en composition musicale. Et me voici, conclut-il en buvant une gorgée.

– Et te voici, je réponds en souriant. Merci d'avoir bien voulu me raconter ça.

Notre moment de complicité est interrompu par Al, qui crie de derrière le bar.

– T'as plus personne, Rachel.

– Merci, Al, je réponds en lui faisant un signe de la main.

– T'as fini ton service ? demande Caine.

– Ouais. Tu veux une autre bière ?

– Non, merci. Je devrais y aller.

Je suis déçue que la soirée se termine, même après une journée d'enseignement suivie par un service en salle.

Je souhaite une bonne nuit à Al et Caine m'accompagne jusqu'à ma voiture. Il ouvre la portière pour me faire entrer, appuyant sa main sur le toit.

– Au fait, j'avais une réunion au conservatoire aujourd'hui, pour parler du professeur Clarence, dit-il.

Nous n'avons jamais évoqué le professeur ensemble et je ne savais pas s'il était au courant que j'étais sa chargée de TD l'an dernier.

– C'était quelqu'un de bien. Je bossais avec lui l'année dernière.

– J'ai appris ça, oui. D'ailleurs, ton nom, ainsi que celui d'une autre élève, a été mentionné. Vous l'aviez toutes les deux comme directeur de thèse.

– Oui. C'est lui qui m'a aidée à définir mon sujet. Il y tenait tout particulièrement.

– T'as pas encore trouvé quelqu'un pour le remplacer, si j'ai bien compris ?

– Non, pas encore. Il faudrait que je me penche sur la question.

– Je veux bien te suivre, si tu veux.

Dis donc, cette soirée est vraiment pleine de surprises.

– Ah bon ?

– Penses-y.

– D'accord. Merci.

Caine referme ma portière et attend que je démarre. Je m'éloigne du trottoir, lui faisant un signe de la main, tout en me disant : *J'ai un nouveau directeur !*

CHAPITRE 9

CAINE

Quinze ans plus tôt

Qu'est-ce que je fous, putain ?

J'attends en silence dans le confessionnal et cette semaine je ne suis même pas défoncé. Il est presque treize heures. Liam est parti, et j'aurais dû le suivre. Notre dernière matinée de volontariat a pris fin il y a une heure… et me voilà encore là, attendant une petite fille qui a déjà assez de soucis chez elle sans qu'un débile comme moi ne se fasse passer pour un prêtre.

Or je ne pouvais pas ne pas venir.

Je ne sais absolument pas pourquoi j'ai dit à la fillette de revenir cette semaine.

Mais non, ça aussi c'est un mensonge. Je le sais parfaitement. J'y ai pensé tous les soirs avant de m'endormir. Je n'ai pas pu me sortir sa petite voix de la tête.

Parfois, il s'endort sur le canapé avec une cigarette à la main, et j'envisage de ne pas l'éteindre et de laisser la maison brûler.

C'était ça, son aveu.

Je ne sais même pas si *penser* à laisser quelqu'un se blesser est un péché. Mais je ne peux pas laisser cette pauvre gamine se sentir coupable de vouloir qu'une autre personne – une personne que je soupçonne d'être affreuse – se blesse.

J'ai également besoin de savoir ce que le connard en question a pu lui faire. Elle devrait penser à des poneys ou à des licornes, pas à laisser sa maison prendre feu. J'ai automatiquement imaginé le pire.

Je suis sur le point d'abandonner et d'allumer un joint sur le chemin du retour – pour oublier toutes mes affreuses pensées – quand j'entends la porte grincer.

– Bénissez-moi, mon père, parce que j'ai péché, chuchote-t-elle.

– Tu te souviens de ce qu'on a dit la semaine dernière ? Avoir de mauvaises pensées n'est pas un péché. Il faudrait *agir* pour que c'en soit un.

Bien évidemment, ce n'est pas tout à fait vrai, mais c'est la seule chose que j'ai trouvée à lui répondre pour la faire déculpabiliser.

– D'accord.

Je sais déjà qu'elle ne se confie pas facilement. Il va falloir que j'obtienne sa confiance si je veux savoir ce qu'il se passe chez elle. C'est donc moi qui prends la parole, optant pour le premier sujet qui me vient à l'esprit.

– Comment ça s'est passé à l'école, cette semaine ? Ta maîtresse est sympa ?

– Ça a été. Elle n'est pas mal, mais Tommy, qui s'assoit à côté de moi, est dégoûtant. Il a toujours la main dans son pantalon.

Je ne sais comment, je parviens à ne pas éclater de rire et à répondre qu'elle apprendra vite que c'est le cas de tous les mecs.

– Tu devrais garder tes distances. Il semble avoir des problèmes.

– Il me fait toujours des sourires.

– C'est ce que je dis : garde tes distances. Tu es en quelle classe ?

– En CM2.

C'est ce qu'il me semblait. Elle doit avoir environ dix ans.

– Tu as parlé de lui à ta maman ?

Elle reste silencieuse un moment avant de répondre.

– Ma maman est morte l'année dernière.

Merde. Je ne sais pourquoi, j'avais justement peur qu'elle n'ait aucune femme à qui se confier.

– Je suis désolé de l'apprendre. Elle est au paradis, maintenant. C'est un bel endroit.

– Est-ce que la douleur s'arrête quand on meurt ?

– Ta maman était malade ?

À travers la grille, je vois sa silhouette remuer et je devine qu'elle hoche la tête.

– Elle ne souffre plus. Promis.

– Est-ce que Yoda est avec elle ?

Je fronce les sourcils.

– Le petit mec vert de *Star Wars* ?

Elle glousse et j'ai de nouveau l'impression de pouvoir respirer.

– Non, c'était mon chien. Il avait des oreilles à l'horizontale. Il est mort, lui aussi.

– Ah. Oui, Yoda est au paradis avec ta maman. Ils se tiennent compagnie.

– C'est bien.

– Alors il n'y a plus que toi et ton père ?

– C'est pas mon père.

Elle répond tellement vite que je comprends déjà mieux la situation.

– Tu vis avec qui ?

– Mon beau-père. Il ne m'aime pas beaucoup, en général. Mais parfois, il aime bien ma sœur.

– Tu as une sœur ? Vous êtes que toutes les deux ?

– Oui.

– Et ta sœur est plus âgée ?

– Elle a quinze ans.

Je m'efforce d'ignorer le dégoût qui ronge mon estomac.

– Comment tu sais qu'il ne t'aime pas beaucoup ? Et pourquoi tu dis qu'il aime parfois ta sœur ?

Cette fois, elle reste silencieuse.

– Je devrais y aller, dit-elle enfin. Benny va bientôt rentrer du travail. Il s'énerve facilement.

– Benny ? C’est ton beau-père ?

– Oui.

Je meurs d’envie d’en savoir plus, mais je ne veux pas lui causer d’ennuis.

– Reviens la semaine prochaine. D’accord ?

– D’accord.

CHAPITRE 10

RACHEL

Le vendredi suivant, je prends plus de temps que d'habitude pour me préparer. J'ai toujours aimé les cours, car cela me donne un élément sur lequel me concentrer lorsque je me sens fragile. Néanmoins, ces jours-ci, ce ne sont pas mes études qui m'enthousiasment.

La porte du bureau de Caine est ouverte lorsque je m'y rends sans l'avoir prévenu. Nos regards se croisent et il utilise sa main libre – celle qui ne tient pas son téléphone – pour m'inviter à m'asseoir sur le fauteuil face à son bureau. J'écoute sa conversation tout en découvrant les lieux.

– Oui. J'y serai.

Il écoute, puis lève les yeux au ciel.

– Je préférerais que tu évites, si ça ne te dérange pas.

J'entends la voix d'une femme, à l'autre bout du fil, même si je ne distingue pas ses mots. J'essaie de faire mine de ne pas m'y intéresser en me concentrant sur les tableaux et les livres qui ornent sa bibliothèque, mais je ne rate pas un mot de sa conversation.

– Ellen Werman et moi ne serons jamais en couple, quel que soit le siège que tu lui attribues.

Il marque un arrêt.

– Parce que j'ai un pénis, mère, et qu'il n'intéresse pas Ellen.

Nouvel arrêt.

– Ok. Je dois raccrocher, quelqu'un vient d'entrer dans mon bureau. À bientôt.

Lorsqu'il raccroche, il soupire longuement et jette son téléphone sur la table.

– Est-ce que c'est *ton* pénis qui n'intéresse pas Ellen, ou tous les pénis en général ?

– Ellen a fait son coming out à quinze ans, mais ma mère est la seule personne sur terre qui refuse de le comprendre. C'est la fille de l'associé de mon père. On est bons amis, mais ça fait trente-deux ans que ma mère a décidé de nous marier. C'est la quatrième fois qu'elle m'appelle pour me parler du plan de table du gala de charité qu'elle organise, et ce n'est que dans deux mois. J'aurais dû lui dire que j'avais hâte d'être assis à côté d'Ellen. Au moins elle m'aurait foutu la paix.

Son portable se met à vibrer et il balaie l'écran du doigt pour ignorer l'appel.

– Tu as un cours de soutien cet après-midi ? Je croyais que c'était le jeudi.

– C'est le cas. Je suis juste passée te dire que, si ta proposition tient toujours, j'apprécierais énormément que tu sois mon directeur de thèse.

Caine recule dans son fauteuil en souriant.

– Il était temps. Je commençais à croire que t'allais dire non.

C'est surtout que je ne voulais pas avoir l'air désespérée !

– Eh bien, c'est vrai que j'ai dû évaluer tous les candidats, je ricane.

– Ah oui ? Alors je dois m'estimer chanceux, dans ce cas.

– En effet, je réponds en souriant.

– Tu n'as qu'à m'envoyer par e-mail le travail que tu as fait jusqu'à maintenant. J'y jetterai un œil, et on pourra se voir pour en discuter la semaine prochaine.

– Super, je réponds en sortant mon iPhone de mon sac. C'est quoi ton adresse ?

Il fait glisser son téléphone vers moi.

– Tu peux enregistrer ton numéro. Je t'enverrai mes infos par message.

Lorsque nous avons fini d'échanger nos numéros et adresses e-mail, je me rends compte de l'heure qu'il est.

– Faut que je file.

– Un rencard ? demande Caine en me lançant un regard suspicieux.

– Non. Il y a un apéro des chargés de TD ce soir, et j'ai dit à Ava que je l'accompagnerai.

– Amuse-toi bien, alors, dit-il en hochant la tête. Et soit prudente.

***

Le lendemain matin, je sors de la douche lorsque mon portable vibre pour me signaler un message. Je finis de me sécher les cheveux et je mets mes lunettes. Je suis surprise de découvrir que c'est un sms de Caine – c'est la première fois qu'il m'écrit, et je frissonne des pieds à la tête.

Tu vas toujours voir Umberto
le dimanche ?

Je ne lui ai envoyé ma thèse qu'hier soir, avant de sortir. Je ne pensais pas qu'il la lirait aussi vite. Je suis aussi excitée que nerveuse. Je suis fière du travail que j'accomplis avec Umberto, mais le texte que j'ai envoyé à Caine n'est qu'un brouillon et il contient encore beaucoup de suppositions et de pensées personnelles. Je me sens soudain vulnérable à l'idée qu'il les ait lues.

Oui, tous les dimanches.

J'aimerais me joindre à toi et voir
par moi-même ton sujet d'étude.

Mon cœur bat la chamade. Ressaisis-toi, Rachel. C'est le professeur West qui accompagne son élève, pas *sexy Caine* qui te propose un rencard. Il ne veut même pas que je sympathise avec des élèves, bon sang. Or au moindre contact avec lui, je me sens comme une ado en rut. *Mon Dieu, je suis pathétique*.

Ce serait super.
T'es le bienvenu quand tu veux.

Les points de suspension s'agitent sur l'écran, indiquant qu'il rédige sa réponse.

Demain, ce serait possible ?

Bien sûr. En général, j'essaie
d'y être pour dix heures pour ne pas
interrompre ses activités.

« T'essaies d'y être pour dix heures »…
Ça veut dire que t'y es quelque part
entre dix heures et midi ?

Peut-être. Je souris en regardant mon téléphone.

Heureusement pour moi,
Umberto n'est pas à cheval
sur les horaires.

Je passe te prendre
à neuf heures trente.
Chez moi ?
À moins que ça te pose un problème ?
Si tu préfères qu'on prenne deux
voitures, je peux te retrouver là-bas.
Non, une voiture, c'est bien. Ça me va.

J'envoie mon adresse à Caine et m'habille pour aller au travail. La journée a beau s'éterniser, mon sourire ne me quitte pas un seul instant.

***

Je ne suis pas certaine de savoir quelle est l'attitude à adopter dans cette situation… Est-ce que je suis censée descendre dans la rue à neuf heures trente, ou attendre que mon boss sonne à l'interphone et l'inviter à monter ? La réponse s'impose à moi à neuf heures vingt, quand mon interphone sonne alors que je n'ai pas fini de me préparer.

– Caine ? je demande en appuyant sur le bouton.

– Oui.

– Troisième étage. Je t'ouvre.

J'ouvre la porte de l'immeuble et entrouvre celle de mon appartement. Lorsque Caine sort de l'ascenseur, je prends une grande inspiration pour cacher l'effet que me fait son look. Je ne l'ai encore jamais vu habillé de façon aussi détendue, mais même avec un simple polo bleu marine et un jean, il est l'homme le plus sexy que j'ai jamais vu. Je réalise alors que son sex-appeal ne vient pas de ses vêtements mais plutôt de sa façon de les porter. Il dégage une confiance naturelle et une élégance détendue que je trouve incroyablement attirante. La barbe naissante qu'il a tendance à avoir à midi n'est pas encore là et, même si je l'adore, sa peau lisse et bronzée est tout aussi délicieuse.

– Je vois que tu es prête à l'heure, comme d'habitude, déclare-t-il en regardant mes cheveux mouillés.

– Tu es en avance.

Il regarde sa montre et hausse un sourcil.

– Il est neuf heures vingt-quatre. Tu seras prête dans six minutes ?

Je lève les yeux au ciel et ouvre la porte en grand pour l'inviter à entrer.

– Tais-toi et entre.

Caine sourit jusqu'aux oreilles et me passe devant, m'enivrant de son parfum boisé, unique et viril. Cela réveille en moi une vague de désir que je n'ai pas connue depuis longtemps, et j'envisage un instant de fourrer mon nez dans ma boîte de café pour calmer mes nerfs. Voilà qui aurait été intéressant à expliquer à mon patron.

Mon appartement n'est pas très grand, mais il est propre et décoré avec un style rétro chic que j'adore. Caine regarde autour de lui, notant les différents éléments qui remplissent l'espace. Chaque chaise autour de ma petite table est unique. Dans le salon, deux des murs sont rouge foncé et couverts d'œuvres d'art ou de photos dans des cadres noirs, tandis que les autres murs sont blancs, et vierges.

Au bout d'une minute, il tourne la tête vers moi.

– Quoi ?

– Ça te correspond, déclare-t-il d'un ton qui ne me dit pas si c'est une bonne ou une mauvaise chose.

– C'est-à-dire ?

– Je ne sais pas. C'est l'endroit parfait pour toi.

– Parce que c'est un peu dingue ?

– Peut-être, répond-il avec un sourire en coin.

– Et toi, il ressemble à quoi, ton appart ? je demande en posant une main sur ma hanche.

Il semble réfléchir à sa réponse tout en continuant d'étudier mon salon.

– Mon appart pourrait appartenir à n'importe qui. Il y a beaucoup de blanc, de noir, et d'acier inoxydable. Ça fait cinq ans que j'y habite et je n'avais jamais réalisé que la déco ne disait strictement rien de moi, jusqu'à ce que j'entre ici.

Hmmm. Je ne sais pas quoi faire de cette info.

– Je crois que je vais prendre ça pour un compliment.

– Tu fais bien. C'est comme ça que je l'entendais.

J'étais sur le point de m'habiller quand il a sonné à la porte, et j'ai complètement oublié ma tenue jusqu'à ce que son regard me le rappelle. Je ne dirais pas qu'il me reluque, mais ses yeux balaient mon corps de la tête aux pieds et je les sens s'arrêter sur un endroit précis. Le t-shirt couleur peau que je porte ne laisse pas grand-chose à l'imagination, mes tétons ayant durci lorsque je l'ai vu sortir de l'ascenseur. Je sens d'ailleurs qu'ils lui adressent un salut on ne peut plus fier à travers le tissu fin de mon t-shirt.

– Ok… Euh, je vais terminer de me préparer. Il y a du café dans la cuisine, si tu veux.

Je file dans ma chambre et décide soudain que la tenue que j'avais prévu de mettre n'est pas assez bien pour Caine, et je finis par me changer trois fois avant même de m'attaquer à mes cheveux et à mon maquillage. Quand je suis enfin prête, il est presque dix heures. Je pensais retrouver un Caine agacé, en train de taper du pied, mais je le découvre profondément absorbé par la décoration de mon appartement, et plus précisément par les cadres accrochés au mur.

– Désolée, j'ai perdu la notion du temps.

– T'en fais pas, je me suis servi deux cafés.

– Ah, tant mieux.

Je fourre mon brouillon de thèse dans un sac en toile et remarque que Caine s'est arrêté devant une vieille photo en noir et blanc.

– C'est ta mère ?

Je l'ai observée tellement de fois que j'en connais tous les détails sans même avoir à la regarder. Sur le cliché, elle est assise sur la balançoire de la maison où j'ai grandi, une pâquerette derrière l'oreille. Son sourire est si étincelant que je m'en sers souvent pour égayer mon humeur.

– Oui.

– Elle est magnifique.

– Merci. Oui, elle l'était.

Il se tourne vers moi et étudie mon visage.

– Tu lui ressembles comme deux gouttes d'eau.

– Cancer, je déclare sans préambule.

Je ne sais pas ce qui me pousse à dire ça. Après tout ce temps, je ne crois avoir parlé d'elle à personne en dehors de ma sœur. Je suis amie avec Ava depuis cinq ans et elle ne sait toujours pas de quoi ma mère est morte. Ce n'est pas un secret, c'est juste qu'il y a beaucoup de choses que je préfère laisser enfouies.

– Des ovaires, j'ajoute en regardant la photo.

Caine pose sa main sur mon dos et le caresse tendrement.

– Je suis désolé.

– Merci.

Je me racle la gorge et désigne une autre photo.

– Ça, c'est ma tante Rose et mon oncle Nate ; la sœur de ma mère et son mari. Ce sont eux qui nous ont élevées après que ma sœur… enfin… ils nous ont élevées comme leurs propres filles après le décès de ma mère. On n'a jamais connu notre père.

J'ai beau m'être confiée volontairement à lui, je ne veux rien d'autre, à présent, qu'y mettre fin.

– Tu es prêt ? Ils servent le déjeuner à midi trente et je n'aime pas interrompre la routine d'Umberto.

– Je t'attends, comme d'habitude.

– Tu dois être rentré à une heure précise ? Parfois je fais une pause pendant qu'il mange pour rédiger mes notes, et j'y retourne quand il a fini.

– Non, je suis à toi toute la journée.

Voilà qui me plaît.

CHAPITRE 11

RACHEL

Caine conduit une vieille Porsche à boîte manuelle qu'il entretient à la perfection. Je n'y connais rien en voitures, mais je ne pense pas me tromper en disant que c'est un vieux modèle qui coûte plus cher qu'une Ferrari flambant neuve. Je trouve que ça lui correspond bien : elle est chère, mais sexy et discrète.

Je n'ai jamais été aussi heureuse d'être coincée dans des embouteillages. Caine change de vitesse constamment, et sa façon d'empoigner le levier avec sa grande main me met l'eau à la bouche. Et c'est sans parler de son avant-bras et de cette fichue veine. Cette veine est en train de devenir une obsession.

– Tu sais conduire une voiture à boîte manuelle ? demande Caine lorsqu'il me voit l'observer.

– Non. J'ai essayé, une fois, et je me suis fait mal au nez.

– Tu t'es fait mal au nez ?

– Je n'arrêtais pas de caler et de faire des à-coups. La cinquième ou sixième fois, je relâchais l'embrayage pour avancer et j'ai calé à nouveau. J'ai été projetée en avant et je me suis cognée contre le volant. J'ai cru que je m'étais cassé le nez.

Caine ricane.

– Je crois que t'es un peu trop tendue pour conduire autre chose qu'une voiture à boîte automatique.

– Moi ? T'es bien plus nerveux que moi.

– T'as oublié comment on s'est rencontrés ? demande-t-il en me regardant du coin de l'œil.

– C'est pas pareil. J'étais sur les nerfs parce que je pensais que tu avais fait du mal à mon amie.

– Et au lieu de t'assurer que j'étais la bonne personne, tu m'as agressé. Je ne dirais pas que t'es détendue, comme nana.

Je suis sur le point de le contredire quand je me rends compte que ça ne fera que prouver qu'il a raison.

– Peut-être que t'as *un peu* raison.

– Juste un peu.

– Tu sais, c'est comme ça que je me suis intéressée à la thérapie musicale. Quand j'étais petite, j'ai appris à me tourner vers la musique pour me détendre.

– T'écoutais de la musique quand tu conduisais la voiture ?

J'y repense un instant.

– Tu sais quoi ? Non. J'étais stressée et je ne voulais pas être déconcentrée, alors j'ai éteint la radio.

– T'aurais peut-être dû la laisser allumée.

– Hmmm, je n'y ai jamais pensé. Peut-être que tu pourrais me laisser conduire la tienne, comme ça, on verra si ça marche.

– Merci, mais je tiens trop à mon embrayage, répond-il en riant.

Normalement, il faut quarante-cinq minutes pour aller chez Umberto dans le New Jersey, mais aujourd'hui il nous faut le double de temps. Le George Washington Bridge est fermé à l'exception d'une voie et nous mettons une éternité à le traverser. Une fois de l'autre côté, Caine me parle de ma thèse.

– Parle-moi un peu d'Umberto.

– J'imagine que tu as lu le résumé de ma thèse ? Il a soixante-treize ans, il est atteint d'un stade avancé d'Alzheimer et il a vécu toute sa vie dans la maison où il a grandi – il avait même son cabinet médical au rez-de-chaussée. Il était médecin généraliste et il travaillait encore il y a dix ans. Ça fait cinquante et un ans qu'il est marié à Lydia, et elle lui rend visite tous les jours sans faute. Ils ont un fils qui habite sur la côte est et qui vient les voir plusieurs fois par an. La plupart du temps, Umberto ne sait pas qui est Lydia. Il a souffert d'une dépression pendant deux ans et il a trouvé du réconfort auprès de Carol, une autre patiente. Parfois, Umberto et Carol se tiennent la main pendant que Lydia lui rend visite. Je n'ai jamais vu un amour aussi fort que celui qu'elle ressent pour lui. L'homme qu'elle a aimé toute sa vie pense qu'il est amoureux d'une autre femme, et elle est heureuse pour lui. Je n'ai jamais rencontré une personne aussi altruiste. Aussi peu égoïste. Elle veut sincèrement son bonheur, même si ce n'est possible qu'avec une autre femme.

– Waouh.

– Ouais. C'est une belle histoire, malgré cette affreuse maladie.

– Et la musique qui le fait réagir est italienne ?

– Oui. Quand j'ai commencé à me rendre dans ce centre, j'ai travaillé avec un groupe de dix personnes, essayant de trouver des candidats à étudier de façon individuelle. Umberto n'était pas du tout réceptif. C'est sa femme qui gère ses soins et c'est elle l'avait inscrit à mon étude. J'avais interrogé les familles pour savoir quelle musique pouvait plaire à leurs proches, afin de déterminer les exercices les plus adaptés. Umberto n'avait jamais réagi à rien. Il semblait apprécier la musique, mais ni la chanson de son mariage ni aucun morceau lié aux événements marquants de sa vie ne suscitaient le moindre intérêt chez lui.

– Qu'est-ce qui t'a poussé à essayer la musique italienne ?

– C'est sur un coup de tête, en fait. Un jour, j'ai entendu Umberto répondre en italien à quelque chose que lui avait dit une infirmière. Jusque-là, je ne savais pas qu'il le parlait couramment. Apparemment, il se mettait à l'employer, de temps en temps. Du coup, la semaine suivante, j'ai décidé d'essayer un opéra.

– Et Umberto a réagi ?

– Il s'est mis à pleurer, je réponds en posant ma main sur ma poitrine. Ça m'a fendu le cœur. C'était la première fois qu'il se montrait réceptif. Il a été plus lucide ce jour-là qu'il ne l'avait été depuis des années. Il a commencé à raconter des histoires à propos de sa mère que même sa femme avait oubliées.

– Qu'est-ce que tu as prévu de lui faire écouter, aujourd'hui ?

Normalement, j'alterne les musiques en anglais et en italien d'une semaine à l'autre, et cette semaine aurait dû être en anglais, mais j'ai décidé de changer le programme. Peut-être qu'une petite partie de moi cherche à impressionner Monsieur *Sexy-Rockeur*.

– *Le Nozze di Figaro*.

– Ah, Mozart.

– T'es fan d'opéra ?

– Je suis fan de musique, peu importe le registre. J'ai vu une représentation des *Noces de Figaro* quand j'étais en licence. Toute la classe y a assisté, ça faisait partie du programme.

– Je n'ai jamais été à l'opéra, je réponds.

Nous sommes sur le point d'arriver et je désigne le panneau pour « Regency Village ».

– Prends la prochaine à gauche. On ne voit le bâtiment qu'à la dernière minute, il est caché derrière les arbres.

Ce n'est que lorsque nous sommes garés dans le parking que je me sens soudain nerveuse. Ça fait plus d'un an que je travaille sur ma thèse. Et si Caine trouvait ma thèse bancale ou ne pensait pas que c'est la musique qui fait jaillir les souvenirs d'Umberto ? Après tout, même s'il apprécie toujours la musique, ses réactions ne sont pas intéressantes à chaque session.

Caine coupe le moteur et se tourne vers moi, une main toujours sur le volant.

– J'ai lu ton travail. Tes arguments tiennent la route. Tu vas t'en sortir haut la main.

Je ne lui ai pas dit que j'étais nerveuse, comment l'a-t-il deviné ?

– Tu joues avec ta montre quand tu es stressée, répond-il en désignant mon poignet.

En effet, je suis en train de tripoter le bracelet en cuir et je cesse immédiatement.

– À quel autre moment tu m'as vue faire ça ?

– Le premier jour de cours, quand la salle s'est vidée et que tu es descendue me voir, répond-il en me regardant dans les yeux. Et tout à l'heure, chez toi, quand j'ai remarqué que tu ne portais pas de soutien-gorge.

Mortifiée, j'observe tout l'habitacle pour fuir son regard. À ma grande surprise, quand je tourne de nouveau la tête vers lui, ses yeux sont posés sur ma bouche, me poussant d'un tic nerveux à un autre. Je me mords la lèvre tandis qu'une nuée de papillons se met à voleter dans mon ventre.

Caine se racle la gorge, mais sa voix n'est pas moins rauque lorsqu'il parle de nouveau.

– Ne sois pas nerveuse. Allez, viens, j'ai hâte que tu m'épates.

***

Lorsque nous arrivons, Umberto est avec ses femmes, Lydia et Carol, et il est tout sourire.

– Sa femme est en face de lui, et sa copine à côté, je chuchote à Caine tandis que nous avançons vers eux.

– Umberto est un sacré don Juan, répond-il tandis que je lui mets un coup de coude pour le faire taire. Bonjour Umberto.

– Bonjour.

Chaque semaine, il faut reprendre à zéro. S'il y a bien une chose que j'ai apprise avec Umberto, c'est qu'il est très doué pour faire mine de reconnaître les gens.

– Est-ce que Max a eu sa balade ? demande le vieil homme.

– Euh, oui, je réponds avant de me tourner vers Caine. Max était son chien ; un labrador noir. Je ne sais pourquoi, il demande toujours aux gens si Max a été promené. Il pense sans doute que c'est ce qu'on vient de faire. Bonjour Lydia, bonjour Carol.

Lydia se lève pour me faire la bise. Nous sommes devenues proches, au cours de la dernière année. Je suis sur le point de leur présenter Caine lorsque Carol prend les choses en main.

– Qui est le beau gosse ? Vous êtes un nouveau médecin ?

J'éclate de rire.

– Je vous présente Caine West. Il est professeur de musique à l'université de Brooklyn où j'étudie.

Caine dégaine un sourire étincelant en leur tendant la main.

– Je suis ravi de vous rencontrer, Carol.

Nous nous joignons à eux tandis qu'ils parlent du film qu'ils ont vu hier soir. La maladie de Carol est à un stade moins avancé et elle a une meilleure mémoire qu'Umberto.

– *À la poursuite d'octobre rouge*, tu te souviens, chéri ? demande-t-elle en posant sa main sur le bras d'Umberto. Avec Sean Connery.

– Ah oui. Oui.

Je suis prête à parier qu'Umberto ne se souvient absolument pas du film.

Caine reste silencieux, observant les deux femmes tour à tour, étudiant la réaction de Lydia lorsque Carol effleure la main d'Umberto. Je me suis habituée à ce trio étrange, mais je sais que cela surprend lorsqu'on le découvre pour la première fois. Une femme qui n'en étripe pas une autre lorsque celle-ci caresse l'homme qu'elle aime – un homme auquel elle est restée fidèle pendant cinquante et un ans – n'est pas un phénomène qu'on voit tous les jours. Je sais que Caine attend une réaction particulière, mais il ne verra que du contentement chez Lydia. Elle s'est faite à l'idée que c'est ainsi que son mari est heureux.

Une infirmière vient chercher Carol pour son activité. Lydia a insisté dès le début pour que nous ne commencions jamais la thérapie en sa présence. Elle ne veut pas que son mari se rappelle quelque chose qui le pousserait à chercher du réconfort auprès de sa femme, risquant d'attrister Carol.

Umberto prend Carol dans ses bras pour lui dire au revoir, et lorsqu'il se rassoit, il semble particulièrement agité.

Lydia tend la main et prend celle de son mari.

– Umberto, Rachel va te faire écouter un morceau. Tu te souviens qu'elle te fait écouter de la musique, parfois ?

– Ah, oui. Oui.

Traduction : *Je n'en sais rien, mais je ne vais pas te l'avouer.*

– Rachel va te mettre un casque, d'accord ?

– D'accord.

Je pose le casque Bluetooth sur les oreilles d'Umberto tandis que Lydia fouille dans son sac pour en sortir de petits écouteurs sans fil. Elle n'est pas tenue de le faire, mais elle semble apprécier de partager l'écoute avec son mari. Je réalise soudain que je n'ai pas pris d'écouteurs supplémentaires pour Caine et je propose de partager les miens.

En même temps, je ne vais pas me plaindre d'avoir à me rapprocher de lui.

Je lance la musique, et Umberto ferme aussitôt les yeux. En une fraction de seconde, toute la tension semble quitter son visage. Je regarde Caine du coin de l'œil et il me répond par un sourire et un hochement de tête. À un moment donné, Umberto tend la main pour prendre celle de sa femme. C'est un geste anodin, mais ces minuscules moments de lucidité font toute la différence pour les proches d'un malade d'Alzheimer.

Je joue deux morceaux, puis j'enlève le casque d'Umberto.

– Comment te sens-tu aujourd'hui, Umberto ?

– Bien. Bien.

Je ne sais s'il se sent différent, mais il n'est plus agité.

Lydia profite de l'effet de la musique pour essayer d'atteindre son mari.

– Umberto ? Tu te souviens quand Francesca jouait cette chanson ?

– Oui, dit-il en hochant la tête.

Il joint tous les doigts de sa main, à la manière d'une *mamma* italienne, et dit : « *Belle parole non pascon i gatti* ».

Lydia éclate de rire puis se tourne vers moi.

– Ça veut dire : « Les belles paroles ne nourrissent pas les chats. » Ma belle-mère, Francesca, répétait tout le temps ça. Je n'ai jamais compris ce que ça voulait dire.

Nous restons quelques heures, en faisant une pause pour le déjeuner, mais c'est tout ce dont Umberto se rappelle aujourd'hui. Une nouvelle écoute durant l'après-midi ne fait pas jaillir d'autres souvenirs, mais j'espère néanmoins que la musique est ce qui fait sourire tout le monde.

Lydia regarde sa montre.

– Umberto, c'est presque l'heure de la messe. Tu veux te changer avant d'y aller ?

– D'accord.

Elle se tourne vers Caine et moi.

– Est-ce que vous voulez vous joindre à nous ?

Même si je ne suis pas pratiquante, je les ai parfois accompagnés aux messes dominicales pour observer les réactions d'Umberto à la musique liturgique.

– Je crois qu'on va filer, je réponds. Il se fait tard.

Nous sommes en train de dire au revoir lorsqu'Umberto se tourne vers Caine.

– Vous allez sortir Max ?

– Ouais, répond Caine, jouant le jeu. Je prendrai soin de lui, ne vous en faites pas.

Après que l'infirmière a emmené Umberto dans sa chambre, Lydia nous raccompagne dans le hall d'entrée.

– Bizarrement, je ne me vexe pas que mon mari soit tombé amoureux d'une autre femme et ne se rappelle pas de moi, mais à chaque fois qu'il se souvient de Max, je ne peux pas m'empêcher de me sentir insultée, dit-elle en riant à moitié.

Bon, j'espère que Rachel aura une bonne note, aujourd'hui. Sa thérapie musicale semble vraiment aider mon mari.

– Ça ne marche pas comme ça, Lydia, j'explique en souriant. Monsieur West ne va pas me noter. Il supervise les recherches que je mène ainsi que la rédaction de ma thèse.

– Ah. D'accord. Eh bien j'espère qu'elle vous a impressionné.

Caine me lance un regard affectueux.

– Absolument.

– À la semaine prochaine ? me demande Lydia en me serrant dans ses bras.

– Je n'y manquerai pas.

– Est-ce qu'on vous reverra, professeur ?

– Si Rachel veut bien de moi.

Euh, on parle au sens figuré ?

Durant le trajet du retour, je sens que quelque chose perturbe Caine, car il est plus silencieux que d'habitude.

– Tu voulais aller à la messe ? Je ne t'ai même pas posé la question alors que j'ai monopolisé tout ton dimanche.

Caine me regarde du coin de l'œil avant de se concentrer de nouveau sur la route.

– Ça fait quinze ans que je n'ai pas mis les pieds dans une église. Je n'y retournerai pas, même si tu me payais.

CHAPITRE 12

CAINE

Quinze ans plus tôt

Qu'est-ce qu'elle fait ?

Je suis caché derrière une colonne en marbre pour l'observer. Je suis en retard, parce que Liam faisait l'andouille pendant la répétition et on a perdu la notion du temps en essayant d'apprendre la chanson qu'il a écrite hier soir lorsqu'il était saoul. La moitié du texte qu'il a gribouillé était illisible, mais l'autre moitié était franchement super. Donc on a joué encore et encore, essayant de pousser ce débile à se souvenir des paroles.

Normalement, j'arrive à midi trente et je m'installe dans le confessionnal pour attendre mon amie, qui arrive vers treize heures. Mais aujourd'hui je suis en retard, et elle est en avance. Du moins, je crois. Ne l'ayant jamais vue de façon très nette, je me cache peut-être d'une gamine lambda qui est entrée dans l'église pour la première fois. Le vieux confessionnal est sombre et la grille qui sépare les deux isoloirs fait que je ne vois guère plus que sa queue-de-cheval. Je sais qu'elle a les cheveux bruns et qu'elle est minuscule – comme la fillette qui jette justement un œil sur le côté réservé au prêtre. Je l'observe de loin tandis qu'elle regarde tout autour en tenant la porte ouverte. Elle y entre une fraction de seconde, puis se précipite du côté réservé au paroissien.

Cinq minutes plus tard, elle n'est pas ressortie, donc je m'assure que la voie est libre et je me dirige discrètement pour prendre ma place et effectuer mon devoir de prêtre. L'isoloir est identique à l'accoutumée, à l'exception de deux pièces sur le sol. Je suppose qu'elle voulait juste voir à quoi ressemblait le prêtre.

– Bénissez-moi, mon père, parce que j'ai péché.

Ça doit faire six semaines que je fais ça, et chaque fois qu'elle prononce ces mots, mon cœur se resserre. Elle porte trop de culpabilité pour une gamine. Ces derniers temps, on ne parle même plus des péchés qu'elle pense commettre. Elle vient simplement pour discuter pendant une heure. Je crois que je suis le seul adulte en qui elle a confiance, ce qui est affreusement ironique étant donné que je ne suis même pas un adulte, et que je lui mens depuis le premier jour où elle est venue se confesser.

– Comment s'est passée ta semaine ?

– J'ai eu des ennuis à l'école.

– Ah bon ? je réponds en souriant. Qu'est-ce que tu as fait ?

– C'était aussi un péché.

– Dis-moi tout.

– Eh bien, vous savez le garçon qui est assis à côté de moi, dont je vous ai parlé ? Tommy ?

– Celui dont la main est toujours dans le pantalon ?

– Oui. Il m'a fait dire un gros mot, et j'ai été punie. On a tous les deux été punis.

– Comment s'y est-il pris pour te faire dire un gros mot ?

– On révisait la géométrie, en classe. La maîtresse a dessiné un rectangle au tableau et a demandé quelle forme c'était. On a appris toutes les formes il y a quelques années, mais quand elle m'a interrogée, je ne me souvenais plus du mot. La maîtresse m'a donné un indice pour m'aider. Elle a dit que ça commençait par « R ». J'étais tout excitée parce que je pensais me souvenir, et j'ai crié le mauvais mot commençant par « R ».

– Qu'est-ce que tu as crié ?

– Rectum.

Je m'efforce de ne pas éclater de rire.

– Tu sais ce que ça veut dire ?

– Maintenant, oui. Tommy me l'a expliqué en criant que j'étais un trou du cul.

Je fais de mon mieux pour exercer mon rôle de prêtre.

– Ton erreur était sincère. C'est plutôt Tommy qui a péché en disant le gros mot volontairement. Pas toi.

– Ben… je l'ai dit, moi aussi.

– Ah bon ?

– À la récré, des garçons se moquaient de moi en disant que j'aimais les trous du cul. Alors j'ai dit que c'est Tommy qui m'a appris le mot rectum… parce que quand il a la main dans son pantalon, en cours, parfois il se met un doigt dans le rectum. Sauf que je n'ai pas employé le mot rectum.

Je meurs d'envie de lui dire « Bien joué ma belle », mais je me retiens.

– Tu diras trois *Je vous salue Marie* pour avoir dit un gros mot. Mais entre nous, Tommy me semble être une crapule et il l'a bien mérité.

La fillette glousse.

– Il y a autre chose ?

La semaine dernière, elle n'a pas parlé de ce qu'il se passait chez elle et je m'inquiète. La seule chose que j'ai pu lui faire dire, en dehors du fait qu'elle souhaite du mal à son beau-père, c'est qu'il boit trop et qu'il crie.

– Comment ça va à la maison ? Est-ce qu'il s'est passé quoi que ce soit qui te donne de mauvaises pensées ?

– J'ai mis les écouteurs que vous m'avez donnés.

Il y a quinze jours, quand elle m'a dit qu'elle avait peur quand son beau-père criait la nuit, j'ai suggéré qu'elle écoute son morceau préféré pour ne plus l'entendre. Comme elle n'avait pas d'écouteurs, j'en ai déposé une paire de son côté de l'isoloir la semaine suivante en lui disant de les ramener chez elle. Je lui ai expliqué qu'en fermant les yeux pour se concentrer sur la musique, elle aurait moins de mal à s'endormir.

– Est-ce que ça t'a aidé ?

– Oui. Je me suis endormie après la quatrième écoute de la chanson.

Je délire sans doute, mais j'ai l'impression d'aider cette gamine, à ma façon.

– Tant mieux.

– J'ai dit à ma sœur d'essayer, mais elle a dit qu'elle ne pouvait pas.

– Parce qu'elle n'a pas d'écouteurs ?

Elle reste silencieuse quelques secondes. Or j'ai appris que ses silences en disent davantage que ses mots.

– Si, elle les a eus à Noël avant que maman ne meure.

– Alors pourquoi ta sœur pense qu'elle ne peut pas s'en servir ? Elle n'aime pas la musique ?

– Il faut qu'elle entende Benny arriver.

– Comment ça ?

– Parfois, quand il est saoul et en colère, il entre dans sa chambre, la nuit.

CHAPITRE 13

RACHEL

– Tu as faim ?

Ça fait plusieurs minutes que j'hésite à lui poser la question. J'ai beau avoir passé la journée avec Caine, je ne suis pas prête à ce qu'elle prenne fin. Néanmoins, je veux que ma proposition de dîner paraisse détachée. Il m'a proposé de manger ensemble plusieurs fois, mais quand cela vient de moi, j'ai l'impression de suggérer un rencard.

Caine me jette un coup d'œil puis se concentre sur la route. Il ne dit rien, et j'ai comme l'impression qu'il s'interroge sur le caractère approprié de la situation. Je suis donc surprise par sa réponse.

– Je meurs de faim. De quoi as-tu envie ?

– Je ne suis pas difficile. Il y a un bon resto grec à quelques pas de chez moi. Ou bien un resto chinois sur Grand Street. Ou alors on peut aller chez *O'Leary* et ce sera encore moi qui offre, je ricane.

– Et si on mangeait grec ? C'est moi qui paye, cette fois.

– Ça me va. Prends à gauche sur Elwyn Street. Ce sera sur la droite ; il faut juste trouver une place pour se garer. Ça s'appelle *Greek Delight*.

Une fois dans le restaurant, la serveuse nous installe à une petite table au calme, à l'arrière de la salle, et nous apporte du houmous et des pitas pour grignoter pendant qu'on étudie le menu. Je sais déjà ce que je veux, mais Caine sort ses lunettes pour lire la carte. Elles lui vont *super* bien, mais je ne peux pas réprimer ma curiosité.

– T'as quel âge, pour avoir besoin de lunettes ?

– Tu portes bien des lunettes, toi aussi. Pourquoi ça impliquerait que je suis vieux ?

– Je suis astigmate. Je porte des lunettes depuis que j'ai l'âge de mettre une brassière.

Caine jette un coup d'œil à mon décolleté avant de se replonger dans le menu, marmonnant quelque chose que je ne comprends pas. Comme je continue de le dévisager, il enlève ses lunettes et fronce les sourcils.

– Quoi ?

– Tu n'as pas répondu à ma question. T'as quel âge ?

– L'âge d'être ton prof.

Je plonge une pita dans le bol du houmous et l'avale avant de répondre.

– Donc… environ soixante ans ?

– J'ai trente-deux ans, espèce de peste. Satisfaite ?

– Très, je réponds en souriant.

Caine remet ses lunettes pour poursuivre sa lecture.

– Si ça peut te rassurer, je ne t'aurais pas donné plus de trente et un ans.

Il secoue la tête sans la lever, mais je vois sa lèvre tressauter.

Pourquoi j'aime autant ce rictus ? À chaque fois, c'est comme une petite récompense. Je perds vraiment la tête quand je suis avec cet homme.

Lorsqu'il a fait son choix, il pose la carte et recule sur sa chaise.

– Tu fais du bon boulot avec ta thèse.

– Merci.

– Le moins qu'on puisse dire, c'est que ce trio a une dynamique inhabituelle.

Je me souviens combien j'étais gênée, la première fois que je les ai vus.

– Je sais, je trouvais ça bizarre moi aussi, au début. Mais je m'y suis habituée, maintenant. Lydia est incroyable, non ?

– Carrément. Je ne sais pas si je pourrais faire ce qu'elle fait.

– Comment ça ?

– Je ne sais pas si je pourrais regarder ma femme avec un autre homme et rester tout sourire.

– Le véritable amour est altruiste. Elle veut ce qu'il y a de mieux pour lui, même si elle doit accepter une autre femme.

La serveuse apporte nos boissons et prend notre commande. Caine a choisi une bière grecque et j'ai pris mon soda habituel. Lorsqu'il porte la bouteille à sa bouche, je m'efforce de ne pas regarder ses lèvres charnues pour cacher ma réaction.

– T'as l'air de savoir de quoi tu parles. Je présume que t'as déjà aimé quelqu'un à ce point ? demande-t-il.

– Pas un homme, non.

Caine hausse les sourcils et je me rends compte de ce qu'il pense.

– Je voulais dire que j'ai ressenti ça avec ma mère. Je ne suis pas lesbienne. J'aime les hommes. Non pas que j'aie quoi que ce soit contre les lesbiennes. C'est juste que je préfère… tu sais… les hommes. Pour le sexe. Non pas que j'aie une vie sexuelle épanouie, en ce moment.

Mon Dieu, Rachel, tais-toi !

Caine éclate de rire.

– Putain, t'es adorable quand t'es gênée.

Je bois une gorgée pour occuper ma bouche et, je l'espère, éviter de rougir.

– Bref. Quand ma mère est tombée très malade, je voulais qu'elle meure pour qu'elle ne souffre plus. J'allais me retrouver sans mère, mais je m'en fichais. Je voulais juste qu'elle soit en paix. Lydia et Umberto me font penser à ça, je conclus en reposant mon verre. Et toi ? Tu as déjà aimé quelqu'un à ce point ?

Caine secoue la tête.

– Je ne suis pas sûr d'être capable d'être altruiste. J'ai passé ma vie à ne penser qu'à moi.

– Pas de copines, alors ?

– Si, plein. Mais j'ai toujours été égoïste avec elles.

– Ça changera quand tu rencontreras la bonne.

– Peut-être, admet-il en buvant une gorgée. Ou peut-être que je suis destiné à une vie de baise égoïste. Ce ne serait pas la fin du monde.

Je n'arrive pas à voir Caine comme quelqu'un d'égoïste. Il a changé ma roue après que je l'ai agressé et que j'ai interrompu son cours. Et j'ai du mal à imaginer qu'il soit égoïste au pieu. Il est tellement observateur que c'en est perturbant, et c'est sans parler de l'intensité qui se dégage de lui. Puis, il est musicien… il est habile et a le sens du rythme. Non. Il est impossible que Caine soit un partenaire sexuel égoïste. J'en suis certaine.

– Qu'est-ce qu'il se passe dans ta tête ? demande-t-il d'un ton amusé.

– Pourquoi ?

– Tu t'es tue quand j'ai dit qu'il y avait pire qu'une vie de baise égoïste.

Voilà encore ce sens de l'observation. Il fait attention aux femmes. Et les hommes qui font attention sont doués au pieu.

– Je pensais juste à ce que tu as dit. Tu ne me sembles pas être égoïste.

– On n'a pas ce genre de relation.

– Certes, j'admets en haussant les épaules. Mais tu as l'air trop attentif pour être égoïste de cette façon.

Il semble soudain comprendre le fond de ma pensée et il avance vers moi avec un sourire machiavélique qui fait battre mon cœur plus fort.

– Je ne dis pas que je suis égoïste quand je baise, répond-il alors que son regard se pose sur mon cou avant de remonter vers ma bouche entrouverte. Les besoins d'une femme passent toujours avant les miens. Et je prends un plaisir fou à répondre à ces besoins.

Ses yeux plongent dans les miens et il se penche en avant.

– Je m'assure toujours qu'elle jouit avant moi… *plusieurs fois*.

Je déglutis. Mon corps tout entier réagit à ses paroles, et Caine le sait. Il recule sur sa chaise avec un sourire satisfait et une étincelle dans les yeux.

Quand je tente enfin de parler, ma voix est rauque.

– Alors en quoi es-tu égoïste ?

– Pour tout ce qui vient avant et après le sexe. Tout ce qui tient à la relation.

– Ah…

– Tout le monde ne peut pas être comme Lydia.

– Je ne suis pas d'accord. Je crois qu'on est tous capables d'être Lydia. C'est un choix, de ne pas chercher son Umberto. Et en général, ce choix n'est pas sans raison.

La mâchoire de Caine se contracte, mais il ne dit rien. Heureusement, nos plats arrivent et nous mangeons en silence.

J'ai commandé un kebab et c'est très vite un désastre car la pita se déchire. La moitié du contenu se déverse dans mon assiette et sans m'en rendre compte, la sauce tzatziki a coulé sur ma main.

– Tu as de la sauce…, dit Caine en désignant mon poignet.

Je suis son regard sans poser mon kebab, découvrant que le filet de sauce a dépassé mon poignet et s'apprête à couler sur ma chemise. Il me sera impossible de poursuivre ma dégustation si je pose mon kebab. Je penche donc la tête pour lécher mon bras depuis mon coude jusqu'à mon poignet. Ce n'est pas très féminin, mais c'est mieux que de tacher ma chemise en présence de Caine – encore une fois.

Lorsque je lève la tête, il me dévisage.

– Bon sang. Tu essaies de me faire virer, ou quoi ?

– Quoi ?

– Tu n'en as vraiment pas conscience, hein ?

– Je ne comprends pas.

Caine regarde son assiette en secouant la tête.

– Finis de manger. On devrait rentrer.

Le trajet jusque chez moi se déroule dans un silence gênant. Honnêtement, je ne sais pas quoi dire. J'ai compris que le commentaire de Caine impliquait que le spectacle de ma langue l'avait excité, et cela me rappelle qu'il faut que j'arrête de rêver de quelque chose qui ne se produira jamais.

Lorsqu'on arrive en bas de mon immeuble, Caine se gare en double file et coupe le moteur.

– Je te raccompagne.

– Tu n'es pas obligé.

– Je ne vais pas te laisser dans la rue, rétorque-t-il en ouvrant sa portière, clôturant le débat.

– Ok…

Le silence se poursuit dans l'ascenseur puis jusqu'à ma porte, où je m'arrête pour chercher mes clés dans mon sac.

– Je te remercie encore une fois de bien vouloir diriger ma thèse, et d'être venu avec moi aujourd'hui.

– Y a pas de quoi. Je le ferais pour n'importe quel étudiant.

Aïe. La piqûre de rappel fait horriblement mal.

Je déverrouille la porte et l'ouvre en levant la tête vers lui.

– Tu veux entrer ? Je peux faire du café ou…

Je n'ai pas d'arrière-pensée en lui posant la question, c'est juste une marque de politesse.

Caine met plusieurs secondes avant de répondre.

– Je crois qu'il vaut mieux qu'on ne se voie plus en dehors des cours. Tes recherches sont prometteuses, et je crois que le planning du semestre est établi, désormais. Si tu as besoin de parler de ta thèse, la secrétaire a accès à mon agenda et pourra fixer un rendez-vous.

Peut-être est-on devenus trop amicaux, mais…

– J'ai fait quelque chose pour te vexer ?

– Non, répond-il fermement. Ferme bien la porte à clé.

***

Je prends une douche rapide et enfile un vieux t-shirt pour me coucher. Je me sens triste et confuse. Mes sentiments pour Caine n'ont cessé de croître même si je sais que c'est idiot de s'enticher d'un mec qui ne veut pas d'une relation sérieuse – quand bien même ce ne serait pas mon prof. J'essaie de m'endormir, en vain.

J'éteins mon téléphone et décide de rédiger mes notes de recherches dans un e-mail afin de l'ajouter à ma thèse plus tard. Toutefois, quand je le rallume, il s'ouvre sur le dernier message de Davis, auquel j'ai complètement oublié de répondre.

Nous n'avons jamais trouvé le bon moment, mais Davis ne m'a jamais donné de faux espoirs. Il ne joue pas au chat et à la souris – il admet ses sentiments et a toujours été sincère. Je soupire avant de répondre.

Tu me manques aussi.

CHAPITRE 14

RACHEL

Caine est parvenu à m'éviter pendant quatre jours – jusqu'à aujourd'hui. Impossible pour lui de m'ignorer, à moins de rater la réunion semestrielle qui est obligatoire entre professeurs et chargés de TD.

Je suis assise au fond de la vaste salle de conférences et les sièges de part et d'autre du mien sont libres – non pas que je les réserve… Caine n'est pas encore arrivé. Chaque fois que quelqu'un entre dans la pièce, mon regard se rive sur la porte. Le directeur du département est installé sur l'estrade lorsque Caine arrive enfin.

Il s'arrête dans l'embrasure de la porte et balaie la salle du regard. Lorsqu'il me voit, il s'empresse de porter son regard ailleurs et choisit une chaise à l'opposé de la mienne.

Je suis surprise qu'il ne tombe pas raide mort au cours de la réunion étant donné que je le fusille du regard – du moins l'arrière de sa tête. Lorsque c'est fini, je reste à ma place pour voir s'il va s'en aller sans m'adresser la parole.

Caine se lève et jette un coup d'œil dans ma direction, mais il est vite rejoint par une femme au sourire radieux. Elle est vêtue d'un tailleur rose bonbon qui est impossible à louper – j'imagine que c'est le but recherché – et je déteste admettre qu'elle est plutôt jolie. Je l'ai déjà croisée dans les couloirs et je sais qu'elle enseigne ici, mais j'ignore son nom.

Madame Fuchsia est tout l'inverse de moi. C'est une fausse blonde avec une coupe à la Marilyn Monroe et elle est à peine plus petite que Caine. Son tailleur a beau être kitschissime, il est clairement taillé sur mesure et doit coûter une petite fortune. Elle est très tactile avec son collègue et je vois à la façon dont elle pose sa main sur son bras qu'ils se connaissent bien. Lorsqu'elle rejette ses cheveux en arrière pour la troisième fois en éclatant de rire, je décide que j'en ai assez vu. Je me lève et me dirige vers la porte, mais je me retrouve coincée derrière deux profs qui discutent en avançant à la vitesse d'un escargot.

Il n'y a que trois personnes entre Caine et moi dans la file pour sortir, et il prend soin de ne jamais regarder dans ma direction. Lorsqu'il pose sa main au creux des reins de Madame Fuchsia pour la guider vers la sortie, je réalise combien je suis idiote.

À l'évidence, Caine n'est pas contre fraterniser avec ses collègues de travail – seulement avec moi.

Qu'il aille se faire voir. Je n'en reviens pas qu'il puisse être aussi malhonnête.

Je passe la porte et file vers la sortie aussi vite que possible. Je m'en veux et je me sens stupide d'avoir pensé que je plaisais à Caine et qu'il se retenait parce que je suis sa chargée de TD. Mais par-dessus tout, je lui en veux de m'avoir fait croire que c'est le cas. Je n'ai pas imaginé les signaux qu'il m'envoyait l'autre soir.

Je suis presque arrivée à la sortie quand je m'arrête brusquement, obligeant l'étudiant derrière moi à me rentrer dedans.

– Putain ! grogne-t-il.

– Pardon.

Je me remets en route. Je devrais partir. Mais je me connais – ce genre de chose va me ronger et m'empêcher de dormir. Si je ne vide pas mon sac maintenant, je vais être de mauvais poil toute la journée. Il faut que je dise à Caine ce que je pense. Tant pis.

Je fais demi-tour et bouscule le même étudiant.

– T'es sérieuse ? gronde-t-il.

– Ça va, tu t'en remettras ! Et puis ne marche pas aussi près des gens, bon sang !

Je pars en direction du bureau de Caine. Je pourrais perdre mon travail en lui criant dessus, mais au moins je dormirai tranquille – même si ça lui prouve qu'il a raison et que je suis trop sur les nerfs.

La porte de son bureau est entrouverte. Je m'arrête un instant pour faire le point sur ce que je veux dire et je me prépare à entrer sans frapper lorsqu'une voix de femme m'arrête. Ou plutôt son rire, qui me fait bouillir de rage.

– Tu te souviens de ce petit resto italien ? dit-elle. Celui avec la cheminée au fond de la salle ?

– *Giordano.*

– Oui, c'est ça. On devrait y retourner. Les desserts avaient l'air incroyables, ajoute-elle avant de marquer une courte pause. Cela dit, nous n'avons pas tenu jusqu'au dessert ce soir-là, n'est-ce pas ?

J'en ai assez entendu et je préfère ne pas attendre la réponse de Caine. J'avais beau être furieuse en venant ici, l'entendre avec une autre femme transforme ma colère en vexation – et je préfère que personne ne me voie ainsi. J'entame alors ma propre thérapie musicale et je mets mes écouteurs pour rentrer chez moi.

***

Je n'ai aucune envie d'aller au dîner des colocs ce soir. Je préférerais largement rester chez moi à me morfondre mais quand j'ai essayé d'annuler, Ava m'a fait culpabiliser. Je me force donc à me préparer et je fais plus d'efforts que d'habitude. Peut-être que je me sentirais mieux en étant canon.

Puis, j'ai toujours trouvé le sèche-cheveux thérapeutique. L'action de brosser et lisser mes boucles est étrangement apaisante.

Il va de soi que lorsque j'ai terminé, mes cheveux sont raides comme des baguettes – j'avais vraiment besoin de me calmer. Puisque j'ai fait autant d'efforts avec mes cheveux, je les poursuis avec mon maquillage et je vais même jusqu'à choisir une jolie tenue et de petites sandales à talon.

Lorsque j'arrive chez *O'Leary*, le regard de Davis me confirme que je ne me suis pas appliquée pour rien. Ce soir, il n'y a que moi, lui, et Ava, car notre ancienne coloc est partie en croisière avec son nouveau mec. J'ai bien fait de venir. J'avais oublié combien j'aimais notre bande. On rattrape le temps perdu en riant, surtout en écoutant les histoires sans queue ni tête d'Ava. Toutefois, ça ne fait que trente minutes que nous sommes installés lorsque Sal, le nouveau serveur, vient nous dire qu'il est malade et qu'il doit rentrer chez lui. Il nous demande si l'un d'entre nous peut appeler Charlie pour lui demander de le remplacer.

Comme il ne reste que quelques heures avant la fermeture, Ava et moi nous portons volontaires pour prendre le relais. Son teint est tellement pâle que je ne le crois pas capable d'attendre l'arrivée de Charlie pour rentrer chez lui dans le Queens.

– T'es trop jolie pour travailler ce soir, déclare Ava en désignant mes pieds. Puis, ce ne sont pas des chaussures pour servir. Je gère, t'inquiète. Il ne reste pas beaucoup de tables, de toute façon. Je vous rejoindrai entre les commandes.

Bien que Davis et moi nous soyons quittés en bons termes, nous n'avons jamais passé de temps seuls depuis la rupture. Étant donné ma tenue et la gêne qui s'installe entre nous dès qu'Ava prend place derrière le bar, je croirais presque que c'est un rencard.

– Alors…, commence Davis, c'est bizarre, non ?

– Je sais, je réponds en riant. Ça ne devrait pas l'être pourtant. C'est juste nous. On a traîné ensemble des tas de fois.

Davis me lance un regard timide.

– Peut-être que c'est parce que tu es particulièrement canon, ce soir.

– Tu veux dire que je n'étais pas canon quand on vivait ensemble et que je sortais du lit tous les matins ? je réponds en plaisantant.

– Ben en fait, je t'ai toujours trouvée belle, déclare Davis d'un ton sérieux.

– Espèce de beau parleur.

Davis et Ava avaient commandé une bouteille de vin et il se ressert un verre avant de m'interroger du regard.

– T'en bois un avec moi ?

J'hésite un instant, repensant à la dernière fois qu'on a bu ensemble – et que j'ai fini dans son lit.

Il me lance un sourire mesquin qui me dit qu'il a pensé à la même chose, et il remplit mon verre à ras bord.

– Juste un, dit-il.

***

Le vin nous est d'une grande aide. Maintenant que la bouteille est vide, il n'y a plus de tension entre Davis et moi. On s'est gavés de pâtes succulentes en racontant nos vies respectives et les choses paraissent enfin normales entre nous.

– Comment vont Umberto et Lydia ? demande-t-il.

C'est lui tout craché, de se rappeler des prénoms des gens qui comptent pour moi. Il est toujours tellement attentif et attentionné.

– Ils vont bien. Le trio est toujours aussi heureux.

– Et ta thèse ?

– Ça va. Caine semble satisfait de mes progrès, mais qu'est-ce que j'en sais ? je réponds en vidant mon verre. Demain, il pourrait tout remettre en question.

– Caine ?

– Mon nouveau directeur de recherches.

Davis hoche la tête.

– C'est un bel enfoiré, j'ajoute, alors qu'il n'a rien demandé.

– Tu penses avoir fini quand ?

– Dans quelques mois. J'aurais soutenu ma thèse et je serai diplômée.

– Et après ?

– Je ne sais pas encore. J'ai suivi des cours de sciences de l'éducation en licence, donc j'envisage de postuler à quelques écoles du coin qui ont des programmes de thérapie musicale pour les enfants autistes.

– Ça t'irait bien, répond Davis en souriant. Je te vois bien faire ça.

Je sirote mon deuxième verre de vin, déjà pompette.

– Et toi ? Tu te plais à New York ? Tu penses rester pour toujours ?

– Peut-être.

Il est possible que mon imagination me joue des tours, mais je suis sûre d'avoir vu Davis regarder ma bouche avant de répondre.

– Et toi ? T'es heureuse ? T'as quelqu'un dans ta vie ?

Ma bonne humeur disparaît aussitôt. Je n'ai personne dans ma vie, mais ça ne signifie pas que je suis heureuse. Je n'ai tenu qu'une heure sans penser à Caine, ce soir.

– Non, je suis célibataire, je soupire. Et toi ?

– Je ne suis avec personne. Mais j'ai quelqu'un en tête.

Ouais, moi aussi.

– Ah bon ? je demande en buvant une nouvelle gorgée. Parle-moi de cette chanceuse.

Davis sourit jusqu'aux oreilles.

– Elle est petite, un peu folle, sublime, et brillante.

J'appuie mon menton dans ma main.

– Elle a l'air parfaite. Elle n'aurait pas un frère à me présenter ?

Au lieu de répondre, Davis tend la main sur la table pour prendre la mienne.

– Tu m'as vraiment manqué.

– Tu m'as manqué, toi aussi.

– Tu veux qu'on dîne ensemble ce week-end ? Juste toi et moi ?

Hein ?

Davis continue lorsqu'il me voit confuse.

– Je n'étais pas prêt, l'an dernier. Je ne voulais pas me lancer dans une relation sérieuse avec toi alors que je n'étais pas remis du divorce. J'ai tourné la page, à présent.

Je dois être plus saoule que je ne le pensais. Je n'avais sincèrement pas compris qu'il parlait de moi. Ça fait presque un an que j'attends ça, et maintenant que ça arrive, je suis pleine de doutes. Heureusement, Ava vient à ma rescousse, me bousculant pour s'asseoir à côté de moi sur la banquette. Elle prend la conversation en main, et je lui en suis infiniment reconnaissante.

Une heure plus tard, nous décidons de nous installer à une table plus près du bar car la salle réservée au restaurant est vide.

– J'ai un vol à cinq heures du matin pour le boulot. Il faut que je rentre, dit Davis en regardant sa montre.

Nous fixons la date du prochain dîner et il prend Ava dans ses bras avant de se tourner vers moi pour prendre mes mains dans les siennes.

– Penses-y, ok ?

Je ne sais absolument pas quoi dire, donc je hoche la tête en souriant et le regarde partir.

La porte s'est à peine refermée qu'Ava se jette sur moi.

– De quoi il parlait ?

– Il veut m'inviter au resto.

– Et t'en penses quoi, toi ?

– Je n'en sais rien. Je n'ai pas les idées assez claires.

– Tu sais ce qui t'aidera à y voir plus clair ? demande-t-elle en souriant.

– Quoi ?

– Mettons-nous une cuite.

CHAPITRE 15

RACHEL

– Il a un cul incroyable.

Du moins, c'est ce que j'essaie de dire, mais ce qui sort de ma bouche ressemble à « il a un cul impalpable ».

Heureusement, Ava m'a suivie dans ma débauche et mon borborygme est parfaitement intelligible.

– On parle de qui ? De Davis ou du prof ?

Je soupire.

– Du prof. Celui de Davis est bien, mais je n'ai jamais eu envie de le lui mordre.

Ava hausse un sourcil.

– Tu veux mordre le cul de Monsieur Pompeux ?

– Oui. C'est bizarre ?

Elle ricane et boit une nouvelle gorgée.

– Pas du tout. Enfin, pas le fait de le mordre. J'aime bien mordiller pendant l'amour, mais mordre son cul alors que tu ne couches pas avec lui pourrait être un peu bizarre. Surtout si tu le fais pendant un de ses cours.

– Il est tellement rageant !

– Alors peut-être que tu devrais donner une autre chance à Davis ?

Je vide mon troisième verre et le tends à Ava.

– Un autre, Madame la serveuse.

Ava éclate de rire.

– J'ai fini mon service il y a une heure… mais je vais quand même te servir parce que je ne te crois pas capable de faire le tour du bar pour le faire toi-même. Mais c'est ton dernier, ajoute-t-elle.

Je sors mon téléphone de mon sac pendant qu'Ava me sert. Je ne sais pourquoi, j'ai l'envie soudaine de parcourir la page Facebook de Davis. Je me souviens qu'il a posté des photos de lui avec une femme, il y a quelques mois, et je me demande s'il est sorti avec elle après avoir rompu avec moi.

Quand mon écran s'allume, je suis surprise de voir deux messages de Caine.

Est-ce que tu pourrais
me remplacer demain, à 15 heures ?
Désolé, c'est à la dernière minute.
J'ai un empêchement important.

Quel enfoiré !

Bien évidemment, je sais que ce n'est pas un enfoiré. C'est juste que je ne lui plais pas et qu'il ne veut pas me donner de faux espoirs. Or dans mon cerveau enivré, cela fait de lui un enfoiré.

Je devrais ranger mon téléphone et l'ignorer pour ne lui répondre que lorsque j'aurai les idées claires. Toutefois, l'alcool en a décidé autrement. Donc je réponds.

Bien sûr. Je vais faire ton boulot
pour que toi et Madame Fuchsia
puissiez vous enfermer
dans ton bureau et remettre le couvert.

Je regarde les points de suspension s'agiter sur l'écran, puis s'arrêter, puis s'agiter de nouveau.

De quoi tu parles ?

Je lève les yeux au ciel.

Ton cul n'est pas si dingue que ça,
de toute façon.

Sur le moment, mon message me semble parfaitement logique.

Caine répond aussitôt.

Je te demande pardon ?

Je ricane en émettant un grognement. *Quel enfoiré.* C'est à ce moment-là que la situation dérape pour de bon.

Je parie qu'elle est toujours
à l'heure, elle. Même pour jouir.

Je tiens mon téléphone dans ma main, attendant sa réponse, et je sursaute et le fais tomber lorsqu'il me signale un appel. Le nom de Caine s'affiche à l'écran, et ça me rend encore plus furax.

– Quoi ? je gronde en décrochant.

– Rachel ?

– C'est bien moi, ton humble chargée de TD.

Une idée me vient soudain et il me semble important de le faire remarquer.

– D'ailleurs moi aussi j'ai un cul incroyable, mais t'es trop centré sur toi-même pour le voir.

– Tu as bu ?

– Et toi ?

– Non, Rachel. Je n'ai pas bu.

– Eh bien tu ne sais pas ce que tu rates. Parce qu'après le premier verre, tout semble beaucoup plus clair.

Ava revient avec nos verres et me trouve au téléphone.

– Tu parles à qui ?

J'essaie de couvrir le micro, sans succès.

– À Monsieur P'tit-cul-à-croquer.

Ava écarquille les yeux avant de les fermer. Lorsqu'elle les rouvre, elle saisit mon téléphone.

– Bonjour Monsieur P'tit… euh… Monsieur West. C'est Ava, l'amie de Rachel.

Elle écoute sa réponse.

– Oui. Elle va bien. Je m'occupe d'elle.

Nouvelle pause.

– Oui, j'en suis sûre. On est au bar. Je la ramènerai en taxi pour m'assurer qu'elle rentre en sécurité.

Elle raccroche et range mon téléphone dans son sac.

– Je le garde pour que tu ne fasses pas d'autres conneries.

– Quoi ? J'ai seulement répondu au téléphone. C'est pas ma faute si c'est un gros con.

– Je t'en supplie, dis-moi que tu ne lui as pas dit ça.

– Je ne me souviens pas.

Ava m'écoute râler pendant quarante minutes pendant que je bois lentement mon verre. Peut-être me suis-je habituée au goût horrible de l'alcool, mais mon dernier verre me semble contenir plus de tonic que de gin. Dans la mesure où j'arrive encore à formuler des phrases, je ne crois pas me tromper.

– Alors, qu'est-ce que tu vas faire, pour Davis ?

– Je ne sais pas. C'est un mec super. Vraiment.

Ava me fait les gros yeux.

– Quoi ? Ne sois pas choquée. C'est vrai. Et Dieu sait que ça fait des lustres que je n'ai pas baisé.

– Non, monsieur West.

– Ah ben bien évidemment, je préférerais coucher avec *lui*. Mais peut-être que je suis juste frustrée sexuellement et que mon attirance pour Caine n'est que physique.

– Non, *Rachel*. Monsieur West, répète-t-elle en désignant l'entrée du bar. Il est venu.

Hélas, je suis trop perdue dans mes pensées enivrées pour suivre le regard d'Ava et je suis persuadée qu'elle me parle toujours.

– J’espère bien, qu’il va venir pour moi. Ça fait peut-être des mois, mais je crois encore savoir me servir de mon vagin. D’ailleurs, tu crois qu’il est de nouveau vierge, après tout ce temps sans baiser ?

Je porte mon verre à ma bouche et penche la tête en arrière pour le vider. Lorsque je rouvre mes paupières, je suis convaincue de rêver. D’ailleurs, j’en suis certaine. Je cligne plusieurs fois des yeux pour me réveiller.

Caine me regarde avec ce rictus affreusement sexy.

– Je suis toujours là.

***

Ava est une traîtresse. Caine lui a demandé s’il pouvait me parler seul à seul et j’ai dit non au moment où elle a dit oui. Elle me regarde en fronçant les sourcils, comme pour me mettre en garde, tandis qu’elle se lève pour céder sa place à Caine.

– Qu’est-ce que tu fais ici ?

– Je m’assure que je suis le seul homme à qui tu parleras de ton vagin alors que tu es dans cet état.

– Davis me veut, lui, je réponds en croisant les bras.

Sa mâchoire se crispe.

– Super. C’est qui ?

– Mon ex. Enfin, plus ou moins. On a mangé ensemble, ce soir. Il veut me récupérer.

– Alors c’est pour ça que tu es dans cet état ?

– Ben, c'est pas à cause de toi.

– Ah bon ? Au téléphone, j'ai eu l'impression que si. Enfin, j'ai cru comprendre que c'est à cause de « Monsieur P'tit-cul-à-croquer ».

L'avantage d'être dans cet état – et c'est peut-être le seul – c'est que je ne rougis pas. D'ailleurs, je ne réalise même pas que je devrais avoir honte.

– Et alors ? T'as un beau cul. Ça ne fait pas de toi le seul mec sur terre. J'ai un joli cul, moi aussi. C'est juste que t'es trop nul pour le remarquer.

Caine frotte sa lèvre avec son pouce.

– C'est ce que tu penses ?

– Que t'es nul ? Oui.

Il se penche sur la table.

– Je voulais dire, est-ce que tu crois que je n'ai pas remarqué ton joli cul ?

Sa voix est devenue grave et elle semble résonner entre mes cuisses. Je gigote sur la banquette en plongeant mon regard dans le sien, ce qu'il interprète comme une permission de continuer.

– Tu as une taille minuscule. Quand tu portes un jean et que tu te penches en avant, il baille et je vois ton string. Tu l'assortis toujours à la couleur de ta chemise. Mercredi, ta chemise était bleue, comme ton string. Le jour où tu distribuais les paires d'écouteurs, en cours, tu t'es penchée à chaque début de rangée. C'est pour ça que je me suis levé pour t'aider. Tu ne pensais pas que je me montrais galant, si ? Ce jour-là, tu portais une chemise blanche, très fine, et un string en dentelle blanche. J'aime *beaucoup* la dentelle blanche.

Je suis bouche bée. Littéralement.

– Donc si tu crois que je n'ai pas remarqué ton joli petit cul, tu te trompes. Pour deux raisons : la première, c'est qu'il n'est pas joli. Il est spectaculaire. La deuxième, c'est que je l'ai remarqué chaque jour depuis que tu es sortie des toilettes du bar, quand on s'est rencontrés. D'ailleurs, ce soir-là, je l'ai suivi du regard jusqu'à te perdre de vue au coin de la rue, même si tu venais de me crier dessus.

– Je n'en savais rien.

– Apparemment.

– Pourquoi t'as rien dit ?

– Qu'est-ce que j'aurais dû dire, Rachel ? Tu es ma chargée de TD et je suis ton directeur de thèse. Puis, même si ce n'était pas le cas, tu me plais vraiment. Tu ne serais pas juste un plan cul que j'oublierais après avoir couché avec toi.

Mince. Je n'aime pas penser que Caine agit comme ça avec les femmes. C'est alors que je me souviens de la réunion à la fac.

– Comme Madame Fuchsia ?

Il fronce les sourcils.

– Tu parles de Ginger Ashby ? Celle qui avait un tailleur rose, aujourd'hui ? Quel est le rapport ?

– Vous semblez proches.

Caine fuit mon regard.

– On ne couche pas ensemble, si c'est ce que tu veux savoir.

Peut-être qu'ils ne couchent plus ensemble, mais ils ont clairement été intimes. Ça se voyait dans sa façon de le toucher et de cligner ses faux cils.

– Mais t'as couché avec elle ?

– Il y a longtemps. Et je ne fais jamais la même erreur deux fois.

Je ne sais pas s'il parle de la prof en particulier ou de coucher avec une collègue en général – en même temps, peu importe.

Ava vient s'assurer que tout va bien.

– Ça va, Rach ?

– Tout va bien, je réponds en souriant tristement.

– Ton téléphone sonnait, dit-elle en le posant sur la table, avant de s'adresser à Caine. Je l'ai mis dans mon sac pour éviter qu'elle dise n'importe quoi. Ça a super bien marché, vous ne trouvez pas ?

Caine sourit et elle se tourne vers moi.

– Je suis au bar si t'as besoin de moi.

Ava tourne les talons au moment où mon téléphone sonne de nouveau et affiche un appel de Davis.

– Tu veux décrocher ? demande Caine.

Mon téléphone cesse de sonner mais je vois que Davis m'a écrit pour s'assurer que je suis bien rentrée.

– Je vais juste lui écrire pour lui dire que tout va bien.

Je réponds en sentant le regard de Caine sur moi.

– Tu veux m'en parler ? me demande-t-il quand j'ai fini.

– On a couché ensemble pendant un moment, puis on a arrêté. Et maintenant il veut tenter de nouveau. Ah, et il veut m'inviter au resto.

Je ne rate pas la façon dont la mâchoire de Caine se crispe.

– Et qu'est-ce que tu en penses ?

– Je ne sais pas. Je suis confuse, je crois.

– Pourquoi ?

– C'est un mec super. Quand on a rompu, j'étais triste, au début. Puis je m'en suis remise. Enfin je crois. Je n'ai pas déprimé pendant des semaines, en tout cas. Ç'aurait été le cas si c'était l'homme de ma vie, non ?

Caine plonge son regard dans le mien.

– Je crois qu'il n'est pas facile d'oublier son âme sœur, en effet.

– Mais peut-être que je n'ai pas vraiment tourné la page. Je n'ai pas… tu sais… depuis qu'on a rompu.

– Baisé ?

– Oui.

Le regard de Caine devient moqueur.

– D'où le vagin de nouveau vierge.

Même en étant saoule, je n'en reviens pas d'avoir cette conversation.

– Tu as entendu ?

Il hoche la tête avec un sourire amusé.

– Ça fait combien de temps que vous avez rompu ?

– Presque neuf mois.

– Tu n'as couché avec personne depuis neuf mois ?

Je soupire longuement.

– Peut-être que je devrais me taper le premier inconnu que je croise. Comme ça, je saurais si c'est Davis qui me manque, ou juste le sexe.

Le regard de Caine devient noir de rage.

– Ce n'est pas une bonne idée.

– Pourquoi ? Tu n'as jamais couché avec une inconnue pour satisfaire ta libido ?

– Ce n'est pas ce que j'ai dit.

– Alors pourquoi t'aurais le droit de le faire, et pas moi ?

– Parce que je ne fais pas ça pour résoudre mes problèmes, dit-il d'une voix ferme. Coucher avec quelqu'un ne t'aidera pas à décider si tu veux être avec un autre mec. Crois-moi, Rachel.

– T'as l'air de savoir de quoi tu parles.

Caine fuit mon regard.

– Je vais me chercher une bière. Tu veux un soda ?

– Je veux bien un autre gin tonic.

– Je crois que tu as assez bu.

– Très bien, je rouspète. Alors je veux bien un Coca.

Caine revient avec nos verres et nous discutons pendant encore une heure. Je suis un peu plus sobre, mais j'ai quand même plus de courage qu'en temps normal.

– Je peux te poser une question ?

– Est-ce que t'accepterais que je dise non ?

– Je ne crois pas, non, je réponds en souriant. Si t'étais pas mon prof… Et que je ne cherchais pas mon Umberto…

Je ne finis pas ma phrase, mais Caine sait parfaitement où je veux en venir.

Il finit sa bière en me regardant par-dessus la bouteille. Il la pose ensuite sur la table et se racle la gorge avant d'avancer vers moi. Il agite son index pour me faire signe d'approcher à mon tour et je m'exécute jusqu'à ce que nos nez ne soient plus qu'à quelques centimètres l'un de l'autre.

– Si je n'étais pas ton prof, et que tu n'étais pas une fille bien, ton vagin n'aurait plus rien de vierge et tu ne pourrais plus t'asseoir.

CHAPITRE 16

RACHEL

Je me sens étonnamment en forme lorsque mon réveil sonne. J'ouvre les yeux en m'attendant à être assaillie par une migraine et une nausée monstrueuses, or je me sens seulement fatiguée, sans les symptômes habituels de la gueule de bois. Je vide un énorme verre d'eau d'un trait, puis je décide de me recoucher quinze minutes.

Hier soir, Caine a insisté pour me ramener chez moi. À mi-chemin, il s'est arrêté dans une pharmacie de garde et m'a laissée devant la porte de mon appartement en me donnant un sac en papier.

– Prends tout ce qu'il contient. Ça ne marche pas à moins que tu finisses tout, m'a-t-il dit.

Le sac contenait deux bouteilles d'eau, une banane, et un Doliprane. Il avait pris la peine de l'acheter, donc je lui ai obéi.

J'allume mon téléphone et entre le mot de passe pour lui envoyer un message.

Pas de gueule de bois. Merci.
Tu fais des miracles.
Où étais-tu quand j'avais dix-huit ans ?

Caine répond aussitôt.

Y a pas de quoi.
Ravi que tu te sentes mieux.

Je me sens mieux, en effet. Le vent qu'il m'a mis il y a quelques jours me dérangeait énormément, et je suis soulagée de lui avoir parlé hier soir. Qu'on soit d'accord, je suis plus paumée que jamais – surtout après la proposition de Davis – mais je ne suis plus déprimée, au moins.

Je te revaudrai ça. Sérieusement.
Merci d'être venu t'assurer que j'allais bien, de m'avoir parlé de Davis,
de m'avoir ramenée, et pour ta recette miracle contre les gueules de bois.
Je t'en suis éternellement reconnaissante.

Justement, est-ce qu'au lieu de l'être éternellement, je peux te demander
de rembourser ta dette aujourd'hui ?
Si tu t'en sens capable ?

J'avais complètement oublié que Caine voulait que je le remplace cet après-midi. Je suis de service au bar, normalement, mais Charlie ne m'en voudra pas de partir un peu plus tôt. Les après-midi sont calmes, de toute façon.

Je te remplace à 15 heures,
t'en fais pas. Désolée, j'avais oublié

que c'était à cause de ça que je m'étais
défoulée sur toi hier soir.

Merci.

Les choses ont changé entre Caine et moi, hier soir. Notre attirance mutuelle n'est plus un secret, à présent, et je décide que je peux me permettre d'être mesquine.

Je ne te remplace pas
pour un plan cul, si ?

J'imagine la lèvre de Caine tressauter en secouant la tête.

J'ai un rencard avec deux jolies filles,
en effet. Mais l'une a deux ans
et demi, et l'autre quatre ans.
Et en général, elles pleurent
quand elles me voient.

Pardon ?

Les filles de ma sœur.
Elle a une biopsie cet aprèm
et elle veut que je garde les monstres.

Ah, désolée. Je plaisantais.
J'espère que tout va bien.
Je gère ton cours, t'en fais pas.

Merci.

***

À la fin du cours, je reste assise un moment sur la chaise de Caine, attendant que la salle se vide.

Étrangement, je me sens encore plus proche de lui en étant assise à sa place dans son amphithéâtre. Comme je pense à lui, je décide d'écrire à Monsieur Sexy pour savoir comment se passe le baby-sitting, ricanant en imaginant Caine avec deux petites filles. Je me demande s'il change les couches, mais je suppose qu'il le fait, étant donné leur âge.

Le cours s'est bien passé.
Ils me préfèrent à toi ;)

Tant mieux. Tu devras peut-être
me remplacer de façon permanente
après que ma sœur m'aura tué.

Mince, ça n'a pas l'air de bien se passer.

Que s'est-il passé ?

J'ai oublié que Lizzy était allergique
aux noisettes. On est aux urgences.

***

J'étais surprise que Caine accepte ma proposition de venir l'aider aux urgences, mais je comprends mieux lorsque j'arrive. Je mens à la secrétaire en disant que je suis de la famille pour accéder aux salles de soin, et je repère tout de suite Caine, debout près d'un brancard. Il semble affreusement inquiet. Il tient la petite fille de deux ans dans ses bras alors qu'elle hurle aussi fort que possible. Sa grande sœur est allongée sur le brancard, gonflant un gant en latex comme un ballon.

En me rapprochant, je vois mieux la tenue de la petite. Mon Dieu, qu'est-ce qu'elle porte ? On dirait un t-shirt à l'envers, et une sorte de couche étrange.

– Salut.

Caine semble profondément soulagé de me voir.

– Salut. Merci d'être venue.

– Tout va bien ?

– Oui, Lizzy va mieux. Heureusement, ce n'est qu'une éruption cutanée. Ils lui ont donné un anti-histaminique, et les médecins veulent la garder sous observation un moment.

Je fais un sourire à la petite fille et elle calme ses pleurs en m'étudiant.

– Coucou toi. Tu dois être Lizzy.

J'ai supposé en arrivant que la fillette allongée sur le brancard était la patiente, mais celle que tient Caine est couverte de rougeurs sur le visage et le cou. Elle hoche la tête et sa lèvre inférieure se met à trembler. Sa tête est couverte de boucles rousses et je tends la main pour en caresser une.

– J'adore tes boucles. Elles me font penser à Mérida. Tu connais le dessin animé *Rebelle* ?

Elle hoche la tête.

– Je parie que tu es aussi courageuse qu'elle.

Je caresse ses cheveux en arrière pour décoller les mèches de son front, et mes bracelets tintent en s'entrechoquant, attirant son attention.

– Ils te plaisent ?

Nouveau hochement de tête.

– Je m'appelle Rachel, je suis une amie de ton tonton. Tu veux en mettre un ?

Son regard s'illumine et elle fait oui de la tête. J'enlève deux de mes bracelets pour les lui donner et elle sourit en les mettant à son poignet. C'est alors que je réalise comment elle est habillée.

– Euh, Caine ? Pourquoi sa couche est fermée par du scotch ?

– Je n'arrivais pas à la faire tenir.

Je fais tout mon possible pour ne pas éclater de rire en voyant cet homme d'habitude si calme hors de son élément.

Je tends les bras et souris à Lizzy.

– Tu veux venir avec moi ? Peut-être que je peux arranger ta couche et mettre ton t-shirt à l'endroit.

Caine fronce les sourcils et étudie sa nièce. À l'évidence, il n'avait pas remarqué que ce n'était pas le cas. Lizzy semble un peu inquiète, mais elle finit par se pencher vers moi et je la prends dans mes bras.

– Tu as un sac à langer ?

– Non. Je suis parti tellement vite que je n'ai pas pensé à prendre de couches, dit-il avant de regarder les jambes nues de la petite. Ni de pantalon, apparemment.

– T'en fais pas. Je suis sûre que les infirmières peuvent nous trouver ça.

L'autre fillette s'assoit sur le brancard et me regarde.

– Je te présente Alley, dit Caine. Elle n'est d'aucune aide pour mettre une couche.

Lizzy et moi nous rendons au bureau des infirmières et l'une d'entre elles a la gentillesse d'aller au service pédiatrique pour nous trouver des couches et un paquet de lingettes. Elle revient également avec un pyjama pour enfant et, lorsque j'ai changé Lizzy dans les toilettes, nous retournons auprès de Caine et d'Alley.

– Et voilà, je déclare alors que Lizzy est désormais tout sourire. Je crois que les rougeurs commencent à s'atténuer, non ?

– Tu as raison, dit Caine en se passant la main dans les cheveux. Dieu merci. La dernière chose dont ma sœur a besoin aujourd'hui est de trouver une de ses filles à l'hosto. Elle a eu une ablation de la thyroïde à vingt ans, suite à un cancer. La semaine dernière, elle a senti un ganglion sous son aisselle. Le médecin pense que ce n'est rien, mais elle panique quand même. Ils font une biopsie par mesure de précaution.

– Waouh. Je suis désolée de l'apprendre. J'espère que tout ira bien.

– Merci, dit Caine en hochant la tête.

Un médecin passe surveiller l'état de santé de Lizzy, qui n'a toujours pas quitté mes bras. Il ferme le rideau pour nous cacher du reste de la salle et s'adresse à la petite.

– Alors, comment va ma princesse ?

– L'éruption commence à s'apaiser, répond Caine.

– Voyons voir ça.

Il examine le visage de Lizzy, puis son ventre, ses jambes, et ses bras.

– L'antihistaminique fait effet. J'aimerais la revoir dans trente minutes par précaution, puis vous pourrez rentrer chez vous. Elle devrait commencer à se sentir fatiguée à cause du traitement, dit-il en s'éloignant.

Toutefois, avant de passer le rideau, il s'arrête et se tourne vers nous.

– Ou pas. Parfois ça a l'effet inverse.

Moins d'une heure plus tard, Lizzy a l'autorisation de sortir et j'accompagne Caine à sa voiture pour l'aider à installer les petites dans leurs sièges.

– Ma sœur a insisté pour que je prenne les sièges auto au cas où je doive partir en urgence. Je lui ai dit qu'elle était folle et que je n'avais pas l'intention de bouger, mais elle les a quand même installés.

– Elle a bien fait, finalement.

– Et elle ne va pas se priver de me le rappeler, marmonne Caine.

Lorsque les fillettes sont attachées, Alley me demande si je peux aller chez son tonton pour jouer avec elle. Je commence à répondre que je ne peux pas quand Caine m'interrompt.

– Je suis le roi du gratin de pâtes, si tu as faim. Tu es sûre que je ne peux pas te convaincre de venir ? Il se pourrait que je doive encore changer une couche, et je n'ai presque plus de scotch.

Je souris, hésitante, lorsque Caine devient on ne peut plus sérieux.

– S'il te plaît ?

Comment dire non à ce regard ?

– Je te suis.

Son visage s'illumine et mon cœur bat la chamade.

Oh, on se calme. Il ne te propose pas un dîner romantique. Il veut juste que tu l'aides avec ses nièces. Il veut que tu mettes une couche, pas que t'enlèves tes fringues.

Pendant tout le trajet jusqu'à l'appartement de Caine, j'essaie d'empêcher mon cœur de s'emballer. Mais il refuse d'être raisonnable. Si ma tête a conscience de la réalité, mon cœur n'en a rien à faire.

CHAPITRE 17

RACHEL

Un énorme labrador noir se jette sur moi, manquant de me faire tomber en arrière, et je m'agenouille pour lui dire bonjour.

– Salut mon gros. Comment tu t'appelles ?

– Je te présente Murphy, répond Caine avant de prendre une grosse voix. Couché, Murphy !

Le chien l'ignore et continue d'essayer de me lécher le visage.

– Tu l'as bien dressé, dis donc, je me moque en gratouillant les oreilles du chien.

– C'est de ta faute. Il ne m'écoutera jamais, vu ton odeur.

– Mon *odeur* ?

Je ne sais pas comment le prendre.

– L'odorat d'un chien est mille fois plus puissant que celui d'un homme.

– Et alors, qu'est-ce que je sens ?

Caine s'avance vers moi pour saisir Murphy par le collier.

– Allez, Murph. Laisse-la souffler, mon pote.

Le chien finit par reculer suffisamment pour que je puisse me relever, et Caine s'avance pour prendre une profonde inspiration dans le creux de mon cou.

– L'été. Tu sens toujours l'été, déclare-t-il avant de me faire un clin d'œil. Ma saison préférée.

Et voilà que mon cœur s'emballe de nouveau. La petite leçon que je lui ai faite dans la voiture n'a servi strictement à rien. Caine ricane en voyant ma tronche.

– Allez, entre. Je vais donner une friandise à Murphy pour lui faire oublier ton odeur divine.

Je suis Caine jusqu'à la porte et j'oublie tout le reste lorsque je découvre l'endroit où il vit.

Ce n'est absolument pas ce à quoi je m'attendais.

Son appartement est incroyable. Je supposais qu'il serait beau, mais pas à ce point. Les fillettes sont parties en courant au fond du couloir pour choisir un DVD et je balaie l'espace des yeux, émerveillée. Son salon est plus grand que mon appartement tout entier. Et c'est sans parler de sa cheminée. *Une cheminée, à Manhattan ?* Le hall d'entrée à lui seul doit coûter cinq cents dollars par mois.

– Mon grand-père a créé un fonds d'investissement, explique Caine en remarquant mon émerveillement. Chaque génération qui a suivi a fait grossir la fortune familiale. Sauf moi. Mais à sa mort, j'ai hérité de vingt-cinq pour cent de l'entreprise. Les dividendes sont légèrement plus intéressants qu'un salaire de prof.

– Euh… légèrement ? Tu m'étonnes ! Tu as vue sur le parc, bon sang ! je m'exclame en approchant des baies vitrées. Quand je me tourne de nouveau, Caine est posté dans la cuisine américaine et me regarde d'un air sérieux.

– Merci d'être venue aujourd'hui, dit-il.

– Je te devais bien ça.

– Tu serais venue même si tu ne me devais rien.

– Qu'est-ce qui te fait dire ça ?

– Tu es comme ça, c'est tout.

Les filles reviennent en courant dans le salon, munies d'un sac à dos, et se mettent à sautiller sur place.

– On peut jouer à la dînette ?

– Apparemment, les antihistaminiques ont l'effet inverse sur elle…, marmonne Caine.

– Bien sûr. J'adore ça ! je réponds aux fillettes.

Alley ouvre le sac à dos, le prend par le bas, et le vide entièrement sur le canapé de Caine. Elle semble avoir assez de tasses en porcelaine pour vingt personnes.

Elles préparent le thé sur la table basse et j'entre dans la cuisine de Caine.

– T'as des tisanes ?

– Je crois, oui.

Je trouve génial de le voir assis par terre, buvant le thé dans une tasse minuscule. À voir leur façon d'interagir, je comprends qu'il passe beaucoup de temps avec elles, même s'il reste incapable de changer une couche.

– Alors ce n'est pas la première fois que tu joues à la dînette ? je lui demande.

– Je suis forcé d'y jouer deux fois par mois quand je vais manger chez ma sœur.

– Elles habitent à Manhattan ?

– Non, elles habitent à Chappaqua. C'est là que j'ai grandi. Ma sœur y est restée pour être proche de ma mère.

– J'ai grandi dans le Westchester, moi aussi. À Pleasantville.

– Tu étais au lycée là-bas ?

– Euh… non. J'ai déménagé à New York bien avant d'aller au lycée.

Nous buvons deux tasses de thé chacun et je me régale en voyant Caine obéir au doigt et à l'œil de sa nièce de quatre ans.

Lève le petit doigt quand tu tiens ta tasse, tonton. Fais moins de bruit quand tu bois. La cuillère va sur la soucoupe, pas sur la table.

Au bout d'un moment, les fillettes se calment un peu, et Lizzy se met à bâiller.

– T'es fatiguée, Lizzy ? demande Caine.

Elle répond par un nouveau bâillement.

Il se lève et prend la fillette dans ses bras.

– Allez, venez. Que diriez-vous de vous allonger pour regarder la télé ?

– Je peux dormir dans ton lit ?

– Bien sûr. Venez.

Lizzy se penche vers moi en me tendant la main.

– Tu peux venir nous coucher aussi, Rachel ?

Je regarde Caine, qui hausse les épaules.

– Pourquoi pas. Plus on est de fous, plus on rit.

Bien évidemment, les fillettes prennent ça pour une invitation aux cris de joie et Alley se rend dans la chambre en sautant à cloche-pied.

Je suis surprise de me sentir rougir en entrant dans la chambre de Caine. Il a un immense lit à baldaquin qui est très surélevé par rapport au sol. Il dégage une virilité puissante qui lui va à merveille. Je l'imagine bien dormir dedans, nu, sur le ventre, ses jolies fesses à croquer dépassant du drap.

Je ne réalise que je me suis arrêtée dans l'entrée, perdue dans mes pensées, les yeux rivés sur le lit, que lorsqu'il me parle.

– Tu peux entrer. Je ne mords pas.

Mordre. Voilà tout ce qu'il faut pour enflammer mes joues. Caine le remarque et me lance un sourire machiavélique. Il pose Lizzy sur le matelas et aide Alley à monter à son tour sur le lit, puis il marche jusqu'à la porte, où je suis encore plantée, triturant le bracelet de ma montre.

– Je sais à quoi tu penses, chuchote-t-il dans le creux de mon cou.

Mon corps tout entier frissonne en sentant son souffle chaud sur ma peau. Je n'imagine même pas ce qui pourrait m'arriver au contact de ses mains. *Oh merde. Maintenant je pense à lui, dans ce lit, caressant mon corps de la tête aux pieds.* Je déglutis et prends une profonde inspiration, assaillie par le parfum de Caine tandis qu'il retourne près du lit. Il ne pourrait pas sentir mauvais, au moins ?

Il trifouille la télécommande pendant plusieurs minutes avant de trouver la vidéo à la demande.

– J'ai l'impression que tu ne regardes pas souvent de films au lit.

– En gros, la seule fois où cette télé est allumée est quand les monstres sont là.

C'est bien. Parlons de télé et de petites filles. Ça m'aide à me calmer.

– Moi je ne peux pas dormir sans regarder un peu la télé, je réponds. Je suppose que tu fais partie des gens qui s'endorment dès que leur tête touche l'oreiller ?

Caine finit d'appuyer sur les boutons de la télécommande et lance un dessin animé avant de revenir vers moi.

– Je n'ai pas dit ça. Il y a *plein d'autres choses* à faire avant de s'endormir. Et je les préfère toutes à la télé.

Je dois faire une tête affreuse, car il éclate de rire.

– Détends-toi, je te taquine. T'as l'air tellement mal à l'aise que j'ai voulu aggraver la situation.

– Je vais ranger la dînette, je réponds en disant au revoir aux filles avant de déguerpir.

Cinq minutes plus tard, Caine revient dans le salon. Je viens de laver les tasses et je suis en train de les sécher pour les remettre dans le sac à dos.

– Elles sont vraiment adorables, je dis.

– Elles tiennent de leur oncle, pas de leur mère.

– Mais bien sûr, je ricane.

Caine prend le torchon de mes mains.

– Quoi, tu ne me trouves pas adorable ?

– Ce n'est pas un terme que j'emploierais pour te décrire, non.

– Ah bon ? répond-il en séchant une minuscule soucoupe, qu'il me tend pour que je la range. Quel terme emploierais-tu ?

– Je ne sais pas. Je parlerais d'énigme, je crois.

Caine y réfléchit plusieurs secondes.

– Je suis d'accord, je crois.

Nous finissons de ranger la dînette quand un téléphone se met à vibrer.

– C'est le tien ou le mien ? je demande.

– Le mien est dans ma poche, donc ça doit être le tien.

Je saisis mon sac sur le canapé et en sors mon téléphone, qui cesse de vibrer quand je le prends dans ma main. *Davis* s'affiche à l'écran, et je soupire longuement.

– Tout va bien ?

– Ouais.

Caine attend que j'en dise davantage.

– C'était Davis. Il m'a écrit, tout à l'heure, et j'ai oublié de lui répondre.

– Tu as pris ta décision ?

– Non.

– Tu veux que je t'aide à la prendre ?

Je hausse les sourcils.

– Tu vas m'aider à décider si je dois donner une autre chance à mon ex ?

– Ouais, pourquoi pas ? Parle-moi de lui.

– Qu'est-ce que tu veux savoir ?

– Qu'est-ce qu'il fait ? Il a quel âge ? Il a déjà été marié ? La base, quoi.

– Ok. Il a vingt-neuf ans, il est divorcé, et il est directeur commercial pour une entreprise de matériel médical.

– Il m'a tout l'air d'un con, déclare-t-il d'un ton sérieux. Tu ne devrais pas perdre ton temps avec lui.

– Quoi ? Pourquoi ?

Caine lève trois doigts et les abaisse au fur et à mesure.

– Pour trois raisons. Premièrement, il a vingt-neuf ans et il est divorcé. Y a quelque chose qui cloche. Deuxièmement, il est commercial. Il gagne sa vie en mentant sur la merde qu'il vend. Ce n'est qu'une question de temps d'ici à ce qu'il te mente aussi. Troisièmement, il s'appelle Davis. C'est un prénom stupide, conclut-il en haussant les épaules.

Je le dévisage d'un air incrédule et, me sentant obligée de justifier les choix que j'ai faits par le passé, je lui rappelle à quel point son argumentaire est absurde.

– Premièrement, tu as trente-deux ans et tu fuis les relations sérieuses. Ça en dit davantage que de commettre une erreur en épousant son amour de jeunesse. Deuxièmement, tu es musicien. Tout le monde sait que les rockeurs sont des playboys invétérés. Je parie que pour chaque commercial qui trompe sa femme, il y a au moins trois musiciens qui trompent la leur. Et troisièmement, tu as lu la Bible ? On ne peut pas dire que Caïn était un bon fiston.

Caine hoche la tête.

– Justement. Je connais bien son genre. Tu devrais garder tes distances.

– T'es complètement fou. Tu ne sais rien de Davis. C'est un mec super. Il travaille dur, il veut avoir une famille, et il appelle sa mère tous les dimanches. Il a même un côté romantique. Il m'a emmenée pique-niquer dans le parc, un jour.

Caine ricane d'un air moqueur.

– Ce n'est pas romantique. C'est complètement naze.

– De quoi tu parles ? je m'exclame en mettant les poings sur mes hanches. Bien sûr que c'est romantique ! Selon toi qu'est-ce qui l'est, puisque tu es expert en la matière ?

Caine contourne le bar pour venir jusqu'à moi, envahissant mon espace personnel. Mais je refuse de bouger. Il se baisse légèrement pour me regarder dans les yeux et nos nez se touchent presque.

– Je ne fais pas dans le romantique, justement, déclare-t-il. Je préfère baiser comme un lapin que pique-niquer dans le parc.

Mon Dieu, pourquoi se comporte-t-il toujours comme un enfoiré ?

Mais surtout : pourquoi ça me plaît autant ?

Mon corps se couvre de chair de poule, faisant vibrer mon entrejambe. Mes tétons ne sont plus que deux pointes toutes dures. S'il ne me rend pas mon espace, je vais devoir reculer. Et, même s'il m'a excitée comme jamais, il m'a aussi agacée – et je choisis de me concentrer sur le second sentiment.

– Peut-être que c'est pour ça que tu es toujours célibataire.

– Si ce mec est si génial, rétorque-t-il, pourquoi tu mets autant de temps à te décider ?

Il n'a pas tort. Le choix devrait être évident. Cependant, si je suis honnête avec moi-même, la raison n'a rien à voir avec ce qu'est, ou n'est pas, Davis. La seule chose qui me retient de lui donner une autre chance, c'est qu'il n'est pas Caine.

– T'as raison, j'admets avec un profond sentiment de défaite. Je n'ai aucune raison de ne pas dîner avec lui demain soir. Qui sait, peut-être que ça ravivera la flamme ? Je ne le saurai pas tant que je n'aurai pas essayé.

Caine recule et je découvre son visage froid et impassible. Peu importe que l'alchimie qui nous lie ne soit comparable à aucune autre que j'aie connue, ou que connaissent la plupart des couples mariés. Je ne l'intéresse pas. Plus j'apprends à le découvrir, plus je comprends que l'histoire de la relation prof-étudiante n'est qu'une excuse. Caine n'est pas facilement dissuadé quand il veut *vraiment* quelque chose.

Maintenant que nous ne sommes plus nez à nez, j'ai les idées plus claires.

– Je devrais rentrer.

Il ne dit rien tandis que je range mon téléphone dans mon sac et en sors les clés de ma voiture. Quand je passe à côté de lui pour partir, il ne bouge pas d'un iota, mais il saisit mon coude pour m'arrêter.

– Je suis la pire personne pour donner des conseils de cœur. Mais quand l'étincelle n'est pas là, on ne peut pas la forcer. De la même façon que rien ne sert de vouloir la faire disparaître lorsqu'elle existe.

Comme d'habitude, je cherche un double sens à ses paroles. Mais il faut que j'arrête.

– Merci, Caine.

Il hoche la tête et semble triste et résigné.

– Merci de m'avoir remplacé et d'être venue me secourir aux urgences.

– Y a pas de quoi. Apparemment c'est notre truc, de nous sauver l'un l'autre.

CHAPITRE 18

CAINE

Quinze ans plus tôt

Une fillette de son âge ne devrait pas se balader à vélo toute seule.

Cette semaine, j'ai décidé d'attendre devant l'église, sur le petit banc caché derrière la statue de Marie – placée à cet endroit pour que les gens puissent prier en paix, j'imagine, et non pour que des ados harcèlent des gamines de dix ans. Si quelqu'un apprenait ce que je fais de mes samedis, je serais sans doute accusé de pédophilie.

Mon amie attache son vélo sur le côté de l'église et regarde autour d'elle pour s'assurer que personne ne la voit, puis elle court à l'intérieur. Je ne sais pas ce que je cherchais à savoir, mais au moins je sais comment elle se déplace.

J'attends cinq minutes avant d'entrer pour la laisser s'installer dans l'isoloir. Toutefois, quand je passe la porte de l'église, je la trouve agenouillée sur un banc près du confessionnal, le front sur ses mains jointes tandis qu'elle prie.

Elle doit sentir que quelqu'un l'observe, car elle lève la tête et regarde autour d'elle. Heureusement, elle tourne d'abord la tête à l'opposé d'où je suis, me laissant le temps de me cacher derrière une colonne. *Bon sang, mais qu'est-ce que je fous ?* Je me cache d'une gamine qui vit dans un environnement malsain et violent, et je fais semblant d'être un prêtre afin de… quoi ? La sauver ?

Lorsqu'elle s'aperçoit que la voie est libre, la fillette se lève d'un bond et file vers le confessionnal. Comme la semaine dernière, elle ouvre d'abord la porte du prêtre. Toutefois, aujourd'hui, elle n'entre pas. Je ne vois pas ce qu'elle fait car elle est cachée par la porte, mais à en croire sa façon de se baisser brièvement, elle semble avoir jeté quelque chose à l'intérieur. Elle ouvre ensuite l'autre porte, et se précipite dedans.

Qu'est-ce qu'elle fout ?

Curieux de le découvrir, je me dirige aussitôt vers l'isoloir, mais je le trouve comme toutes les autres fois que je l'ai occupé, avec le fauteuil en velours rouge, la croix dorée sur le mur… et c'est à peu près tout. C'est alors que je remarque une petite pièce juste derrière le pied du fauteuil. Je me baisse pour la prendre et m'assois au moment où elle se met à parler.

– Bénissez-moi, mon père, parce que j'ai péché.

Je fais tourner la pièce entre mon pouce et mon index en lui répondant.

– Raconte-moi tes péchés.

***

Elle est triste, cette semaine. Elle n'a pas d'anecdote marrante à me raconter à propos de Tommy et, alors que ça fait au moins vingt minutes qu'elle est là, elle n'a presque rien dit.

– Comment s'est passée ta semaine à l'école ?

– Je n'y ai pas été pendant trois jours.

– Pourquoi ? Tu étais malade ?

– Non.

– Alors pourquoi tu n'y as pas été ?

– C'est un péché de pas aller à l'école ?

– Pas vraiment, mais tu dois y aller. C'est important de s'éduquer.

Apparemment, c'est au nom de ma mère que je parle, aujourd'hui, et non de Dieu.

– Puis, on peut avoir des ennuis en n'y allant pas. Tu sais ce qu'est l'absentéisme ?

– Non.

– C'est quand on est absent de l'école sans autorisation.

– Alors quelque chose peut être illégal sans être un péché ?

Où veut-elle en venir ?

– Eh bien, enfreindre la loi de l'État de New York n'est pas la même chose qu'enfreindre la loi de Dieu. Pourquoi tu n'étais pas à l'école ?

– Parce que j'attendais ma sœur.

– Pourquoi, où était-elle ?

– Je ne sais pas. Elle s'est enfuie, la semaine dernière. Mais avant de partir, elle m'a dit qu'elle reviendrait me chercher quand elle aurait trouvé un endroit où on pourrait vivre toutes les deux.

– Alors tu as raté l'école ?

– Je faisais semblant d'y aller le matin et je revenais à la maison une fois que Benny était parti. Je ne voulais pas risquer de la rater si elle revenait pendant que j'étais à l'école.

– Tu sais pourquoi elle s'est enfuie ?

Elle reste silencieuse un long moment avant de répondre.

– Je crois que c'est à cause de Benny.

Tu parles d'un euphémisme…

– Est-ce que Benny est parti à sa recherche ?

– Non. Il lui crie beaucoup dessus quand il rentre du travail, mais après, il s'endort sur le canapé qui empeste comme lui.

– Il faut que tu ailles à l'école. Tu dois parler à ta maîtresse pour lui dire ce qu'il se passe à la maison.

– Non. Je ne veux pas que ma sœur ait des problèmes.

– Ce ne sera pas le cas.

– Je ne sais pas…

Je crois qu'il est temps que j'aille en parler à la police. Mais pour dire quoi ? *« Salut, ça fait des semaines que je me fais passer pour un prêtre. Il faut que vous trouviez un mec qui s'appelle*

Benny, et une gamine maigrichonne avec une bicyclette bleue ! »

– Comment tu t'appelles ?

Nouveau silence.

– Il faut que j'y aille, déclare-t-elle.

– Attends ! je m'écrie, cessant de jouer avec la pièce. C'est toi qui as mis une pièce par terre ?

Elle répond d'une voix basse et mélodieuse.

– Trouve une pièce et ramasse-la, et la chance te sourira !

J'entends la porte grincer tandis qu'elle s'ouvre et se referme sur elle.

Quelles que soient les horreurs que subit cette gamine chez elle, cela ne l'empêche pas de vouloir offrir un peu de chance à un prêtre. C'est incroyable.

CHAPITRE 19

RACHEL

Je décide de dîner avec Davis en dépit de mes doutes et de ma mauvaise humeur. Je décide également de m'assurer que Caine est bien au courant que je sors ce soir. Je me suis fait un brushing, j'ai enfilé une petite robe d'été légère et sexy, et j'ai mis des sandales à talons dont les rubans s'entrelacent sur mon mollet pour se nouer sous le genou. L'ensemble donne l'impression que mes jambes sont interminables, et que la robe est super courte. *Parfait.*

Mes efforts en valent largement la peine lorsque je vois sa réaction. Il ne parvient pas à me quitter des yeux pendant toute la durée du cours. Pour une fois, j'ai choisi de m'asseoir au premier rang afin de pouvoir croiser et décroiser les jambes sous son nez. Son regard sur moi est si brûlant que ma peau s'embrase à son contact. Le problème, c'est qu'à la fin du cours, je réalise que je suis tout excitée – et pas pour l'homme avec qui je vais dîner. J'ai le sentiment de manquer de respect envers Davis, même s'il n'en saura jamais rien.

Ainsi, à la fin de l'heure, je décide de ne pas rester parler avec Caine comme j'en ai l'habitude. Après tout, rien n'oblige le chargé de TD à le faire. Toutefois, j'ai à peine gravi trois marches que Caine m'interpelle.

– Mademoiselle Martin, je peux vous voir une minute, s'il vous plaît ?

Ce n'est pas comme si je pouvais l'ignorer. Je prends une grande inspiration et fais demi-tour pour redescendre vers l'estrade. Quelques étudiants sont restés en retrait pour lui donner leurs copies et j'attends qu'il se soit adressé à chacun d'entre eux. Or il commence ensuite à ranger ses affaires dans sa sacoche sans me prêter la moindre attention.

– Tu voulais me parler ? je demande en m'impatientant.

Il relève la tête alors que les derniers étudiants sortent de l'amphi et ne daigne me regarder qu'une fois la porte refermée.

– Qu'est-ce que tu fous ?

Je fais l'innocente, feignant de ne pas comprendre.

– J'attends que tu veuilles bien me dire de quoi tu veux parler. Ça ne se voit pas ?

– Tu sais très bien de quoi je parle, Rachel, répond-il en fronçant les sourcils.

– Je ne crois pas, non.

Il ne répond pas de façon verbale, préférant me reluquer lentement de la tête aux pieds, avec un regard si intense que je dois me retenir de frissonner. Je ne sais comment je parviens à ne pas flancher, allant même jusqu'à me tenir plus droite, les épaules en arrière, la poitrine en avant. Quand ses yeux plongent enfin dans les miens, je soutiens son regard sans cligner des yeux, sans céder. Je suis sacrément fière de moi.

– Tu ne peux pas venir en cours habillée comme ça.

Je baisse les yeux.

– Qu'est-ce qui ne va pas avec ma tenue ?

– Ça distrait les étudiants masculins.

Je hausse un sourcil.

– Les étudiants masculins ?

Il croise les bras.

– Il y a un écho dans la salle, tout à coup ?

Je pose les mains sur mes hanches et passe en mode *Ne te fous pas de moi*.

– Ma tenue n'a rien d'inadéquat. C'est une robe d'été et des sandales. Elle n'est même pas décolletée.

Le regard de Caine se pose sur mes seins et je les sens pointer un peu. Or si ma robe n'est pas décolletée, elle est faite d'un tissu très fin.

– J'aperçois le contour de tes tétons.

– Il fait froid.

Je suis sur le point de croiser les bras pour me couvrir lorsque je décide de lui tenir tête, avançant encore plus ma poitrine.

– Tu sais quoi ? Ton jean était moulant, il y a quelques semaines, et j'ai aperçu le contour de ta verge. En quoi c'est un problème lorsqu'il s'agit de moi, mais pas de toi ?

Caine me regarde droit dans les yeux et parle d'une voix rauque.

– Tu regardais ma queue ?

– Elle était sous mes yeux. Je ne pouvais pas faire autrement.

Il fait un pas vers moi et ses narines se dilatent.

– Et t'as aimé ce que t'as vu, Rachel ?

Je ne sais pas pourquoi, je meurs d'envie de continuer à l'allumer, comme un torero qui agite un foulard rouge devant un taureau enragé. Au lieu de répondre, je tire légèrement la langue pour lécher *lentement* ma lèvre inférieure et je suis récompensée lorsque Caine la suit des yeux. À voir son souffle rapide, je me demande s'il ne va pas exploser. Je me sens soudain puissante et effrontée. *Tu ne veux pas être avec moi ? Ok. Mais voilà ce que tu rates, professeur West.*

– Je te préviens, Rachel, ne demande pas quelque chose que tu regretterais.

Il fait encore un pas vers moi, envahissant mon espace. Ses pupilles sont dilatées et il semble furieux. Mais il y a autre chose dans son regard : du désir.

Je penche la tête sur le côté d'un air faussement intimidant et avance un peu vers lui.

– Qui te dis que je la regretterais ? Après tout, j'en ai vu le contour.

Sa mâchoire se crispe et mon cœur bat la chamade. Je retiens mon souffle lorsqu'il lève la main et mon sang bourdonne si fort dans mes oreilles que je ne perçois pas mon propre cri quand sa main saisit ma hanche.

Je me prépare à entendre une série de jurons frustrés – je suis sûre que ça arrive. Ce à quoi je ne m'attendais pas, c'est que sa bouche fonde sur la mienne.

Et j'entends bien une voix, mais ce n'est pas celle de Caine.

– Professeur West ?

Étrangement, j'ai entendu la porte s'ouvrir, mais mon cerveau ne l'enregistre que plusieurs secondes plus tard, quand la réalité me frappe en pleine face.

Caine fait un pas en arrière et retourne vite à son bureau en se raclant la gorge.

– Ginger. Professeur Ashby. Je peux t'aider ?

Elle nous regarde tour à tour avant de répondre.

– J'espérais te parler en privé, à propos d'un étudiant. Mais si ce n'est pas le bon moment, ajoute-t-elle en désignant la porte, je peux revenir plus tard.

– Non, pas de souci, répond-il en me lançant un regard froid. Mademoiselle Martin et moi avons terminé.

Je reste choquée plusieurs secondes face à ce retournement de situation, mais la colère ne tarde pas à prendre le relais. Je le regarde d'un air dégoûté et lui parle assez bas pour que Madame Fuchsia ne m'entende pas.

– T'es sérieux ?

Il prend sa sacoche et pose sur moi un regard désormais dénué de tout désir.

– On s'est tout dit, Rachel, murmure-t-il.

Cet enfoiré m'a déjà expédiée. *Eh bien va te faire foutre, Caine West.*

Je monte les marches d'un pas rapide pour mettre autant de distance que possible entre Caine et moi tandis que j'avance vers Madame Fuchsia – qui porte un costume turquoise, aujourd'hui. Apparemment *Ginger* aime la couleur. À mon avis, elle mettrait n'importe quoi pour se démarquer des New-Yorkaises qui sont toutes vêtues de noir.

Lorsque j'arrive en haut de l'escalier, elle m'adresse un sourire.

– J'adore vos sandales. Mais ça ne doit pas être facile de traverser le campus avec ces talons.

Je lui renvoie un sourire aussi large que faux.

– Merci. Mais je n'avais qu'un cours aujourd'hui. Je les ai mises pour mon rencard.

Je me tourne vers Caine et lui offre une mine radieuse.

– À vendredi, monsieur West. Je ne veux pas faire attendre Davis, je déclare en tournant aussitôt les talons.

CHAPITRE 20

RACHEL

Je suis d'humeur massacrante. *Va te faire foutre, Caine West, je vais passer un bon moment avec Davis, même si ça me fait un mal de chien.* Je prends quelques minutes pour me calmer avant de descendre de la voiture et d'entrer dans le restaurant. Je lève la tête pour regarder l'enseigne et remarque que Davis a choisi un endroit où nous sommes déjà venus dîner lorsque nous étions ensemble. Chez *Roberto* on sert une cuisine délicieuse et c'est romantique, avec une ambiance rétro chic. Je me demande s'il a choisi ce lieu à cause des souvenirs que nous y avons.

Une fois dedans, je balaie la salle du regard et le vois installé à une table au fond. C'est précisément où nous étions assis la dernière fois. Le fait qu'il soit arrivé en avance pour réserver cette table confirme ses intentions. C'est plutôt mignon de sa part, de faire autant attention à notre dîner. C'est tout

Davis – mignon et attentionné. Tout l'inverse de Caine, qui est amer et égoïste.

Je ne sais pas pourquoi je les compare tous les deux. C'est injuste envers Davis, même si c'est lui qui gagnerait si je devais dresser la liste des qualités que je cherche chez un homme. Le problème, c'est que Caine fait naître en moi un sentiment qui est hors catégorie et que je ne sais pas décrire. Et pour une raison que je ne comprends pas, ce sentiment l'emporte sur tout ce qui est génial chez Davis.

Toutefois, cet après-midi m'a fait l'effet d'une douche froide. Je me suis pratiquement jetée sur un homme qui est attiré par moi, mais qui déteste l'être. Séduire un type qui ne veut rien d'autre que du sexe et qui regrettera aussitôt d'avoir cédé à la tentation ne m'apportera rien de bon.

Je soupire et me promets de profiter de ma soirée, même si je pense à un autre homme que celui qui est assis en face de moi.

Lorsque j'approche de la table, le sourire de Davis me rappelle tous les bons moments que nous avons passés ensemble. Il se lève et me prend dans ses bras, me serrant contre lui tandis qu'il enfouit son visage dans le creux de mon cou, respirant mon parfum.

– Tu m'as manqué, dit-il. Tu sens toujours si bon.

Je ne m'étais pas rendu compte, jusqu'à maintenant, combien les câlins me manquaient. Certes, j'étais en manque de sexe, mais être tenue contre un homme et me sentir belle est sacrément génial, aussi. Je sais que j'ai besoin d'être rassurée après avoir été rejetée par Caine, mais je m'efforce de l'oublier et m'autorise à profiter du câlin de Davis. Il ne me libère que plusieurs secondes plus tard, gardant mes mains dans les siennes pour me regarder de la tête aux pieds.

– Waouh. T'es sublime, Rach.

– Merci.

Nous nous asseyons, mais Davis continue de me dévisager, m'arrachant un rire nerveux.

– Tu me regardes comme si j'avais une tache sur le front.

Il me sourit avec une tendresse infinie.

– Je repensais juste à… Tu te souviens de la photo qu'on a prise le jour de la remise des diplômes ? Celle où je suis en toge et que tu portes le chapeau de travers, avec un sourire béat ?

– Je crois.

– Eh bien, je l'ai imprimée et elle est sur ma commode. Et…

– Quoi ?

– Rien. Je ne veux pas te faire peur avant qu'on ait commandé les entrées.

– Ne sois pas bête, je réponds en riant. Qu'est-ce que t'allais dire ?

Davis me regarde dans les yeux.

– J'allais dire que j'ai beau la regarder tous les jours, ce n'est rien à côté du bonheur que je ressens en te voyant en personne. Ton sourire de gamine me manque. C'est tout.

Son regard est intensément tendre et semble contagieux, car je me sens soudain toute guillerette. Pourquoi ai-je pensé que ce dîner était une mauvaise idée ? En cet instant précis, je n'arrive pas à trouver la moindre raison.

La serveuse nous demande ce que nous souhaitons prendre et Davis commande son gin tonic habituel avant de se tourner vers moi.

– Un Coca Zéro ?

Je suis d'humeur rebelle, ce soir.

– Je vais prendre la même chose, s'il vous plaît.

Davis hausse un sourcil en me dévisageant. Il sait que je ne bois pas. Et il sait aussi que la seule fois qu'on a bu ensemble, on a fini dans le même lit.

– On fête quelque chose ?

– Je crois, oui. Ça fait longtemps qu'on ne s'est pas vus, je réponds simplement.

– Bien trop longtemps, si tu veux mon avis.

Lorsque j'ai bu la moitié de mon verre, je sens enfin les muscles de ma nuque se détendre. Davis et moi sommes aussi à l'aise l'un avec l'autre qu'à l'époque, et la conversation est fluide. Je lui parle de mes cours, et il me demande comment va ma sœur. Néanmoins, comme je n'aime pas parler de moi, je redirige la conversation sur lui.

– Et toi, quoi de neuf ? Ton boulot te plaît toujours ?

– Oui. J'ai eu une promotion, il y a quelques mois. Je couvre un plus grand territoire, à présent.

– Waouh, félicitations ! Je savais que tu les impressionnerais. Alors, t'as un bureau avec vue sur le parc, maintenant ?

– Non, je passe les trois quarts de mon temps sur la route. Mais ils ont augmenté le budget pour mon véhicule, donc je me suis acheté une voiture toute neuve pour m'amuser pendant que je conduis toute la journée.

– Qu'est-ce que t'as acheté ?

– Une Audi A4 à boîte manuelle. C'est bien plus marrant dans les virages.

Mon cerveau n'est pas fair-play. Les paroles de Davis me font aussitôt penser à Caine, dans sa voiture de sport, et à sa façon d'empoigner le levier de vitesses. Je ne comprends pas pourquoi ça m'a autant excitée – ni pourquoi ça m'excite de nouveau, rien que d'y penser.

– Faudra que tu m'emmènes faire un tour, un de ces quatre.

– Avec plaisir. Tu peux même la conduire, si tu veux.

– Merci, je ricane. Caine ne voulait pas que je conduise la sienne. Il avait trop peur que j'abîme son précieux embrayage.

– Caine ?

– Professeur West. Mon directeur de thèse.

Davis réfléchit quelques secondes.

– Oui, t'en as parlé l'autre soir, au bar. Tu bosses toujours six jours par semaine chez *O'Leary*, au fait ?

– Pas depuis quelques semaines, non. Entre les cours en amphi, les cours de soutien, les réunions, et la rédaction de ma thèse, j'ai dû réduire mes horaires.

Durant le repas, nous discutons à bâtons rompus comme de vieux amis. Davis est de bonne compagnie, et le fait qu'on se connaisse si bien m'apporte du réconfort. En fait, Davis m'a toujours mise parfaitement à l'aise. Lorsqu'un silence s'installe et que je le vois réfléchir, je devine qu'il hésite à dire quelque chose.

– Allez, crache le morceau.

Il éclate de rire.

– T'as toujours su quand quelque chose me perturbait.

– Qu'est-ce qu'il se passe ? Tout va bien ?

Il cesse de manger et pose sa fourchette.

– T'as dit que tu n'étais avec personne ?

– En effet.

– Y a une raison ?

– En dehors du fait que j'ai à peine le temps de respirer et que la plupart des clients chez *O'Leary* sont des flics à la retraite ? Pas vraiment.

– T'es sortie avec quelqu'un, depuis… tu sais… depuis qu'on était ensemble ?

– Est-ce qu'un mec que Charlie a failli frapper à coups de batte, ça compte ?

On rit tous les deux, mais Davis reste sérieux.

– Je suis sorti avec une femme pendant quelque temps. Stacey. On avait beaucoup de points communs et on s'entendait super bien.

Une pointe de jalousie s'empare de moi.

– Vous êtes encore ensemble ?

– Non, on a rompu.

– Pourquoi ?

Davis regarde ailleurs quelques secondes avant de plonger son regard dans le mien.

– Parce qu'elle n'était pas toi.

J'ouvre la bouche pour répondre, par trois fois, mais la referme aussitôt, réalisant que je ne sais pas quoi dire. Davis remarque mon expression paniquée et semble amusé.

– T'as pas besoin de répondre. D'ailleurs, ne dis rien. Laisse-moi plutôt finir, si tu veux bien.

– Ok…

– Ce n'est pas comme ça que je pensais t'en parler. Je voulais qu'on dîne ensemble, te charmer et te rappeler à quel point c'était bien, entre nous, et on allait se revoir plusieurs fois avant que je ne me jette à l'eau.

– T'as un peu dérapé, je crois.

– Ouais… Désolé. Je me suis senti jaloux et je suis passé à la vitesse supérieure.

– Jaloux ? De quoi ?

– Rien, c'est bête.

– Dis-moi ?

– T'as mentionné ton prof plusieurs fois, l'autre soir, et quand t'as dit que t'avais été dans sa voiture, je t'ai imaginée… Je me suis emballé. J'ai pensé que vous étiez peut-être ensemble, ou quelque chose comme ça.

Je ricane en secouant la tête.

– Absolument pas, je déclare d'un ton qui ne me convainc pas moi-même.

Un déni aussi catégorique est souvent un aveu, mais Davis ne semble pas le remarquer.

– Bref, j'avais prévu d'attendre que tu te rappelles à quel point on s'entendait bien pour te dire que je n'ai jamais cessé de penser à toi, admet-il avec un regard timide et vulnérable. J'ai essayé de tourner la page, mais peu importent les qualités des femmes que je fréquentais, elles avaient toutes un défaut que je n'arrivais pas à accepter. Elles n'étaient pas toi.

Waouh. WAOUH. Je suis terriblement prise de court par sa sincérité. Mais je suis confuse, aussi.

– Mais, je ne comprends pas. Quand on a arrêté de se voir, tu m'as dit que t'étais pas prêt pour une relation sérieuse. Ça ne m'a pas trop surprise, vu ce que tu venais de traverser. T'avais besoin de temps. Or apparemment, t'es vite ressorti avec des femmes. T'avais pas besoin de temps, finalement ? T'avais juste besoin de ne pas être avec moi ?

Davis passe la main dans ses cheveux. Ça me refait penser à Caine – à sa façon d'ébouriffer ses longs cheveux quand j'ai tout fait pour le frustrer.

– T'as un peu raison. Je ne pouvais pas être avec toi, parce que je ne savais pas comment ne pas m'emballer. Je voyais déjà un futur avec toi, et ça m'a foutu la trouille parce que je sortais tout juste d'une relation qui aurait dû durer toute ma vie. Quand je suis sorti avec Stacey pendant quelques mois, je n'y voyais pas d'avenir, donc c'était confortable.

– Donc t'es resté avec une nana avec qui tu savais que c'était voué à l'échec, mais t'en as quitté une autre après quelques semaines parce que tu savais que ça marcherait ?

Davis rit d'un ton moqueur.

– C'est débile. Je sais, déclare-t-il.

Je ne trouve pas, en fait. C'est surtout un mécanisme de défense. Quand on sait qu'on ne peut pas se retenir de manger tout le gâteau, il vaut mieux ne pas l'acheter.

– C'est pas débile, je comprends. C'était pas le bon moment, c'est tout.

Quand Davis et moi avons cessé de nous voir, j'étais triste, même si je savais qu'il avait raison d'en rester là. Je savais qu'il avait été sincère et qu'il avait besoin de liberté. Je m'étais dit que si on était faits pour être ensemble, on le serait un jour. Et nous y voilà.

Ce jour est arrivé.

N'étant sortie avec personne, ce devrait être facile de reprendre là où nous nous sommes arrêtés.

Sauf que… ça ne me semble pas facile du tout.

En même temps, est-ce que l'amour est censé être facile ? Il n'y a qu'à voir Umberto et Lydia…

– Dis quelque chose, s'il te plaît.

Je suis tellement perdue dans mes pensées que je ne me suis pas rendu compte que ça fait plusieurs minutes que je suis silencieuse.

– Je ne sais absolument pas quoi dire.

– Dans ce cas, autant que je finisse et que je joue cartes sur table.

– Que tu finisses ?

– T'en fais pas, répond-il en riant. Je n'en ai pas pour longtemps, ajoute-t-il en prenant ma main dans la sienne. J'ai commis de grosses erreurs dans ma vie, mais la plus grosse que j'aie faite est de t'avoir quittée. Tu vas penser que ça vient de nulle part, mais ce n'est pas le cas, je te le promets. Il ne s'est pas passé un seul jour sans que je ne pense à toi. C'est juste que j'ai enfin accepté de regarder la vérité en face.

Merde. Je rêvais d'entendre tout ça… il y a neuf mois. Or à présent, je ne sais pas si Davis est la personne qu'il me faut. S'il l'était, pourquoi je n'étais pas plus triste quand il m'a quittée ? Pourquoi ai-je tourné la page aussi facilement ? Je ne cesse de penser à Lydia et Umberto. Elle ne l'a jamais laissé tomber, même s'il ne se souvient pas d'elle et qu'il pense aimer une autre femme.

Toutefois, peut-être que c'était aussi un mécanisme de défense, de ne pas passer mes journées à me morfondre pour Davis ? Peut-être que j'ai enfoui mes sentiments pour ne pas souffrir, qui sait ? Tout ce dont je suis sûre, c'est que je me sens perdue et bouleversée.

– Je ne sais pas quoi dire.

– Oui, tu l'as déjà dit, se moque-t-il. Et si on disait que tu vas y réfléchir, au moins ? Ne dis pas non. Pas tout de suite. Prends le temps.

– Ok.

– Ok ? répète-t-il en écarquillant les yeux. Ah, tu veux dire que tu vas y réfléchir.

– Oui. Mais pas tout de suite parce que j'ai le cerveau en compote. J'ai bu, et après tout ce que tu viens de dire, je ne suis pas capable de te donner une réponse tout de suite.

– Je préfère ça à un non catégorique. Ça me va.

Étonnamment, nous n'avons aucun mal à reprendre une conversation normale et à poursuivre notre… rencard ? Était-ce un rencard, au moins ? C'est ce que j'ai dit à Madame Fuchsia pour agacer Caine, mais qu'est-ce que représente ce dîner, en fait ? Je ne l'ai jamais envisagé comme un rendez-vous – j'allais simplement manger avec Davis.

Néanmoins, à la fin de la soirée, le dîner ressemble de plus en plus à un rencard.

Je suis soulagée d'être venue par mes propres moyens au lieu d'accepter qu'il passe me prendre, car cela évite qu'il soit vexé que je ne l'invite pas à monter chez moi, ou qu'il s'emballe si je décide de le faire entrer. Hélas, même si ça m'épargne ce malaise-là, ça n'évite pas celui qui se présente lorsqu'il me raccompagne à ma voiture.

– Je peux t'appeler dans quelques jours ? demande Davis en prenant mes mains dans les siennes. On pourrait prévoir d'aller boire un café, ou quelque chose comme ça ?

– Oui, ça me ferait plaisir, je réponds en souriant.

Il baisse lentement la tête, comme s'il voulait me laisser la possibilité d'éviter son baiser, puis il effleure ma bouche avec la sienne.

– Bonne nuit, Rach.

Embrouillée par la conversation des deux dernières heures, je monte dans ma voiture et Davis referme la portière, attendant que je démarre. J'ai besoin de quelques minutes avant de prendre la route, donc je fouille dans mon sac pour consulter mes appels ou messages manqués tandis que le moteur chauffe. La première chose que je vois est un message de Caine.

Ne fais pas quelque chose
de stupide à cause de moi.

Quel culot ! Ce type pense vraiment qu'il est le nombril du monde. Soudain, mon cerveau n'est plus embrouillé et ma colère refait surface.

Va te faire voir.
Tout ne te concerne pas.

Les points de suspension s'agitent aussitôt.

Tout, non. Mais ça, si.

Des centaines de réponses injurieuses me viennent à l'esprit, mais je remarque que Davis attend toujours que je parte pour monter dans sa voiture. Mon Dieu, je suis une garce. Je jette mon téléphone dans mon sac, me force à sourire, et fais au revoir de la main à Davis avant de laisser le restaurant derrière moi.

J'ai vingt minutes de route pour rentrer chez moi, mais alors que je suis presque arrivée, je suis forcée de freiner d'un coup sec pour éviter de percuter une voiture arrêtée à un stop. J'étais tellement en colère et perdue dans mes pensées que je n'ai vu ni le panneau, ni la voiture qui respectait le Code de la route.

Entre ma confusion sentimentale et la montée d'adrénaline, mon cœur bat à tout rompre et je décide de m'arrêter sur le côté pour me ressaisir et éviter d'avoir un véritable accident, cette fois.

Bien évidemment, étant arrêtée, je sors mon téléphone de mon sac.

Mauvaise décision.

J'aurais dû compter jusqu'à dix et respirer avant de rentrer chez moi tranquillement. Au lieu de ça, je découvre un appel manqué et un message de Caine. Il n'a pas laissé de message vocal, mais un sms.

Il faut qu'on parle.

Je suis furieuse. Non seulement il se croit le centre du monde, mais en plus il me donne des ordres ? *Il faut qu'on parle.*

Mais en fait, il a raison. Il faut qu'on parle, oui. Mais c'est moi qui vais parler, et c'est moi qui vais décider quand la conversation a lieu !

Je démarre avec un crissement de pneu et fais demi-tour pour partir en direction de Manhattan. Cette conversation va avoir lieu *maintenant*.

CHAPITRE 21

RACHEL

Si vous cherchiez « instable » dans le dictionnaire, je suis certaine que vous y trouveriez ma photo.

En l'espace de cinq ou six heures, j'ai été excitée pendant ma dispute avec Caine lorsque je l'ai poussé à me toucher, j'ai été en colère et déçue quand il m'a rejetée comme s'il ne s'était jamais rien passé, puis j'ai été flattée mais confuse quand Davis m'a dit qu'il voulait qu'on se remette ensemble. Puis, dès que le dîner a pris fin et que Caine m'a aboyé dessus par message, je suis revenue au point de départ pour être de nouveau furax.

Il est désormais vingt-trois heures, et je suis garée à deux pas de l'immeuble de Caine. Or soudain, toute m'a colère disparaît, et je me demande pourquoi je suis venue. Vous parlez d'instabilité…

Pourquoi je suis venue ? Pour engueuler Caine et l'accuser de jouer au chat et à la souris ? Certes, je veux le remettre à sa place. Mais je sais que ce n'est pas ce que je veux vraiment. Je suis assise dans ma voiture, à l'arrêt, et je sors mon téléphone pour relire ses messages.

Ne fais pas quelque chose de stupide à cause de moi.

Il n'a pas tort. Les choix que j'ai faits aujourd'hui – me préparer plusieurs heures avant mon dîner, me pointer en cours en tenue sexy, et même décider de manger seule avec Davis – ont tous quelque chose à voir avec Caine… et la plupart sont stupides.

Je pousse un énorme soupir, réalisant combien ma venue ici est idiote. Je frappe mon front contre le volant plusieurs fois, essayant de forcer mon cerveau à se ressaisir. Ce grand huit émotionnel me rattrape, et je me sens soudain fatiguée. *Épuisée.* Je jette un dernier coup d'œil à l'immeuble de Caine et je redémarre pour repartir en direction de Brooklyn.

***

Après vingt heures, trouver une place de parking dans mon quartier est quasi impossible. Je suis trop fatiguée pour en chercher une et je file directement dans le parking souterrain hors de prix qui se situe à cinq rues de chez moi. J'ai eu ma dose de frustrations pour la journée.

Lorsque j'arrive enfin dans ma rue, je déteste mes talons hauts ainsi que la ville de New York pour ses trottoirs mal entretenus. Je grimace à chaque marche qui mène à la porte de mon immeuble et râle lorsque je la trouve ouverte encore une fois – n'importe qui pourrait entrer dans l'immeuble.

Je sursaute quand je découvre justement un homme debout dans le hall, et je me mets à crier.

Caine semble aussi surpris que moi et lève les mains en signe de capitulation.

– Rachel, c'est moi.

– Qu'est-ce que tu fous là ?! je m'écrie en me tenant la gorge. Tu veux que j'aie une crise cardiaque ?

– Je suis désolé, je ne voulais pas te faire peur. Mais la porte était ouverte alors je suis entré. J'allais partir, vu que tu n'as pas répondu à l'interphone.

Mon cœur bat la chamade. Mon Dieu cette journée est un cauchemar !

– Qu'est-ce que tu fais ici ?

– Je suis venu te parler.

Ma peur n'a aucun mal à se changer en colère.

– Ah, oui. *Il faut qu'on parle.* Tu me l'as ordonné par message, tout à l'heure. Eh bien j'étais en train de souhaiter une bonne nuit à mon rencard, je mens.

– Je suis content que tu sois rentrée, au moins, répond Caine alors que sa mâchoire se crispe.

J'ai soudain envie de lui faire autant de mal qu'il m'en a fait.

– Oui. Je préfère un petit coup rapide avant de rentrer dormir chez moi.

– Allons chez toi pour parler, Rachel, grogne-t-il, clairement agacé. Je ne veux pas avoir cette conversation dans le hall de ton immeuble.

– Quelle conversation ? J'ai pigé, Caine. Je ne t'intéresse pas. Enfin, je plais à ta queue, mais pas à toi.

Il me fusille du regard.

– Cinq minutes. On peut monter cinq minutes, pour parler comme des adultes, s'il te plaît ?

Je lui retourne son regard assassin.

– Si t'insistes.

La tension est palpable dans l'ascenseur qui nous mène au troisième étage. Je sens les yeux de Caine sur moi, mais je regarde droit devant. Lorsque la sonnette retentit pour indiquer que nous sommes arrivés, elle me fait penser à celle qui annonce le début d'un nouveau round, en boxe. *Round neuf, c'est parti !*

Mon appartement est petit, mais il me semble tout à coup aussi minuscule qu'une boîte à chaussures. Je lâche mon sac sur la table de la cuisine et suis sur le point de soulager mes pauvres pieds endoloris quand je me ravise. J'ai besoin d'être grande pour pouvoir regarder Caine dans les yeux.

La tension augmente à chaque seconde qui passe en silence, et c'est Caine qui finit par craquer.

– Je ne voulais pas que tu fasses une bêtise que tu regretterais à cause de cet après-midi. Mais si j'arrive trop tard, je devrais partir.

– Mais quel enfoiré ! je m'exclame.

Caine me fusille du regard et sa mâchoire se crispe si fort que l'os se dessine sous sa peau. Étrangement, je me sens encore plus forte en le voyant en colère. Ça me motive. C'est comme si j'étais accro à sa rage et que chaque nouvel éclat était ma dose. J'en veux encore.

– Le monde ne tourne pas autour de toi. J'ai plein de raisons de coucher avec Davis qui n'ont rien à voir avec le fait que t'es un enfoiré. Voyons…, je commence en comptant sur mes doigts. Premièrement, il est honnête avec lui-même et les autres. Il n'invente pas d'excuses pour fuir la vérité. Deuxièmement, il admet quand il a tort. Comme ce soir, quand il m'a dit combien je lui manque et avoué qu'il veut me récupérer.

Les pupilles de Caine sont dilatées sous l'effet de sa colère et je décide de le provoquer davantage.

– Troisièmement, c'est un bon coup. Il est attentif et généreux. Tu sais, maintenant que j'y pense, il y a sans doute une corrélation entre le fait d'être honnête avec soi-même sur ce qu'on ressent, et le fait d'être un bon coup.

Caine est immobile mais je vois son poing s'ouvrir et se refermer plusieurs fois pour éviter d'exploser. Ce type est inébranlable. Furieuse, je marche vers la cuisine pour me servir à boire, et quand il ne se pousse pas pour me laisser passer, je le bouscule volontairement.

– Bouge, connard.

Il saisit mon coude et me tourne vers lui, me coupant le souffle.

– Tu crois vraiment que la sincérité et les prouesses sexuelles sont liées ? Je vais te donner une vraie raison de me traiter de connard. T'es là à me raconter que tu t'es tapé un autre homme, et la seule chose qui m'obsède, c'est le fait que tu me détesterais demain si je te montrais ce qu'est vraiment un bon coup. Je ne te parle pas de baise *sympa*. Je te parle de te plaquer contre le mur pour te prendre pendant que je suce ta peau si fort que t'en garderas des traces, pour que la prochaine fois que tu te désapes avec un mec pour te venger de moi, ce pauvre gars saura que je suis passé par là.

Caine resserre sa poigne sur mon coude et m'attire brusquement contre son torse.

– Je n'ai pas couché avec Davis pour me venger de toi, je dis d'une voix tremblante.

– Alors pourquoi t'as couché avec lui, Rachel ?

C'est le moment de vérité. Je ravale ma fierté et ne le quitte pas des yeux.

– Je n'ai pas couché avec lui, je chuchote. J'ai dit ça pour te faire chier.

Ses pupilles se dilatent encore et ses yeux sont désormais noirs comme des charbons. Nous nous dévisageons longtemps tandis qu'il encaisse mon aveu, puis il desserre son étreinte. Je crois d'abord qu'il est sur le point de me mettre un énième vent, puis je le vois défaire sa ceinture.

– Tourne-toi. Penche-toi en avant et pose tes mains sur le mur.

Je le regarde sans comprendre, trop perdue pour parler.

Il désigne le mur derrière moi d'un hochement de tête.

– Contre le mur.

Il défait sa ceinture et l'enlève d'un coup sec.

– Accroche-toi.

J'ai l'impression de ne plus être en possession de mon corps. Je me tourne et marche jusqu'au mur, et je me vois me pencher et plaquer mes mains dessus, comme si je flottais au-dessus de la pièce et regardais la scène se dérouler au ralenti. Je sens la chaleur de Caine derrière moi avant qu'il ne parle.

– Cette petite robe…

Dans cette position, la jupe couvre à peine mes fesses, mais il la soulève sur ma taille pour les exposer complètement.

– Tu voulais me narguer avec cette fichue petite robe, hein ?

Je suppose qu'il n'attend pas de réponse, mais je me trompe.

– Hein ? Dis-le. Avoue que tu voulais m'allumer.

– Oui. Je l'ai mise pour toi.

Sa main claque ma fesse quand il la gifle violemment.

– Ça, c'est parce que tu as été diabolique alors que je faisais tout pour rester sage.

Mon Dieu. Mon entrejambe est soudain trempé et je retiens mon souffle avec un cri aigu. Il se penche pour coller son corps contre le mien, et il empoigne mes cheveux sur le côté pour m'embrasser la nuque. Je sens son désir contre mes fesses à travers son jean et son souffle chaud me fait frissonner de la tête aux pieds.

– Ça t'a plu, hein ? Je m'en souviendrai.

Il se redresse brusquement et mon corps s'en retrouve froid. Mais ses doigts glissent sous mon string, qu'il baisse le long de mes jambes jusqu'à ce qu'il soit agenouillé à mes pieds.

– Écarte les jambes.

Soudain, sa bouche est entre mes cuisses et je gémis, priant pour que mes genoux ne fléchissent pas tandis qu'il enfouit son visage dans mon intimité. Ça n'a rien de doux. C'est désespéré et brutal. Il suce fort mon clitoris et me lèche comme si c'était son dernier repas sur terre. Je sens mon orgasme monter plus vite que jamais et je suis certaine de ne pas pouvoir tenir debout.

– T'es tellement bonne…, grogne Caine. Tellement mouillée. Pour moi.

Il plonge deux doigts en moi et je lève les yeux au ciel.

– Caine, je gémis.

– T'es tellement serrée, râle-t-il en me pénétrant avec ses doigts.

– Caine ! je crie d'une voix désespérée. Mon Dieu, Caine !

Il me répond en se relevant pour se pencher de nouveau sur moi. De sa main libre, il me force à tourner la tête et s'empare de ma bouche, synchronisant sa langue avec ses doigts. C'est trop rapide. C'est trop, tout simplement – son érection pressée contre mes fesses, ses doigts dans mon sexe, sa bouche, sa langue, son odeur. Mon orgasme me frappe violemment, m'arrachant une série de gémissements que Caine engloutit sans jamais cesser ses mouvements, me coupant le souffle.

Nous sommes tous deux pantelants et son souffle chaud me fait frissonner lorsqu'il caresse ma peau en sueur.

– Ça va ? demande-t-il.

Je réponds par un sourire béat.

– Mon Dieu, oui. Mieux que jamais.

Il répond en riant.

– Tu veux finir contre le mur ou dans ton lit ?

– Finir ? Ça ne l'est pas déjà ?

– Non, Tigresse, répond-il en me soulevant dans ses bras. On ne fait que commencer.

Si c'est vrai, je crois que j'ai un peu peur, parce que ce qu'il vient de se passer me laisse vannée. Il doit lire dans mes pensées, car il m'embrasse et me serre plus fort contre lui.

– Allons au lit. Tes jambes ont besoin de repos.

Ça me plaît.

– J'avoue que ça me ferait du bien, j'acquiesce en appuyant ma tête contre son torse.

– J'ai dit que tes jambes avaient besoin de repos. Pas le reste de ton corps.

CHAPITRE 22

RACHEL

Je me redresse sur mes coudes pour profiter du spectacle.

Caine me voit le regarder et esquisse un sourire.

– Tu sais, tu pourrais m'aider en te déshabillant pendant que j'en fais de même.

– Mais je m'amuse beaucoup en te regardant…

Il secoue la tête et continue de déboutonner sa chemise. Son jean est déjà ouvert et a glissé sur ses hanches, et mes yeux sont rivés sur le V divin qui plonge dans son boxer.

– Tu devrais enseigner torse nu, je déclare lorsqu'il jette sa chemise au sol.

– Je suis sûr que ça plairait à l'administration.

– Ils auraient davantage d'étudiantes qui quitteraient leurs vieux profs dégoûtants…

– Ah oui ? rétorque Caine alors que sa lèvre tressaute.

Il baisse son jean et l'enlève complètement. Mon regard se pose sur son boxer – ou plutôt sur la grosse bosse qu'il cache. Je sais qu'il m'observe, mais je ne peux pas détourner mon regard.

Je profite tellement du spectacle que Caine semble décidé à aller jusqu'au bout. Il empoigne son érection et se caresse par-dessus le boxer.

– Quitte à enseigner torse nu, autant ne pas mettre de pantalon non plus, tu ne crois pas ?

Je lève la tête et nos regards se croisent pour ne plus se quitter.

– Il ne vaut mieux pas.

– Ah bon ? Pourquoi ça ?

Je me lèche les lèvres avant de répondre.

– Parce que *ça*, c'est à *moi*.

Le sourire de Caine me dit que ma réponse lui plaît. Il glisse ses doigts sous l'élastique de son boxer et s'en débarrasse également, laissant sa verge dure se plaquer contre son ventre.

– *Mon Dieu…*

Je croyais l'avoir pensé, mais apparemment je l'ai dit à voix haute.

Caine ouvre une capote avec ses dents et la déroule sur son sexe avant de s'agenouiller sur le matelas.

– Ne t'en fais pas. Je vais y aller doucement. Ton vagin vierge sera sensible demain, mais seulement parce qu'on aura trop baisé, pas parce que j'aurai été trop vite. Maintenant, débarrassons-nous de cette robe.

Caine saisit le bas de ma jupe et la passe par-dessus ma tête, me laissant en soutif et en sandales. Son bras glisse dans mon dos pour dégrafer mon soutien-gorge d'une main plus experte que la mienne. Je me demanderai sans doute pourquoi il a tant d'expérience demain, mais pour l'instant, je suis ravie qu'il ne perde pas de temps avec ça.

– T'es sublime, dit-il en reculant pour me regarder.

Il pose une main sur mon sein et caresse mon téton avec son pouce.

– Ces seins... Ça fait des semaines qu'ils me rendent fou. Tu n'imagines pas combien de fois j'ai perdu le fil de mes pensées quand je te regardais et que je voyais tes tétons pointer sous tes vêtements.

Il baisse la tête et lape la pointe dure de mes seins avant de les sucer. Il lève les yeux sur moi et plonge son regard dans le mien en le léchant et en le mordillant, comme pour apprendre ce qui me fait vibrer. L'attention qu'il porte aux détails ne m'a jamais autant fait plaisir.

Il lâche mes seins et remonte le long de mon cou pour lécher la peau sensible sous mon oreille pendant que mes mains explorent frénétiquement son corps. Quand il mord mon lobe tout en pinçant mon téton, je plante mes ongles dans son dos.

– On y viendra plus tard, grogne Caine. Mais une fois que je t'aurai préparée, j'apprendrai quelles sont tes limites. Je parie que tu aimerais que je te tire les cheveux alors que tu es à quatre pattes avec les fesses rouges pendant que je te prends par-derrière.

Caine promène sa main sur ma taille pour glisser deux doigts entre mes lèvres.

– T'es trempée. Ça te fait mouiller d'y penser, hein ?

Je ne réponds pas – j'en suis incapable – et Caine forme un crochet avec ses doigts pour titiller un point que je sais infiniment sensible. Comme je suis incapable de répondre de façon verbale, je plonge ma main entre nous et empoigne fermement sa verge. Je le branle plusieurs fois et Caine s'allonge complètement sur moi pour prendre possession de ma bouche. Sa langue chatouille mes lèvres, m'ordonnant d'ouvrir la bouche, puis elle glisse dedans. Je me perds complètement dans le baiser et le sens bientôt sur tout mon corps. Jamais je n'ai connu une telle faim, une telle passion. Je n'ai aucune retenue. Je veux lui donner tout ce qu'il peut prendre, et plus encore.

Caine se soulève juste assez pour me regarder, sans rompre le contact de nos corps. Il plonge son regard dans le mien tout en frottant son érection contre mes lèvres trempées. Il commence ensuite à me pénétrer, sur seulement un ou deux centimètres, puis il se retire avant de recommencer. Chaque coup de bassin va un peu plus loin, m'étirant un peu plus.

Lorsqu'il saisit mes hanches et plonge complètement en moi, me remplissant entièrement, je ferme les yeux. Je laisse enfin cet homme me submerger, et c'est délicieux. Je lutte depuis le jour de notre rencontre, et lui céder est un soulagement énorme.

– Ouvre les yeux, Rachel, dit Caine en dégageant une mèche de mon front. Je ne pensais pas que tu pouvais être plus belle que tu ne l'es déjà, mais te voir alors que je suis en toi est… Je n'ai pas les mots.

Il tend son bras derrière lui pour replier ma jambe, lui permettant de s'enfoncer encore plus en moi.

– Caine…, je dis alors que mon corps se met à trembler.

– Je sais…

Il prend son temps, mais l'intensité ne cesse de croître. Chaque va-et-vient est plus profond que le précédent et nous bougeons ensemble, avançant et reculant nos hanches au même rythme.

Je gémis en jouissant, peinant à garder les yeux ouverts. Toutefois, je suis heureuse de lui montrer ce que je ressens. Quand je reviens à moi, Caine accélère les allers-retours pour atteindre à son tour l'orgasme. Sa façon de répéter mon prénom en se déversant en moi est délicieuse – plus thérapeutique que n'importe quelle thérapie musicale.

Nous nous serrons encore plus fort tandis que Caine poursuit ses mouvements, désormais lents et paresseux, bien après son orgasme, et nous reprenons notre souffle en nous souriant tendrement.

Il finit par arrêter pour s'occuper du préservatif et quand il se lève pour aller dans la salle de bains, je frissonne, son corps chaud me manquant déjà.

J'espère juste que ça ne signifie pas qu'une fois nos ébats finis, nos relations refroidiront de nouveau.

CHAPITRE 23

RACHEL

Caine me surprend en revenant au lit avec un gant tiède pour me nettoyer. Aucun homme n'a jamais été aussi tendre avec moi après une partie de jambes en l'air. Il est si prévenant et attentionné que mes muscles, qui se sont noués dès qu'il s'est levé, se détendent de nouveau.

– Ça va ? demande-t-il d'une voix douce.

– Oui, merci.

Il retourne dans la salle de bains et j'entends l'eau couler pendant plusieurs minutes. Lorsqu'il ressort, il ramasse ses vêtements et enfile son boxer puis son jean. Peut-être me suis-je détendue un peu trop vite.

– Qu'est-ce que tu fais ? je demande en essayant, sans succès, de paraître cool.

Il est en train de remonter sa braguette et s'arrête pour me regarder.

– Je me rhabille.

– Je vois ça. Il y a une raison pour laquelle tu prends tes jambes à ton cou ?

Caine fronce les sourcils et je me rends compte qu'il n'avait pas réalisé ce qu'il faisait. Il est en pilotage automatique.

– C'est ce que tu fais à chaque fois ?

Sa mâchoire se crispe.

– Il est tard.

– Si tu le dis. Peu importe. Vas-y.

Je tourne la tête pour qu'il ne voie pas combien je suis déçue.

Chaque bruissement de vêtement m'énerve davantage. Il était si tendre, il y a cinq minutes, et maintenant voilà qu'il est redevenu Professeur Enfoiré.

Finalement, je ne peux pas me retenir. Après tout, je suis une emmerdeuse, non ?

– T'es vraiment un enfoiré, tu le sais, ça ?

Caine se fige alors qu'il boutonne sa chemise.

– Je crois que tu me l'as déjà dit, donc oui, je suis conscient d'être « vraiment un enfoiré ». Ce qui m'étonne, en revanche, c'est que tu ne sembles pas en avoir autant conscience que moi, alors que tu adores me le rappeler.

Ce type a un talent inné pour m'agacer. C'est comme s'il appuyait sur un bouton qui me transforme aussitôt en psychopathe.

– Tu vas laisser du fric sur la table ?

Il me fusille du regard sans rien dire, et je me prépare pour sa réponse.

– Je ne te prends pas pour une prostituée, Rachel. D'ailleurs, je pense que t'es tout l'inverse : t'es une fille bien. Et c'est ça le problème.

– De quoi tu parles ?

Caine daigne enfin me regarder dans les yeux.

– Quand ce sera fini entre nous, ou plutôt que je ferai une connerie, ce qui est inévitable, je vais te faire souffrir.

– Tu n'en sais rien.

– Si, justement, Rachel.

Au fond de moi, je sais qu'il a raison. Mais je ne veux pas qu'il le sache.

– T'es tellement arrogant que t'as déjà décidé que t'allais me briser le cœur. Tu ne t'es jamais dit que ce serait peut-être moi qui briserais le tien ? Peut-être que je veux juste me servir de ton corps.

Caine hausse les sourcils. Je raconte n'importe quoi, bien sûr, mais il ne le sait pas. La seule chose qu'il doit faire, c'est rester. Je ne suis pas prête à ce qu'il parte. Pas ce soir… pas déjà.

Lorsqu'il baisse les yeux sur ma poitrine, ça me rappelle que la seule chose que Caine ne peut pas nier, c'est son attirance pour moi. Je dois donc miser dessus jusqu'à ce que je comprenne le reste.

J'empoigne mes seins et les touche de façon sensuelle. Le regard de Caine s'embrase immédiatement et je sais aussitôt que c'est moi, à présent, qui tiens les rênes. Si je dois passer par le sexe pour avoir le contrôle de la situation, c'est ce que je vais faire.

Je ferme les yeux et caresse mon ventre pour plonger ma main entre mes cuisses. Lorsque je les rouvre et vois Caine me regarder, j'ai la certitude que j'ai remporté ce round – même si ce n'est qu'une petite bataille dans ce qui s'annonce être une longue guerre.

– C'est un problème ? Si je me sers de toi pour ton corps ?

Il répond en défaisant les boutons de la chemise qu'il vient tout juste de remettre.

– Pas du tout.

Il se déshabille à toute vitesse tandis que je m'agenouille sur le lit. Il est déjà dur comme fer, à peine cinq minutes après son dernier coït, et sa verge me paraît encore plus épaisse. Si je n'étais pas aussi excitée, je crois que j'aurais peur.

Il ne me quitte pas des yeux et j'accompagne mes paroles par des gestes provocants. Je me tourne vers la tête de lit et me redresse sur mes genoux pour le regarder par-dessus mon épaule.

– Il me semble que t'as parlé d'empoigner mes cheveux et de me prendre par-derrière ? je demande d'une voix rauque.

***

Lorsque nous terminons les deuxièmes et troisièmes rounds, il est deux heures du matin. Mais peut-être est-ce les rounds trois et quatre, puisqu'on a commencé dans le salon ? Quoi qu'il en soit, j'ai appris une chose à propos de Caine, ce soir. Il a plus de mal à garder ses distances avec moi lorsqu'il est physiquement fatigué. Et vu la méthode à employer pour le fatiguer, cette découverte est plus qu'agréable.

Je pose mon visage sur son torse nu tandis qu'il caresse mes cheveux dans le noir.

– Comment t'as eu cette cicatrice sur ton dos ? demande-t-il d'une voix rauque.

– Je suis tombée d'un arbre quand j'étais gamine, et j'ai emporté quelques branches sur mon passage.

J'ai raconté ce mensonge tellement de fois à ceux qui me questionnent à propos de ma cicatrice de huit centimètres que je suis presque convaincue que c'est vrai.

– Aïe.

– Ça va, ça a vite guéri. Et toi, t'as des cicatrices ?

– Rien de visible. Mais les blessures invisibles sont les plus longues à cicatriser.

Je comprends ses paroles plus qu'il ne le sait. Je l'embrasse tendrement sur le torse, juste au-dessus du cœur. Nous restons silencieux quelques minutes, et je me demande s'il pense à ses blessures intérieures.

– Ça t'embête si je passe la nuit ici ? demande-t-il au bout d'un moment. Je crois que t'as aspiré toute mon énergie. Littéralement, d'ailleurs.

Je réponds en gloussant. C'est quand, la dernière fois que j'ai *gloussé* ?

– Pas du tout. Je veux que tu restes.

Il répond en serrant délicatement mon épaule, puis il redevient silencieux et je finis par me demander s'il s'est assoupi.

– Tu dors ? je chuchote.

– Non.

– Je peux te demander quelque chose, dans ce cas ?

Je ne vois pas son visage, mais je sais qu'il sourit lorsqu'il répond.

– Ça t'arrêterait, que je dise non ?

– Ça ne te manque pas ?

– Quoi ?

– Les câlins… la compagnie ?

Il reste silencieux plusieurs secondes.

– Ce n'est pas une question facile, Rachel.

– Pourquoi ? Ce n'est pas simplement oui ou non ?

– Peu de choses sont aussi simples, dans la vie.

– Je crois que tu compliques les choses plus qu'il ne le faut.

Il soupire.

– J'ai été mis en probation parce que j'ai cédé à mon besoin de câlins et de compagnie. T'es ma chargée de TD, et je suis ton directeur de thèse. Et je n'ai jamais eu de relation qui se soit bien terminée. La réponse n'est pas un simple oui ou non.

Cela me fait mal de penser que je ne suis pas la première universitaire avec qui Caine cède à la tentation. Je ne réponds rien, et il semble comprendre que je me sens vexée.

Il m'embrasse sur le dessus de la tête.

– Je n'ai jamais dormi dans un lit avec quelqu'un de la fac. Et avant que tu ne t'emballes, je ne suis jamais trop fatigué pour rentrer chez moi. Même maintenant.

Je prends ça pour une victoire, même si elle est minuscule.

– Ok… C'était quand la dernière fois que t'as…

Caine me coupe la parole et me serre contre lui.

– Et ce câlin est particulièrement agréable. Maintenant dors. Tu poursuivras ton interrogatoire demain, pendant que tu prépareras le petit déj'.

Quelques minutes plus tard, son souffle ralentit, m'indiquant qu'il dort. Je l'embrasse sur le torse et ferme les yeux à mon tour, souriant en pensant *« J'ai déjà faim ! »*.

***

J'ouvre les yeux et tends immédiatement le bras de l'autre côté du lit. Mais au lieu de trouver Caine, ma main ne rencontre que le drap froid. Profondément déçue, j'attrape mon téléphone pour regarder l'heure et suis choquée de voir que j'ai dormi jusqu'à onze heures et demie. La dernière fois que j'ai dormi aussi tard… En fait, je ne me rappelle pas la dernière fois que c'est arrivé. Je comprends que Caine soit parti.

Je bâille et me traîne dans la salle de bains pour me laver la figure et me brosser les dents. Je suis encore nue lorsque je me regarde dans le miroir et vois mes cheveux ébouriffés ainsi que les traces rouges sur mon cou, laissées par la bouche de Caine. *Mon Dieu, quels souvenirs délicieux...* Mes muscles endoloris se souviennent, eux aussi – des muscles dont je ne connaissais pas l'existence – tout comme mon entrejambe ankylosé. Toutefois, je me sens mieux que jamais. Mon apparence un peu folle me plaît, et je ne prends même pas la peine de me coiffer, comme si cela faisait durer le souvenir de ma nuit avec Caine.

J'ouvre mon tiroir et enfile un vieux t-shirt des Rolling Stones pour me rendre dans la cuisine et me faire un café. Je me fige en arrivant à la porte, découvrant Caine aux fourneaux. Il me tourne le dos et ne semble pas m'avoir entendue, donc je m'arrête un moment pour le regarder, choquée de le voir encore ici, et qui plus est, occupé à… danser ?

Peut-être le terme est-il exagéré, mais il se balance de gauche à droite au rythme d'une chanson qu'il doit fredonner dans sa tête, tout en retournant des pancakes dans une poêle et des saucisses dans une autre. *Miam*. Et je ne parle pas du petit dej'.

Je continue de le regarder avec un sourire aux lèvres, ravie de découvrir Caine aussi détendu.

– Tu veux un café, pendant que tu m'observes ? demande-t-il sans se retourner.

– Je ne pensais pas que tu savais que j'étais là.

– Je savais, répond-il en ouvrant un placard pour me sortir une tasse.

Apparemment, Caine et ma cuisine ont fait connaissance pendant que je dormais.

– Tu prends du lait ou du sucre ?

– Un peu des deux.

Caine finit de préparer ma boisson et je l'observe sans bouger. Il m'apporte la tasse et m'embrasse sur le nez.

– Bonjour, petite marmotte, dit-il.

– Depuis combien de temps t'es levé ?

– Une heure, environ.

– Je ne savais pas que t'étais encore là. Pourquoi tu ne m'as pas réveillée ?

– J'ai supposé que t'étais fatiguée par cette nuit, répond-il en retournant à la gazinière.

– Je le suis, je déclare en souriant. J'ai l'impression d'être passée à l'essoreuse.

Il met les pancakes et les saucisses dans deux assiettes et les pose sur la table.

– Assieds-toi.

– T'es très autoritaire, tu sais ? C'est presque impoli. Je ne suis pas un chien. *Assis. Couché.*

Caine marche jusqu'à moi et pose ses mains de part et d'autre de ma tête, sur le mur.

– Ça n'a pas semblé te déranger, hier soir.

– Ce n'est pas la même chose.

– Bien sûr que si, rétorque-t-il avant d'éclater de rire. Et si on essayait de manger sans se disputer ?

– D'accord, je m'assois. Mais seulement parce que ça sent divinement bon. Pas parce que tu me l'as ordonné.

– Comme tu veux, Tigresse, répond-il en secouant la tête.

Ce n'est que lorsque je mâche la première bouchée que je réalise à quel point je suis affamée, et j'engloutis un pancake en quelques secondes.

– T'avais faim, on dirait.

– Tais-toi. T'as fait quoi pendant que je dormais ?

– J'ai écouté de la musique sur mon téléphone, j'ai regardé une nouvelle fois tes photos.

– Tu fouinais !? je m'exclame en pointant ma fourchette sur lui. Je ne t'aurais pas pris pour un fouineur.

– Je n'ai pas fouillé dans tes tiroirs, j'ai juste regardé les photos qui sont sur ton mur. Ce n'est pas la même chose.

– Espèce de fouineur, je rétorque en souriant comme une imbécile.

Nous mangeons en silence pendant quelques minutes, et je souris beaucoup trop. Quant à Caine, il semble essayer de cacher qu'il est terrifié par mon enthousiasme démesuré. Ce n'est peut-être qu'un petit déjeuner, mais c'est tellement plus que ce à quoi je m'attendais après la façon dont les choses ont commencé, hier soir.

Je suis en train de rincer les assiettes quand mon téléphone se met à sonner. Il est branché sur le comptoir de la cuisine et Caine voit *Davis* s'afficher à l'écran. Il me regarde et je continue de faire la vaisselle.

– Tu ne réponds pas ?

– Je lui parlerai plus tard.

J'essuie la table pendant que Caine va dans le salon avec une autre tasse de café. Je le rejoins quand j'ai fini et je le trouve devant une photo prise il y a un peu plus d'un an. Je suis avec mes trois colocs, une semaine avant qu'on déménage. On est entassés d'un côté de l'immense canapé et nous sourions tous jusqu'aux oreilles.

– Qui est avec Ava et toi ?

– Elle, c'est Beth, et lui, c'est Davis. Beth est celle avec le beau décolleté.

– J'avais compris, espèce de peste.

Caine boit une gorgée, puis tourne la tête vers moi.

– Pourquoi t'as pas couché avec lui ?

– On a juste dîné ensemble. Il voulait parler.

– Mais il veut coucher avec toi ?

– Il veut qu'on retente notre chance, oui.

Caine boit une nouvelle gorgée en me regardant par-dessus sa tasse.

– Et toi, qu'est-ce que tu veux ?

Toi ! Je te veux toi, espèce d'imbécile ! Je sais qu'il est nerveux après la nuit qu'on a passée ensemble, donc je prends soin de ne pas lui mettre la pression.

– Je ne serais pas contre remettre le couvert avec toi.

Caine glisse sa main sous mon t-shirt et découvre que je ne porte pas de sous-vêtements.

– T'es nue depuis tout à l'heure ? grogne-t-il en empoignant mes fesses.

– Oui…

Il prend ma tasse de café et retourne en cuisine pour la poser avec la sienne. Il revient jusqu'à moi et me hisse par-dessus son épaule, me faisant hurler de plaisir – or ce n'est rien à côté de ce qui vient après…

Caine ne décide de partir qu'en milieu d'après-midi. Je commence mon service à dix-sept heures et nous venons de nous doucher ensemble. Je me prépare dans la salle de bains, comme à mon habitude, pendant qu'il se rhabille dans la chambre. Enveloppée dans une petite serviette, je me penche sur le lavabo pour me regarder dans le miroir tandis que je tartine mon visage de crème. Caine entre derrière moi et m'observe sans rien dire. Si nous nous sourions, nous restons tous deux silencieux et il se contente de me regarder pendant que je mets une crème différente sur mes bras et mes jambes, puis que je me brosse les cheveux.

– Ça t'est déjà arrivé d'entendre un morceau pour la première fois et d'avoir l'impression de le connaître, même si tu ne connais pas les paroles ?

– Bien sûr. Comme *All Summer Long* de Kid Rock, qui emprunte des parties de *Sweet Home Alabama* et *Werewolves of London* ?

– Non. Je veux dire un morceau original que tu découvres pour la première fois mais qui t'est familier.

Je me tourne vers lui.

– Je suppose, oui. Après tout, toutes les chansons ont un point commun, même minuscule. Ça peut être un accord, un registre ou un timbre… Notre cerveau semble catégoriser toutes ces petites choses et chercher à associer les différents morceaux qu'on entend. Pourquoi ?

– Pour moi, tu es comme ça. Je ne connais aucune des paroles de ta chanson, mais ton air m'est terriblement familier.

Je comprends ce qu'il veut dire. J'ai ressenti ça dès notre première rencontre, moi aussi. Je ne veux pas lui faire peur, mais quoi qui nous unisse… ce n'est pas rien. C'est important.

Préférant détendre l'atmosphère, je le prends par le cou en souriant.

– Eh bien, mon corps te rappelle sans doute celui d'une top model. Celle qui est mariée à ce joueur de foot.

– Tu parles de Tom Brady ? demande Caine en souriant.

– Oui, lui. Je suis le double de sa femme. Mais dans mon cœur, je suis plutôt la sœur cachée de Mère Teresa.

– Ah ouais ?

– Bien sûr.

Il baisse la tête pour m'embrasser tendrement.

– Ça doit être ça, alors. Faut que j'y aille, Mère Teresa, et toi tu dois filer au boulot. On se voit demain, en cours. Je serai le mec sur l'estrade qui fait tout pour ne pas reluquer tes seins.

– Ça marche, je réponds en me mettant sur la pointe des pieds pour l'embrasser. Et moi je serai celle qui n'a pas mis de culotte.

CHAPITRE 24

CAINE

Quinze ans plus tôt

Elle n'est pas venue la semaine dernière. Je devrais être soulagé qu'après huit semaines à me rendre en douce à l'église, j'ai enfin mon samedi pour moi. Mais ce n'est pas le cas. Je suis inquiet, et la semaine m'a paru interminable.

Je lève les yeux vers la croix qui couronne l'église avant de passer la porte. Il n'y a personne, comme d'habitude, et, comme j'ai une chanson à apprendre, je m'installe dans le confessionnal plutôt que de poireauter dehors. Liam a encore passé une nuit d'ivresse à composer. Néanmoins, après le dernier fiasco où il n'a pu se souvenir que de la moitié d'une chanson géniale, nous nous sommes tous cotisés pour lui offrir un dictaphone. L'objet est minuscule et peut enregistrer jusqu'à vingt heures de musique. Ça a marché du tonnerre. Quand il s'est pointé à la répèt' avec la gueule de bois, ce matin, il ne se souvenait de rien. Mais il nous a suffi d'appuyer sur le bouton et d'écouter.

Heureusement, Liam n'était pas saoul au point d'oublier de l'allumer hier soir. Mais il n'a pas pensé à l'éteindre en se couchant. Peut-être que ses grognements de masturbation serviront dans un morceau, un jour.

Je reste assis dans le confessionnal pendant presque une demi-heure, les écouteurs dans les oreilles. Même si elle n'est pas venue, au moins j'ai appris les paroles du nouveau morceau. Lorsque j'ai fini, je m'affaisse dans le fauteuil en velours et je mets du Bob Dylan. Hypnotisé par *Blowin' In The Wind*, je n'entends pas la porte grincer.

Je ne sais pas depuis combien de temps elle est installée lorsque j'ouvre enfin les yeux et vois sa silhouette. J'enlève mes écouteurs et laisse tomber le mode « prêtre » pour laisser apparaître l'ado que je suis.

– Salut. Je ne pensais pas que tu allais venir, je dis alors que j'entends toujours Bob Dylan dans les écouteurs qui pendent autour de mon cou.

– Vous écoutez quoi ? demande-t-elle.

Je ne peux pas lui dire la vérité – ce n'est pas très liturgique.

– De nouveaux hymnes.

– On dirait Bob Dylan.

Je souris. Elle connaît Dylan. Je comprends pourquoi j'aime autant cette gamine.

– Chuut. Il ne faut pas que les autres prêtres le sachent. Ce sera notre secret.

Je ne la vois pas, mais je sais qu'elle sourit lorsqu'elle répond.

– D'accord.

– À propos de secret, qu'as-tu à me raconter aujourd'hui, mon petit agneau ? Tu as été sage ?

– Ma sœur est rentrée.

– Elle est venue te chercher ?

– Non. Elle a eu des soucis et la police l'a ramenée à la maison.

Tant mieux. Il est temps que la police intervienne.

– Qu'est-ce qu'il s'est passé ?

– Elle dormait dans la cabane de chasse du père d'une copine. Elle a bu tout son alcool, un soir, et elle s'est perdue en voulant aller au supermarché. La police l'a ramenée après qu'elle a vomi à l'arrière de leur voiture.

– Ils ont parlé à tes parents ?

– Ils ont parlé à Benny. J'ai écouté à la porte. Il a menti à la police. Il a dit qu'elle buvait tout le temps et qu'elle s'enfuyait avec des garçons. Il a dit que ça faisait longtemps qu'elle était comme ça.

Merde.

– Ils ont posé d'autres questions ?

– Pas vraiment. Ils étaient deux, et l'un d'eux connaissait Benny, du garage.

– Du garage ?

– Où travaille Benny.

– Benny est mécanicien ?

– Oui.

– Comment va ta sœur, maintenant ?

– Elle est triste.

– Pourquoi tu n'es pas venue, la semaine dernière ?

– Je ne pouvais pas laisser ma sœur toute seule. Benny était vraiment furax quand la police l'a ramenée. Il a bu et crié pendant plusieurs jours.

– Il lui a fait mal ?

– Je crois.

Ok. On ne joue plus, là. C'est sérieux.

– Il faut que tu me le dises. Il lui a fait mal, oui ou non ?

Elle reste silencieuse pendant longtemps et je décide que si elle s'en va, soit je la suis, soit on va enfin se voir face à face. Peu importe que j'aie trahi la confiance de cette pauvre fillette. Elle peut me détester ou s'enfuir, si elle le veut, du moment qu'elle est en sécurité.

– Parle-moi, j'insiste d'un ton ferme. Est-ce qu'il lui a fait du mal ?

– Elle ne veut pas me le dire. Mais j'ai vu Benny sortir de sa chambre, le matin, et elle m'a dit que je devais fermer ma porte à clé la nuit. Il lui a dit qu'il ne me ferait rien si elle était gentille avec lui, dorénavant.

Putain. Putain. PUTAIN !

– Il faut aller voir la police. J'y vais avec toi.

– Il faut que je rentre, dit-elle en se levant d'un bond.

– Attends ! je crie. Pourquoi tu es venue aujourd'hui si tu ne veux pas que je t'aide ?

– Parce que je me sens en sécurité ici, avec toi.

– Tu me fais confiance ?

– Oui.

– Alors j'ai besoin que tu fasses quelque chose pour moi.

– D'accord.

– Va chercher ta sœur et amène-la ici.

– Je ne peux pas. Benny va bientôt rentrer.

– Alors demain. On sera dimanche. Qu'est-ce que vous faites le dimanche, d'habitude ?

– Benny va au travail le matin. Et avec ma sœur, on écoute de la musique. On n'a pas le droit, quand il est à la maison.

– Quand il part au travail, venez ici. Je veux vous parler, à toi et ta sœur. Ensemble.

Elle reste silencieuse quelques secondes et lorsqu'elle parle, sa voix n'est pas convaincante.

– D'accord.

– Tu viendras ? Avec ta sœur ?

– Je vais essayer.

J'attends d'entendre la porte du confessionnal se refermer, puis celle de l'église. Il lui faut sans doute quelques minutes pour déverrouiller le cadenas de son vélo, et je sais dans quelle direction elle va.

Je ne veux pas lui faire peur en la suivant chez elle, mais si elle ne vient pas demain, j'ai besoin de savoir où aller.

CHAPITRE 25

RACHEL

De telles parties de jambes en l'air ne sont pas sans conséquences. Il n'est même pas encore vingt et une heures, je n'en suis qu'à la moitié de mon service et je suis déjà à bout de force. Toutefois, il me suffit d'y penser pour sourire jusqu'aux oreilles.

Ava me surprend en train de rêver.

– Mon Dieu. T'as couché avec Davis.

– De quoi tu parles ?

Elle pose brusquement son plateau sur le bar, à côté d'un client qui est aussitôt intéressé par notre conversation.

– Ça se voit sur ta tronche. D'habitude, t'es toute coincée, dit-elle en grimaçant comme si elle avait mal quelque part. Mais pas ce soir.

Elle tapote le bras du client et lui demande son avis.

– J'ai pas raison ? Elle a baisé, non ?

Le type étudie attentivement mon visage.

– Ignorez-la, je vous en supplie, je déclare avant d'aller à l'autre bout du bar, où il n'y a personne.

Ava me suit et s'assoit sur un tabouret.

Je me remets au travail et essuie le comptoir en m'efforçant de l'ignorer, mais elle ne cesse de me regarder avec un sourire niais.

– Quoi ? je soupire.

– Tu ne vas vraiment rien dire ?

– C'est pas ce que tu penses.

– Alors il s'est bien passé quelque chose ? Allez, crache le morceau !

– J'ai dîné avec Davis, hier soir.

– Je savais qu'il y avait quelque chose. Il n'y a qu'à te regarder pour savoir que t'es amoureuse ou sexuellement épanouie.

J'espère que c'est la deuxième option qui déclenche une nuée de papillons dans mon ventre dès que je pense à Caine, parce que la première n'est pas une bonne idée. Ava semble conclure que c'est la seconde.

– Le sexe te va bien.

Heureusement, un couple entre dans le bar et demande à être installé, m'accordant un court répit. Ava a beau être une pipelette, je sais qu'elle ne raconterait mes secrets à personne. Ce n'est donc pas ce qui m'empêche de lui dire la vérité. Cela peut sembler stupide, mais j'ai envie de garder pour moi ce qu'il s'est passé avec Caine. Je ne suis pas prête à analyser la situation. Je préfère rester dans ma petite bulle privée et naïve aussi longtemps que possible.

Hélas, ma bulle est vite percée.

Vers vingt et une heures, je secoue un cosmopolitan dans le shaker quand la voix d'Ava qui minaude comme une ado me surprend.

– Saluuuuut, dit-elle. Je me demande bien ce qui t'amène ici ce soir !

Je lève la tête et vois Davis à l'autre bout du bar. Une vague de culpabilité m'accable aussitôt. *Merde*. Pourquoi je n'ai pas répondu à ses messages cet après-midi ? Il me fait un signe de la main et je réponds que j'en ai pour quelques minutes. Rien ne me retient vraiment de ce côté du bar, donc je cherche des raisons d'y rester. Je remplis le verre d'un client et lui parle aussi longtemps que possible, puis je demande à un autre type s'il veut l'addition, alors que rien n'indique qu'il souhaite partir. Ce sont les deux seuls clients assis au bar et lorsqu'Ava vient vers moi, je prie pour qu'elle ait une commande à me donner.

– Fais une pause, je te remplace, déclare-t-elle avec un clin d'œil. Et… je n'ai aucune raison de me rendre dans la remise, si tu vois ce que je veux dire…

Nouvelle vague de culpabilité. Je regarde Davis, qui me sourit sans se douter que je suis soudain trempée de sueur et que j'ai la nausée.

– En fait, est-ce que tu peux m'aider en cuisine, deux minutes ?

Ava fronce les sourcils.

– Ok…

– Je te rejoins dans une minute, je vais juste servir Davis.

– Ok. Mais tu te comportes de façon bizarre.

– Tais-toi et vas-y.

– D'accord.

Je prends une grande inspiration et me dirige vers l'autre bout du bar en me forçant à sourire.

– Salut. Quelle surprise ! Je ne savais pas que tu venais !

– Une bonne surprise, j'espère.

Euuuuh…

– Bien sûr. Il faut juste que je fasse un truc en cuisine. Je te sers ? Comme d'habitude ?

– Ce serait super, merci.

Je ne sais comment, je parviens à préparer son gin tonic sans rien renverser et à le lui servir avec le sourire.

– Je reviens.

Ava m'attend dans la cuisine, les bras croisés.

– Qu'est-ce qu'il se passe ? Il y a dix minutes t'avais l'air sur un petit nuage, et depuis que Davis est arrivé, tu fais la gueule. Dois-je comprendre que tu ne t'attendais pas à le voir ?

Je fais les cent pas dans la cuisine.

– Non, pas du tout.

– Qu'est-ce qui te dérange ? Tu ne t'es pas amusée hier soir ?

– Si. Si, si.

– Ok…

– Davis et moi avons été au resto, j'explique en me frottant le front. C'était sympa, mais je me sentais perdue, donc je suis rentrée chez moi.

– C'est tout ? J'étais persuadée d'être face à des rêveries post-coït.

– C'est le cas.

– Je ne comprends pas.

J'arrête mes allers-retours et regarde mon amie.

– Après le dîner, j'ai couché avec Caine.

– Quoi ? Caine… tu veux dire monsieur West ?

Je hoche la tête.

– Je ne comprends pas. Je croyais que t'avais dîné avec Davis ?

– Oui. Et après, je suis rentrée chez moi. Hier après-midi, je me suis disputée avec Caine, à la fac. Enfin, plus ou moins. Quand je suis rentrée du resto, il m'attendait. Il voulait qu'on parle. On s'est encore engueulés, et…

Ava sourit jusqu'aux oreilles.

– Le sexe post-dispute est génial.

– Qu'est-ce que je vais dire à Davis ?

– Il ne sait pas qu'il s'est passé quoi que ce soit après que t'es rentrée chez toi, n'est-ce pas ?

– Non…

– Alors fais comme si c'était le cas. Ne dis rien.

Ava n'a jamais couché avec Caine. Faire comme s'il ne s'était rien passé équivaut à essayer de ne manger qu'un seul Pringles dans une boîte pleine.

– Je ne sais pas mentir.

– Alors ne mens pas. S'il essaie de te parler de vous deux, dis-lui que t'es au boulot et que tu préfères ne pas en parler ici. Repousse la conversation tant que tu n'es pas prête. Et encore. Si tu ne veux être qu'amie avec Davis, tu n'as pas besoin de lui avouer quoi que ce soit.

Je prends une profonde inspiration et j'acquiesce.

– T'as raison. Je suis débile. Je me sens coupable, c'est tout.

– Tu n'as pas à te sentir coupable. T'es une jeune femme célibataire. Tu t'es engagée sur quoi que ce soit durant ton dîner avec Davis ?

– Non. Je lui ai dit qu'il fallait que je réfléchisse.

– Bon, acquiesce-t-elle en posant ses mains sur mes épaules. Tout va bien. Tu n'as rien fait de mal. Reste ici quelques minutes pour te calmer, et retourne au bar comme quelqu'un qui n'a rien à se reprocher.

– Ok.

– Ça va aller ?

– Je crois.

Ava retourne au bar et je me force à me détendre. Elle a complètement raison. Je n'ai pas à me sentir coupable, et Davis ne sait pas ce qu'il s'est passé hier soir. *Je peux le faire*. Je ne devrais avoir aucun mal à ne pas penser à Caine tant que Davis est là.

J'inspire profondément et pousse la porte de la cuisine, me sentant sereine.

Jusqu'à ce que…

Je regarde en direction de Davis et vois un autre homme assis à côté de lui.

Caine.

***

Ava me voit et vient vers moi d'un pas rapide.

– Tu ne savais pas qu'il venait, lui non plus ?

– Non. Faut croire qu'ils ont tous les deux voulu me faire une surprise. *Putain !* Qu'est-ce que je vais faire ?

– Ok. Réfléchissons. Tu n'as toujours rien fait de mal. Mais clairement, tu vas te comporter comme une tarée en allant là-bas.

– Clairement.

– Est-ce que Davis sait à quoi ressemble Caine ?

– Je ne crois pas, non.

– Et Caine ?

– Il a vu la photo, chez moi. Je suppose qu'il va le reconnaître, si ce n'est pas déjà le cas.

– Ok. Alors j'ai un plan.

– Dieu merci.

– Tu vas aller là-bas et faire comme si tout était normal.

– C'est tout ? C'est quoi ce plan pourri ?

– C'est ta scule option. Passe derrière le bar et dis simplement bonjour. Je ne serai pas loin si je dois intervenir.

Je jette un œil en direction des deux hommes au moment où Caine tourne la tête vers moi. Son expression est indéchiffrable. J'ai envie de vomir et je suis à deux doigts de saisir une bouteille et de m'enfuir à toute vitesse.

Ava lit dans mes pensées et ricane.

– On boira un coup quand ce sera derrière nous. Allez, vas-y. Ce sera peut-être pas si mal, qui sait ? dit-elle en me donnant un bon de commande. La table trois veut un cocktail de gonzesse. Ça devrait t'occuper au moins quatre minutes.

Je pousse un juron et saisis le bon.

– Ne me laisse pas seule.

– T'en fais pas. J'ai hâte de voir ça.

– C'est de ta faute, tu sais ? je râle en agitant mon index devant son visage.

– Ma faute ?

– Si tu n'avais pas confondu le bleu et le marron, je n'aurais pas engueulé le mauvais mec, ce soir-là, et Caine et moi aurions peut-être pu garder une relation professionnelle.

Ava prend mon bras sous le sien.

– Dans ce cas, je t'en prie, y a pas de quoi. Allons-y.

Une fois au bar, je m'affaire à préparer la commande d'Ava à l'autre bout du comptoir. J'évite de les regarder aussi longtemps que possible, mais ma curiosité finit par l'emporter. Je découvre alors qu'ils m'observent tous les deux.

Je leur fais un signe nerveux de la main et secoue le shaker bien trop longtemps. J'essuie le comptoir et demande aux clients devant moi s'ils veulent autre chose. N'ayant rien d'autre à faire, et sentant deux paires d'yeux sur moi, je ne peux plus repousser l'inévitable.

Je prends une profonde inspiration et marche vers eux. Ayant déjà salué Davis, je m'adresse à Caine.

– Salut. Je ne savais pas que t'allais passer.

Il regarde Davis du coin de l'œil avant de me fusiller du regard.

– Oui. Apparemment j'aurais dû appeler pour réserver.

Merde.

Davis ne comprend pas sa remarque et éclate de rire.

– Ouais, c'est un bar de vieux. Il n'y a personne le soir. Je viens seulement pour la jolie serveuse.

La mâchoire de Caine se crispe.

– T'en veux un autre ? je demande en désignant le verre vide de Davis.

– Allez, répond-il en désignant Caine. Et j'offre un verre à mon ami, aussi.

– Non merci, rétorque Caine en me dévisageant. Tout compte fait, je vais rentrer chez moi.

Il se lève brusquement, faisant grincer le tabouret en le poussant en arrière.

– Rentre bien, Rachel.

Dix secondes plus tard, la porte se referme sur lui.

– Qu'est-ce qu'il a ce type ? C'est un habitué ?

– Il vient de temps en temps. Je m'occupe de ton verre, je réponds à Davis.

Ava me rejoint à l'autre bout du bar.

– Qu'est-ce qu'il s'est passé ?

– Rien. Caine est parti.

– À cause de Davis ? Il a dit quelque chose ?

– Non. Il est juste parti.

– Alors il te laisse passer la soirée avec le mec avec qui il sait que t'es sortie et qui veut retenter sa chance avec toi ?

Je sais qu'elle ne dit pas ça pour me faire du mal, mais elle a raison, et la vérité est dure à avaler. C'est exactement ce qu'il vient de se passer. Caine a tiré sa révérence. Il a déclaré forfait. Il ne voulait rien d'autre que ce qu'il s'est passé hier soir – du sexe. Tous les films que je me suis faits ne sont que ça : des films qui ne deviendront jamais réalité.

CHAPITRE 26

RACHEL

Je n'ai pas le droit d'être en colère.

Toutefois, le fait que des sentiments ne soient pas justifiés n'implique pas qu'on les contrôle. Le lendemain, je fais pourtant de mon mieux pour masquer ma rancœur. Comme d'habitude, j'ai attendu que l'amphi se vide pour aller parler à Caine. J'ai donné un cours de soutien avant son cours magistral, et il aime voir la feuille de présence pour savoir quels étudiants fournissent des efforts supplémentaires. Je la lui donne sans un mot.

– T'étais en retard.

– Pas du tout. J'étais pile à l'heure.

– Je parlais du cours de soutien.

Le cours n'a même pas eu lieu dans le même bâtiment, et j'étais à peine en retard.

– J'avais deux minutes de retard. Tu me surveilles, maintenant ?

Il me dévisage froidement.

– Je n'aime pas les retardataires. Tu devrais peut-être fixer les cours de soutien plus tard, si tu finis tard au bar, ou je ne sais quoi.

C'est ce petit *« je ne sais quoi »* qui me met la puce à l'oreille.

– T'avais une raison particulière de me chercher, ce matin, ou tu voulais juste t'assurer que j'étais là ?

– Sois à l'heure, Rachel.

– Réponds à ma question.

Caine s'était mis à ranger ses affaires, mais il s'arrête pour me regarder.

– Pas ici. Je sais comment va se dérouler cette conversation, et elle ne devrait pas avoir lieu dans ma salle de classe.

– Très bien. Où préfères-tu qu'on parle ?

– Je préfère ne pas parler du tout, répond-il en prenant sa sacoche.

Je croise les bras et hausse le ton.

– Alors c'est fini, c'est ça ? C'est ce que t'essaies de me dire ? J'aime autant que ce soit clair. Si le plan cul est fini, dis-le.

Nous nous défions du regard et je devine qu'il perd patience, mais je m'en contrefiche.

– Dix-neuf heures, répond-il. Je passerai chez toi après mon dernier cours.

– Je termine mon service au bar à vingt heures. Je viendrai chez toi ensuite.

Je ne sais absolument pas ce qui me pousse à dire ça. Pour quelle raison aurais-je envie d'aller de Manhattan à Brooklyn après une dispute, au beau milieu de la nuit ? Mes émotions sont hors de contrôle et j'ai dit n'importe quoi pour garder les rênes.

– D'accord, mais je viens te chercher. Je ne veux pas que tu conduises la nuit quand t'es fatiguée.

Étonnamment, le reste de la journée file à toute vitesse. Il y a du monde au bar, et comme je travaille avec Charlie plutôt qu'Ava, je ne suis pas obligée de raconter ma vie. Un peu avant vingt heures, je suis en train de parler à des clients au fond de la salle du restaurant lorsque je vois Caine entrer, et mon cœur se met à battre la chamade.

Je me voilais la face en faisant mine de ne pas souffrir quand il m'a rappelé qu'il n'y avait que du sexe entre nous. Toute la logique du monde ne peut empêcher mon cœur de se briser.

Je passe voir mes tables pour leur dire de régler l'addition au bar quand ils auront terminé et je marche vers Caine, qui se tient près de Charlie.

– Charlie, tu te souviens de Caine ?

– Professeur West, c'est ça ? répond Charlie en lui tendant la main.

– C'est ça, acquiesce Caine en la lui serrant.

– Vous avez un deuxième prénom ?

Caine fronce les sourcils mais répond malgré sa confusion.

– Oui : Maxwell. Le prénom de mon père. Pourquoi ?

– Pour rien, répond Charlie en me regardant. J'aime juste savoir avec qui ma princesse passe du temps.

Je lève les yeux au ciel.

– Ignore-le. Il a été flic pendant vingt ans. Avec lui, tout le monde est coupable avant d'être jugé innocent. Je vais me changer, je reviens.

Le trajet jusque chez Caine se fait dans un silence gênant. Comme sa façon de changer les vitesses m'excite et que je n'ai pas envie de l'être, je me force à regarder par la fenêtre. Lorsque nous arrivons chez lui, il fait le tour de la voiture pour m'ouvrir, mais je suis déjà à moitié sortie. Il fronce les sourcils et me prend par le coude pour m'aider à me lever. Le silence se poursuit dans l'ascenseur, et ce n'est qu'une fois chez lui qu'il est enfin rompu.

– Tu veux boire quelque chose ?

– Je veux bien de l'eau, je réponds en m'agenouillant pour saluer Murphy, qui semble sentir la tension et obéit immédiatement à Caine lorsqu'il lui intime de se coucher.

Caine m'apporte une bouteille d'eau et se sert un verre de vin rouge. Je suis de nouveau obnubilée par la vue. J'ai eu toute la journée pour réfléchir à ce que je veux dire, mais maintenant que le moment est venu, toute ma colère et ma frustration ont disparu. Je me sens triste et fatiguée, et j'ai la sensation d'avoir perdu.

Je soupire sans quitter des yeux les lumières de la ville.

– Je n'ai pas invité Davis à venir au bar. On n'avait pas prévu de se voir.

– Je sais.

Je regarde Caine dans le reflet de la vitre tandis qu'il se tient derrière moi.

– Comment tu sais ?

– Parce que ce n'est pas ton genre, de faire ça. T'es pas le genre de femme qui couche avec un mec un soir et prévoit de sortir avec un autre le lendemain.

Je me tourne vers lui et il ne bouge pas.

– Alors pourquoi t'es parti, si tu savais ?

– Parce que tu serais mieux avec lui qu'avec moi, répond-il en me regardant dans les yeux.

Je me force à me tenir plus droite.

– Tu n'as pas ton mot à dire. Tu ne peux pas me refourguer à quelqu'un quand t'en as fini avec moi.

– Ce n'est pas ce que je dis, Rachel.

– Tu sais quoi ? Va te faire foutre.

– Rachel…

Son ton est une mise en garde. Mais c'est moi qui devrais le mettre en garde, parce que je suis furieuse. Furieuse qu'il me parle de façon aussi calme. Le fait qu'il puisse rester aussi zen n'est pas juste. J'ai besoin qu'il souffre autant que moi.

– Ne me parle pas sur ce ton ! T'as raison. Je serais mieux avec Davis. Au moins, il admet ses sentiments, lui. Et il était pas mal au pieu, non plus.

– T'as fini ? demande Caine alors que sa mâchoire se crispe.

– Non, j'ai pas fini. Je ne fais que commencer. Je pense que je vais me taper monsieur Bonnet, aussi. Peut-être qu'il dessinera de plus beaux croquis quand il m'aura matée de près.

– C'est bon, t'as fini, là ? gronde-t-il. Si tu veux bien la fermer une minute, j'aimerais bien en placer une, moi aussi.

– Tu viens vraiment de me dire de la fermer ? je m'exclame en écarquillant les yeux.

Caine baisse la tête pour qu'on soit nez à nez et parle en serrant les dents.

– Je ne veux pas t'entendre parler de baiser d'autres mecs. Donc oui, ferme-la une minute.

– C'est hors de question. J'ai le droit de…

Caine m'interrompt par un grognement et il plaque sa bouche sur la mienne, avalant mon cri de surprise. Il pose ses mains sur mes joues et grogne de nouveau en penchant ma tête sur le côté pour approfondir le baiser. Ma réaction initiale est de le repousser et de m'enfuir, mais mon instinct de survie disparaît à l'instant où sa langue pénètre dans ma bouche. Au lieu de ça, je réponds à son baiser avec toute la colère qui bouillonne en moi.

Je passe mes mains dans son cou et empoigne ses cheveux, m'accrochant à lui. Caine saisit mes cuisses et me soulève pour me plaquer contre la baie vitrée. Il entoure sa taille avec mes jambes et appuie son érection contre mon sexe brûlant. Il grogne une dernière fois, et tout s'efface autour de nous.

Plus de cris.

Il ne me dit plus que je serais mieux avec quelqu'un d'autre.

Il n'y a plus que lui et moi – et ce baiser.

Ce baiser.

Nous.

Nous avons beau être collés l'un contre l'autre, nous ne sommes toujours pas assez proches. Nos membres s'entrelacent et son corps maintient le mien contre la vitre. Nous sommes affamés. Je n'ai plus la force de me battre. J'en ai le vertige et lorsque le baiser prend fin, je n'arrive plus à réfléchir.

Caine est pantelant et sa voix est rauque.

– Tu peux rester silencieuse une minute, maintenant ?

Je parviens à hocher la tête.

– Bien.

Il saisit mes bras et recule pour me regarder dans les yeux.

– J'ai dit que tu serais mieux avec quelqu'un d'autre que moi, mais tu ne m'as pas laissé finir.

Je retiens mon souffle, craignant la suite.

Caine regarde à travers la vitre, derrière moi, en parlant.

– Je suis parti hier soir en pensant que c'était la meilleure chose à faire. Je n'ai jamais eu de relation qui a duré plus de quelques mois, et je bousille tout ce qu'il y a de bien autour de moi.

– Mais tu ne…

Caine me fait taire en posant deux doigts sur ma bouche. Il ferme les yeux et secoue la tête, et il rit lorsqu'il les rouvre.

– Bon sang, tu ne sais vraiment pas te taire, râle-t-il en appuyant son front contre le mien. Laisse-moi finir.

Je hoche la tête.

– Tu serais peut-être mieux avec un autre, mais je suis égoïste ; je te l'ai déjà dit. Et je suis suffisamment égoïste pour ne pas partir quand je le devrais, et pour te demander d'être avec moi jusqu'à ce que je fasse une connerie qui te fera partir en courant.

Je regarde dans ses yeux et prends conscience qu'il pense vraiment ce qu'il est en train de dire. Je ne sais pour quelle raison, il croit qu'il ne mérite pas que je lui donne une chance. Il est certain que ça finira mal. Au fond de moi, je sens que je vais souffrir, mais je décide d'ignorer ce sentiment.

– Tu peux me dire pourquoi tu penses que tu vas merder ?

– C'est toujours comme ça, Rachel.

– Eh bien on apprendra de tes erreurs. Mais je ne peux pas t'aider si je ne sais pas ce qu'on doit éviter.

Caine plonge son regard inquisiteur dans le mien.

– Tu vas dire à ce nase que t'es pas intéressée ?

– Quel nase ?

– Ton coloc. Davis.

Je ne lui dis pas que j'avais déjà prévu de le faire. J'aime autant lui faire penser qu'il a gagné.

– Oui.

– Bien. On reparlera plus tard.

Je commence aussitôt à râler.

– Plus tard ? Pourquoi pas…

Il me fait de nouveau taire avec un baiser.

Ok, on parlera plus tard.

***

J'écoute les battements du cœur de Caine, la tête sur son torse.

– Au lycée, je suis sorti avec une fille pendant plusieurs mois. Je l'ai trompée.

Il parle tellement bas que je dois lever la tête pour l'entendre. J'appuie mon menton sur mes mains et parviens à le voir malgré la pénombre. Nous sommes tous les deux à poil, et je me sens sacrément heureuse.

– T'étais jeune.

– Avec sa sœur aînée de vingt-deux ans.

– T'avais quel âge, toi ?

– Dix-sept ans.

– C'est bien ce que je dis, t'étais jeune. Elle était plus vieille que toi, elle aurait dû dire non.

– Pendant ma première année à la fac, j'ai rencontré Abby. On était ensemble depuis cinq mois quand j'ai décidé de partir en tournée avec mon groupe. On jouait en première partie d'un autre groupe et on était persuadés qu'on allait devenir des stars. C'est là que j'ai découvert les groupies. Je suppose que je ne l'ai pas trompée, techniquement. Après sept mois de tournée, je l'ai appelée pour lui dire qu'on devrait s'autoriser à voir d'autres gens.

Elle a pensé que je me sentais seul et, quelques jours plus tard, elle est venue à Seattle par surprise. Elle voulait voir le spectacle. Elle n'a pas été déçue. J'étais dans les loges avec deux femmes quand elle m'a retrouvé.

– Un plan à trois ? je demande en grimaçant.

– Je ne savais pas qu'Abby était là. Apparemment, quand elle est entrée, une des nanas l'a invitée à nous rejoindre, mais j'étais trop occupé pour la voir.

– C'est un peu dégueu…

– Abby était furax et elle a trop picolé. Apparemment, elle est tombée en montant les marches en béton de son hôtel. Elle s'est foulé la cheville et s'est cassé le nez. Elle a passé la nuit aux urgences et ses parents ont dû prendre l'avion pour venir la chercher, le lendemain. Je n'ai appris sa venue qu'une semaine plus tard.

– C'est horrible, mais même ça, ce n'était pas de ta faute. T'as essayé d'être honnête en rompant avec elle.

– Ouais, mais même quand j'essaie d'agir bien, je fous tout en l'air.

– Je ne crois pas, non.

Caine reste silencieux un long moment. Lorsqu'il parle de nouveau, sa voix est pleine de tristesse.

– J'ai monté mon groupe avec Liam, mon meilleur ami, quand on avait douze ans. C'était un génie pour écrire des chansons. Le seul problème, c'est que son inspiration lui venait quand il était bourré.

– J'ai lu que Dylan écrivait ses meilleurs morceaux quand il était sous héroïne.

– Ouais. Sexe, drogue, et rock'n'roll. Ce n'est pas juste une expression. L'année où notre groupe a décollé, Liam a vraiment sombré dans la drogue. Au début, il buvait des Red Bull pour ne pas dormir parce qu'il voulait écrire toute la nuit. Puis, il est passé aux amphétamines parce que c'est plus facile de prendre un cacheton. On jouait beaucoup dans les campus, et les étudiants sont les premiers consommateurs de cette merde, donc il n'avait pas de mal à en trouver. Sauf que ça te maintient éveillé pendant vingt-quatre heures et qu'il faut bien que tu dormes. Donc tu prends un autre médoc pour t'aider à redescendre.

– Tu parles de Liam, ou de toi ?

– De Liam. Il m'est arrivé d'en prendre, mais ça n'a rien à voir avec Liam. À l'époque, je pensais que c'était normal. Avec les autres membres du groupe, on a mis du temps à voir à quel point c'était grave. Un soir, on a essayé de le réveiller pour un concert, et on n'a pas réussi. Quand l'hôpital lui a fait un lavage d'estomac, ils ont trouvé tellement de drogues différentes qu'ils ont dit que c'était un miracle qu'il ne soit pas mort. Je ne savais pas qu'il était passé des amphétamines à la cocaïne et à la méthamphétamine.

– Oh mon Dieu. Je suis désolée.

– La première fois que Liam a été en cure de désintox, il s'est contenté de Red Bull à sa sortie.

Mais ça n'a pas duré longtemps. Il finissait toujours par sombrer de nouveau, et on le déposait en cure. Durant son dernier séjour à l'hôpital, on a décroché un contrat avec une maison de disques. J'aurais dû me douter que ce serait trop de pression. Une des clauses du deal stipulait qu'on devait composer cinq nouvelles chansons. C'était trop de stress pour quelqu'un qui sortait tout juste de cure de désintox.

Je sais déjà qu'un des membres de son groupe est mort d'une overdose, et je veux lui éviter d'avoir à le dire.

– J'ai lu ce qu'il s'est passé quand j'ai tapé ton nom dans Google, quand on s'est rencontrés. Je suis vraiment désolée.

Caine devient silencieux et ferme les yeux pendant plusieurs longues secondes. Lorsqu'il les rouvre, ils sont brillants et chargés de tristesse.

– Tu ne pouvais pas maîtriser son addiction, je dis en caressant sa joue.

– Non. Mais j'aurais pu éviter de lui foutre la pression. On n'aurait pas dû signer ce deal.

– Liam était content du contrat ?

– On l'était tous. On avait vingt et un ans et c'était un gros label.

– T'es pas responsable de ce qu'il s'est passé. Les toxicomanes cherchent toujours à justifier ce qu'ils font. Si ça n'avait pas été le contrat, ç'aurait été autre chose.

Caine soupire longuement.

– Je n'ai pas un bilan glorieux, Rachel. Même quand j'essaie d'agir comme il faut, je fais tout foirer. Je ne t'ai raconté que quelques-unes des mauvaises décisions que j'ai prises. Je ne t'ai pas parlé de la copine de Liam, qui était trop jeune pour venir en tournée avec nous, mais que j'ai laissée venir quand même. Je ne t'ai pas parlé de la nana que j'ai rencontrée quand j'avais seize ans et qui…

J'en ai suffisamment entendu et j'imite son geste, plaquant deux doigts sur sa bouche.

– Ferme-la, Caine.

Il sourit malgré sa tristesse.

– Tu voulais que je te parle.

Je me redresse pour m'asseoir à cheval sur lui, laissant tomber le drap dans lequel je m'étais enveloppée.

– Merci de t'être confié à moi.

Il saisit mes hanches et me surprend en me forçant à me dresser sur mes genoux. Il baisse la main et empoigne sa verge pour la positionner à l'entrée de mon sexe.

– Maintenant laisse-moi te confier autre chose.

CHAPITRE 27

RACHEL

Ma relation avec Caine a changé, hier soir. Il ne lutte plus contre son attirance pour moi et, à la lumière du jour, je découvre une nouvelle version de lui. Une version plus joyeuse.

Après lui avoir ordonné de sortir de la douche pour que d'autres parties de mon corps – en dehors de mes seins et de mon sexe – soient lavées, je prends quelques minutes pour réfléchir à ce qu'il s'est passé. Je laisse l'eau chaude dénouer les muscles de ma nuque et je ferme les yeux.

Caine s'est ouvert à moi. Il ressent énormément de culpabilité, mais elle me paraît injustifiée. Or je ne lui ai pas parlé de mon passé. Je ne sais pas si je pourrai en parler un jour avec qui que ce soit.

Je me force à sortir de la douche et fouille dans le dressing de Caine – qui est plus grand que ma cuisine – choisissant un vieux t-shirt de l'université de Brooklyn.

Je sors de sa chambre et le vois assis à la table devant une pile de papiers et son ordinateur, portant les lunettes que j'aime tant. Il me regarde avancer vers lui avec un air étrange.

– Quoi ?

– Mon t-shirt te va mieux qu'à moi.

Lorsque j'arrive près de lui, il glisse aussitôt une main dessous pour palper mes fesses.

– Ah non, Monsieur le professeur. T'as l'air d'avoir du boulot.

– C'est ma chargée de TD qui devrait noter ces copies.

– Tu ne me l'as pas demandé. Je l'aurais fait.

Il m'attire sur ses genoux et enfouit son visage dans mes cheveux mouillés.

– Pourquoi tu ne le fais pas maintenant ? Je te doigterai pendant que tu lis les dissertations sur l'art du rythme.

– T'es dégoûtant.

Il me regarde dans les yeux.

– Qu'est-ce qui est dégoûtant ? De te doigter ? Pourtant t'aimes ça. T'aimes ma langue, aussi. Et ma queue. Je regrette de ne pas avoir plus de membres avec lesquels te pénétrer. Je n'arrêterais plus jamais.

Je le repousse en riant.

– Je meurs de faim. Il faut que tu me nourrisses.

– C'est ce que j'essayais de faire, justement !

– Et si tu nous préparais à manger pendant que je finis de noter les devoirs ?

– Ça roule. Je déteste corriger les copies.

Je finis de noter les examens pendant que Caine nous prépare un petit déjeuner composé, à nouveau, de pancakes et de saucisses.

– C'est délicieux. Mais c'est la même chose que t'as cuisiné chez moi. Tu ne sais faire que ça ?

– Non, espèce d'emmerdeuse. Je sais faire plein de choses. Mais je cuisine rarement parce que c'est plus facile de prendre quelque chose à emporter sur le chemin du retour.

– Je ne suis pas super douée en cuisine, mais je fais de délicieux gâteaux.

– Ah ouais ?

– Rose, la tante qui nous a élevées, était pâtissière. Quand on a emménagé chez elle, elle voulait tout le temps faire des gâteaux. Elle trouvait que ça nous aidait à nous rapprocher.

Caine semble pensif.

– Ta tante et ton oncle avaient des enfants ?

– Non. Rose ne pouvait pas. Ils ont été famille d'accueil pendant longtemps, en fait, mais ils ont arrêté quand ils nous ont adoptées. Ils avaient largement de quoi s'occuper avec Riley et moi.

– T'as déjà fait allusion à tes années de folie. J'aurais aimé voir ça.

– Ah non, je ne pense pas. On leur a fait vivre un enfer. Les adolescentes sont déjà difficiles sans qu'elles n'aient besoin d'une raison de l'être. J'étais loin d'être un ange, mais ma sœur était réellement affreuse.

Je profite d'avoir terminé mon assiette pour me lever et changer de sujet. Je ne suis pas une bonne menteuse et tôt ou tard, Caine va forcément poser une question à laquelle je ne suis pas prête à répondre. Je prends nos assiettes et décide de les laver à la main plutôt que de les mettre dans le lave-vaisselle.

– Tu travailles, demain soir ? demande Caine en m'embrassant sur l'épaule.

– Non, je suis du soir aujourd'hui, et de journée demain.

– J'aimerais t'amener quelque part, demain soir.

– Où ?

– C'est une surprise.

– Ok, je réponds en souriant.

– Mets une jolie robe.

J'éteins le robinet et me tourne vers lui.

– Jolie à quel point ?

– Aussi jolie que tu veux.

Je ne me souviens pas de la dernière fois qu'une relation m'a parue aussi évidente.

– Quoi ? demande Caine en voyant mon sourire béat.

– Je me sens juste… *bien*.

– Je suis d'accord. Moi aussi, répond-il en me regardant dans les yeux. J'ai beau avoir résisté, et ça a beau être contre les règles au travail, ça fait longtemps que quelque chose ne m'a pas semblé aussi bien. Aussi juste. Peut-être que je n'arrivais pas à t'oublier parce que je n'étais pas censé le faire.

Nous passons les heures qui suivent à nous prélasser sur le canapé devant de vieux épisodes de *New York – Police judiciaire*. Je suis déçue que la journée touche à sa fin, mais je suis bien obligée de demander à Caine de me ramener chez moi pour que je puisse me préparer pour le boulot.

Nous nous habillons ensemble dans sa chambre et je fais le lit pendant qu'il se brosse les dents.

– Tu les ranges où ? je demande en prenant la boîte de préservatifs posée sur la table de chevet.

– De quoi tu parles ?

– Des capotes.

– Dans le tiroir de la table de nuit. Mais laisse-les, si tu veux. On va vite en avoir besoin.

Je souris en ouvrant le tiroir et un petit cadre argenté attire mon attention. Je fais ma curieuse et le prends pour étudier la photo du vieux groupe de Caine. Il doit avoir vingt ans et il tient un mec du même âge par l'épaule tandis que les autres membres du groupe sont en arrière-plan.

Caine revient dans la chambre et me voit.

– Je suis désolée, je l'ai vue en ouvrant le tiroir et je n'ai pas pu m'en empêcher. T'étais tellement sexy.

– *J'étais* ? demande-t-il en s'asseyant sur le lit à côté de moi.

Je suis soulagée qu'il ne soit pas agacé de me voir fouiller dans ses tiroirs.

– Ben, maintenant t'es vieux et mature, donc t'es plus beau et charmant que sexy, je réponds en lui mettant un coup d'épaule.

– Ah ouais, tu crois ? dit-il en prenant la photo dans ses mains.

Il la regarde et la caresse avec son pouce.

– Liam, le groupe et moi.

– Vous avez tous l'air tellement heureux. Pourquoi tu la laisses dans le tiroir ?

– Je ne sais pas. Il y a des jours où je trouve que ce n'est pas facile de la regarder.

Je le comprends. Au début, quand j'ai décoré mon appartement, il y avait des jours où voir la photo de ma mère me rendait triste. Mais j'ai fini par m'y habituer et, peu à peu, je me suis mise à lui sourire tous les matins.

– Ça devient plus facile si tu la laisses à ta vue. Quand tu la caches, tu l'enfouis, et tu ne guéris jamais.

Caine me regarde et hoche la tête en silence. Il referme ensuite le tiroir et pose le cadre sur la table de chevet.

– T'es prête ?

J'essaie de ne pas lui montrer à quel point je suis contente qu'il suive mon conseil. Je sais que les premières fois qu'il la verra seront difficiles, mais il est temps qu'il fasse son deuil. Puis, je compte être là pour lui remonter le moral quand il se couchera le soir.

Dans le salon, je saisis mon sac à main et y cherche mon téléphone alors que Caine met ses chaussures. Il y a des pièces de monnaie au fond de mon sac et une idée me vient – quelque chose que je n'ai pas fait depuis longtemps.

– Attends une seconde, j'ai oublié quelque chose dans la chambre.

Je retourne près de la table de chevet et regarde une dernière fois la photo avant de fermer les yeux pour faire un vœu. Je jette ensuite les deux pièces en l'air afin que Caine les trouve par terre plus tard.

Trouve une pièce et ramasse-la, et la chance te sourira.

Satisfaite, je me tourne vers la porte et sursaute, surprise d'y trouver Caine.

– Tu m'as fait peur !

Caine regarde les pièces par terre, puis il scrute mon visage d'un air froid et distant.

– Tu peux m'expliquer ce que tu viens de faire ?

CHAPITRE 28

CAINE

C'est quoi ce bordel ? Comment c'est possible ?

Je n'ai pas cessé de faire les cent pas depuis que j'ai déposé Rachel chez elle. Elle a compris que quelque chose n'allait pas et je sais qu'elle ne m'a pas cru quand j'ai dit que je sentais venir une migraine. Je n'en ai jamais eu de ma vie, en réalité, mais je suis certain que c'est ce qu'annoncent les pulsations dans mes tempes.

Ça ne peut pas être une coïncidence.

Merde, est-ce que ça peut être une coïncidence ?

Réfléchis, West, réfléchis, bon sang, je me dis en me passant les mains dans les cheveux. *Quel était le nom du beau-père de cette petite fille ?*

Je repense au dossier que je garde dans le tiroir de mon bureau. Ou peut-être est-il dans le placard où j'entrepose mes vieux trucs ? Je suis sûr d'avoir conservé une copie du rapport de police. Dieu sait pourquoi, d'ailleurs, puisque mes parents ont payé une fortune pour que l'affaire n'apparaisse pas dans mon casier judiciaire.

Je jette mes classeurs par terre en cherchant le dossier en question. Lorsque je trouve enfin la vieille chemise jaunie, mon bureau ressemble à une scène de crime.

Nom de la victime : Benny Nelson.

Nelson. Je pensais être soulagé de ne pas voir le nom de famille de Rachel, mais ça ne fait que soulever d'autres questions.

La mère de la petite fille était décédée un an auparavant. Elle devait donc avoir neuf ou dix ans quand elle s'est retrouvée orpheline. Comme Rachel.

Merde.

Ce sentiment… Ce fichu sentiment qui ne me quitte pas depuis le jour où je l'ai rencontrée. Je savais que je l'avais déjà croisée, mais je n'ai jamais su où, ni quand. D'où vient ce sentiment ? Je n'ai jamais bien vu la petite fille, puisque j'étais toujours trop loin, ou derrière la grille du confessionnal. Puis, c'était il y a quinze ans.

Merde !

Rachel a dit qu'elle avait été élevée par sa tante. Elle n'a jamais parlé d'un beau-père. Cela dit, si mon beau-père avait été un pédophile violent, je n'en parlerais pas facilement, moi non plus.

Je fais d'emblée une croix sur le vin et je saisis la bouteille de scotch pour me servir une double dose. Le liquide ambré me brûle la gorge et c'est justement ce qu'il me fallait. Je bois aussitôt une autre gorgée.

Rachel m'a dit qu'elle avait grandi dans la ville voisine à la mienne. *Pleasantville n'est qu'à une petite balade à vélo bleu de l'église Saint-Killian.*

Troisième gorgée.

La fillette avait une grande sœur.

Rachel a une grande sœur.

Son adolescence a été difficile et elle a fait n'importe quoi – or vivre avec cet enfoiré de Nelson pousserait n'importe qui à faire des conneries pour oublier.

Je vide mon verre d'un trait et regarde par la fenêtre, essayant de me rappeler le visage de la fillette. Mais c'était il y a trop longtemps.

L'alcool pénètre enfin dans mon sang et je m'affale sur le canapé, posant ma tête sur l'accoudoir pour regarder le plafond.

Merde, comment je suis censé découvrir la vérité ? J'ai besoin de savoir.

Or je ne peux pas lui poser la question de but en blanc…

Au fait, est-ce que t'étais amie avec un prêtre, quand t'étais petite ? Un mec à qui t'as raconté tous tes secrets ?

Et oui, c'est moi : l'ado de seize ans, défoncé, qui s'amusait à écouter une gamine parler de sa vie de famille merdique.

Ah, et est-ce que ton beau-père a abusé de toi, quand t'étais petite ? Ou c'était seulement ta sœur ?

Merde.

MERDE !

Je jette mon verre vide sur la baie vitrée et il rebondit sur le cadre en bois avant de se briser par terre.

Je ferme les yeux et savoure le vertige enivré qui s'empare de mes sens.

Comment je fais pour savoir ?

Comment savoir ?

CHAPITRE 29

RACHEL

Je sais ce qu'a ressenti Cendrillon le soir du bal.

Ne sachant pas comment m'habiller, j'ai harcelé Caine jusqu'à ce qu'il me dise où il m'emmenait. Je n'ai jamais été à l'opéra et je trouve mignon qu'il veuille me faire découvrir ça, surtout parce qu'il sait combien c'est important pour mes recherches avec Umberto.

N'ayant rien de suffisamment chic à me mettre, j'ai emprunté une robe à Ava. C'est une longue robe dos nu, noire, dont les bretelles se nouent sur ma nuque. Je n'ai pas l'habitude de porter des décolletés aussi plongeants, et je suis contente qu'Ava m'ait renvoyée chez moi avec du scotch double-face.

Mon interphone retentit à dix-huit heures pile et, étonnamment, je suis presque prête. Je file dans la salle de bains en attendant que Caine monte chez moi et j'en profite pour appliquer du rouge à lèvres coquelicot que je ne mets jamais.

J'ai laissé la porte de chez moi entrouverte, et il frappe avant d'entrer.

– Rachel ?

– J'arrive dans une seconde !

– Prends ton temps.

Ça a beau être une réponse normale, je m'attendais à ce qu'il me reproche d'être en retard comme d'habitude. Caine n'est pas lui-même, depuis deux jours. Il n'est pas sarcastique, et ses messages ne sont même pas cochons. Ça ne fait que quarante-huit heures qu'il m'a déposée chez moi après notre nuit magique, mais l'intimité qui est née entre nous ce soir-là me manque déjà.

Je me regarde une dernière fois dans le miroir et, satisfaite, j'inspire profondément avant de rejoindre Caine. Je me sens nerveuse, ce soir. Je suis sur mon trente-et-un pour aller à l'opéra et je ne suis pas dans ma zone de confort.

Comme toujours, je le trouve face à mon mur de photos.

– T'en penses quoi ? je demande en tournant sur moi-même, ce que je n'ai jamais fait de ma vie.

Mais le regard de Caine n'a pas de prix. Sa bouche s'ouvre légèrement et il se racle la gorge avant de parler.

– Tu es sublime.

– Merci ! T'es pas mal, toi non plus.

Il est vêtu d'un costume trois pièces noir qui lui va tellement bien qu'il pourrait être sur-mesure. Cela dit, vu la façon dont la veste met en valeur ses épaules carrées, je suppose que c'est le cas. *La classe*. Il porte le costume avec une élégance naturelle et l'effet qu'il a sur moi s'apparente sans doute à celui que la lingerie a sur les hommes. Soudain, j'ai terriblement chaud alors que ma robe est sans manches.

Caine ne bouge pas et son regard balaie mon corps des pieds à la tête. J'avance vers lui et, avec mes talons aiguilles, je n'ai pas à me mettre sur la pointe des pieds pour l'embrasser.

– T'es beau gosse en costume trois-pièces. Ça me rend toute chose.

– Ah ouais ? ricane-t-il. Dans ce cas, on devrait rester à la maison et je te montrerai d'autres moyens de te rendre toute chose. Avec ma langue.

Waouh. Je crois qu'il n'y a pas de meilleure combinaison qu'un costume sexy et une bouche cochonne. Caine saisit ma nuque et m'embrasse langoureusement, sans se soucier d'étaler mon rouge à lèvres.

– J'adore ta robe, mais j'ai surtout hâte de te l'enlever plus tard, chuchote-t-il, me faisant frissonner.

Je souris jusqu'aux oreilles.

– Je change juste de sac, et je reviens.

Une fois dans ma chambre, je rafraîchis mon rouge à lèvres et prends une petite pochette noire dans laquelle je glisse ce dont j'ai besoin.

– T'es prêt ? je demande en revenant dans le salon.

– Il n'y a pas de photos de toi quand t'étais petite.

Parce qu'il y a peu de bons souvenirs dont je tiens à me rappeler.

– Il n'y en a pas beaucoup. Tu sais, j'étais la cadette.

– T'en as une, quand même ? J'aimerais voir à quoi tu ressemblais quand t'étais gamine.

– C'est ma sœur qui a gardé la plupart des photos, mais je devrais pouvoir en dénicher une ou deux.

Caine hoche la tête.

Lorsque nous arrivons dehors, je suis surprise de voir qu'il a loué une voiture avec chauffeur. Nous approchons du véhicule et le conducteur en sort pour nous ouvrir la porte arrière. J'ai vraiment l'impression d'être Cendrillon.

– Waouh, un chauffeur, et tout ? T'as sorti le grand jeu. Mais je vais te dire un secret : t'avais pas besoin de faire tout ça pour me séduire. Je l'étais déjà avant ce soir.

Caine sourit, mais cela me paraît forcé. Je n'arrive pas à mettre le doigt sur ce qu'il se passe, mais il n'est pas lui-même. Nos conversations semblent normales et quelqu'un d'extérieur penserait que nous sommes un couple heureux en route pour une belle soirée romantique. Mais il n'empêche que quelque chose ne va pas.

Pendant le trajet, nous parlons de la fac et du travail, et je finis par me dire que ma gêne vient du fait que les choses ont changé entre nous maintenant qu'on ne lutte plus contre notre attirance. Peut-être que c'est différent, tout simplement. Je ne sais pas.

Nous arrivons trente minutes avant le début de la représentation et décidons de prendre un verre au bar. Je commande mon soda habituel, et Caine un double scotch.

– Est-ce que tout va bien ? je demande.

– Oui, très bien. Pourquoi ?

– Pour rien, je réponds en haussant les épaules.

Il vide son verre en quelques minutes et en commande aussitôt un autre. Ce n'est pas parce que je bois rarement que je n'aime pas que mes amis boivent de l'alcool, mais les deux doubles scotchs de Caine sont inquiétants quand on les ajoute à son silence étrange.

Lorsque les lumières clignotent, le placeur nous conduit à nos sièges. Je balaie le théâtre du regard et me sens mal à l'aise – je ne suis pas à ma place. J'ai beau aimer la musique, je trouve l'acte d'aller voir un véritable opéra un peu prétentieux. Tout le monde est sur son trente-et-un et je ricane en me disant qu'il n'y aura pas de t-shirts en vente à la sortie, comme lors des concerts auxquels j'ai l'habitude d'aller.

Caine remarque ma gêne et il se penche pour chuchoter dans mon oreille.

– Si j'enlève ma veste et la pose sur tes cuisses, je peux te doigter et te faire chanter pendant la première scène.

La femme assise de l'autre côté de Caine le regarde, et je lui fais les gros yeux.

– Chuuut, parle moins fort !

Il sourit et quand les lumières s'éteignent, il se lève et enlève sa veste en me faisant un clin d'œil, mais je saisis sa main dès qu'il se rassoit – au cas où.

La musique retentit et je suis aussitôt happée par l'histoire, de la première à la dernière note. Tous mes sens sont subjugués par l'orchestre, les voix majestueuses, la beauté des scènes et des costumes. Je m'attendais à aimer l'opéra, mais pas à être émue aux larmes, et lorsqu'il prend fin, je suis sans voix.

Nous marchons jusqu'à la voiture en nous tenant la main, et Caine attend qu'on soit installés à l'arrière pour me parler.

– Alors, t'en as pensé quoi ?

– Je crois que je n'ai jamais rien connu d'aussi magique.

– La première fois est toujours spéciale, dit-il en caressant ma main.

– Merci de m'avoir emmenée. Je suis contente d'avoir découvert ça avec toi.

– Qu'est-ce qui t'a plu le plus ?

– Honnêtement, je ne sais pas comment l'expliquer. J'ai ressenti des choses inouïes. J'étais submergée par une multitude de sentiments – comme si je ne pouvais rien voir ou ressentir d'autre.

– Je sais de quoi tu parles, répond-il alors que son regard s'attendrit.

J'ai senti Caine m'observer plusieurs fois durant le spectacle, mais j'étais trop absorbée par la scène pour en détourner mon regard.

– Aussi étrange que ça puisse paraître, j'ai l'impression d'avoir connu une forme d'amour. En tout cas, ce que j'ai ressenti s'apparente à la sensation de bien-être qu'on a lorsqu'on est amoureux.

– Je croyais que tu n'avais jamais été amoureuse.

C'est en cet instant que ça me frappe – que je comprends. Je suis en train de tomber amoureuse de Caine. Comme l'opéra, Caine me subjugue depuis le premier jour. Le lien qui nous unit est inexplicable, et je n'ose pas le lui dire.

– Non, mais c'est ce que j'ai lu dans les livres, je réponds en haussant les épaules.

La lèvre de Caine tressaute, révélant qu'il ne me croit pas.

– C'est ce que t'as lu…

J'ai l'impression d'être transparente pour lui et je décide de changer de sujet, revenant à sa question précédente.

– Je crois que ma scène préférée est celle où la mère meurt. C'est un peu morbide, non ?

– Qu'est-ce qui t'a plu autant ?

– C'est surtout le chant du mari, après. Sa voix était si pleine de souffrance et d'émotions que j'ai su qu'il n'aimerait plus jamais quelqu'un d'autre, j'explique en posant ma main sur mon cœur. Ça m'a fait penser à Umberto et Lydia, à la dévotion qu'elle a pour lui. Mais eux, au moins, ils ont eu cinquante ans de vie commune. Dans l'opéra, il est jeune et il vient de perdre l'amour de sa vie. C'est aussi triste que magnifique.

Caine hoche la tête et semble perdu dans ses pensées tandis qu'il regarde la circulation par la fenêtre. Lorsqu'il se tourne de nouveau vers moi, son expression est très sérieuse.

– Ta mère ne s'est jamais remariée, après ton père ? Tu n'as jamais mentionné un beau-père.

– Non, je mens sans réfléchir. Je n'avais pas de beau-père.

J'ai à peine parlé que je regrette mes paroles et m'en veux de ne pas avoir été honnête avec Caine.

Or ma culpabilité n'est que de courte durée car Caine me surprend en saisissant mes bras pour m'installer sur ses genoux. C'est loin d'être classe, mais je m'en fiche. Sa mauvaise humeur semble avoir disparu et lorsqu'il sourit, je frissonne de la tête aux pieds.

– Tu sais ce qu'on va faire pour fêter ça ? demande-t-il en me regardant dans les yeux.

– Pour fêter quoi ?

– Nous. On va fêter *nous*.

Peu importe la raison, la seule chose qui compte est son regard lorsqu'il prononce ces mots.

– Ça me va. Alors, dis-moi comment on va fêter ça ?

– Avec une écoute musicale sexuelle.

– Je ne sais pas ce que c’est, mais j’ai entendu le mot « sexe », donc ça me va.

Caine penche la tête en arrière en éclatant de rire.

– C’est bien. C’est ma nana, ça.

CHAPITRE 30

RACHEL

Je me faisais du souci pour rien. Après un trajet enjoué jusque chez moi, les choses prennent une tournure sérieuse lorsque nous arrivons dans ma chambre. Caine m'arrête au pied du lit et, debout derrière moi, ses doigts caressent délicatement mes bras nus.

– Tu me fais confiance ? chuchote-t-il dans le creux de mon cou, me faisant frissonner.

– Oui.

– Ferme les yeux.

J'obéis sans hésiter. Ses mains quittent mes bras et je le sens bouger derrière moi sans qu'il ne s'éloigne. Je sursaute lorsqu'il enlève sa cravate d'un geste brusque, faisant siffler la soie contre le col de sa chemise.

– Je vais te priver de tes sens pour que tu n'aies d'autre choix que de te concentrer sur ce que je te fais, dit-il en caressant ma joue avec le satin de sa cravate.

– D'accord, je réponds d'une voix rauque.

Il bande mes yeux avec sa cravate et la noue derrière ma tête. Je n'essaie même pas de les ouvrir, car je suis trop curieuse de découvrir ce qu'il veut me faire ressentir.

– Ça va ? chuchote-t-il.

Je hoche la tête.

Il descend lentement la fermeture éclair de ma robe et, je ne sais si c'est dû à mon excitation ou au fait que mon ouïe est décuplée par mes yeux bandés, le bruit du zip embrase mon sang. Mes tétons durcissent et chaque cellule de mon corps semble électrifiée, au point que j'ai l'impression de sentir ma propre peau.

Caine prend son temps pour faire glisser ma robe le long de mon corps, caressant mes courbes avec le tissu soyeux avant de m'inviter à faire un pas de côté pour m'en débarrasser. L'air frais de la chambre me fait frissonner lorsqu'il s'éloigne, me laissant en sous-vêtements et en talons aiguilles. J'entends des bruissements derrière moi, mais je ne sais pas ce qu'il fait. La chaleur de son corps réapparaît et ses mains empoignent brusquement mes hanches pour me plaquer contre son torse nu et musclé. Je sens son érection à travers son pantalon, contre mes fesses. Il m'embrasse lentement sur la gorge jusqu'à trouver mon oreille.

– T'es magnifique. J'ai hâte d'être en toi. Je veux te prendre sans préservatif, ce soir, pour qu'il n'y ait rien entre nous. Est-ce que t'es d'accord ?

Ma réponse est un mélange de « oui » et de gémissement.

– Je vais te couvrir les oreilles, maintenant. Ça va toujours ?

Je hoche de nouveau la tête. À ce stade, j'accepterais n'importe quoi. Caine pose quelque chose sur mes oreilles et je comprends que c'est le casque qui était sur ma table de chevet. Lorsqu'il parle, sa voix est étouffée, lointaine.

– Je t'ai connectée à ma playlist. Je vais commencer tout doucement pour que tu t'y habitues, et j'augmenterai le volume peu à peu.

Un morceau de blues instrumental retentit dans le casque et Caine enlève mon soutien-gorge et ma culotte. Il finit ensuite de se déshabiller et se tient derrière moi, son érection contre mes fesses. Il soulève un côté du casque et sa voix rauque remplace la musique.

– Tu gardes les chaussures.

Il me guide jusqu'au lit et m'allonge sur le dos avant d'augmenter le volume. Je n'entends rien et ne vois rien, et je retiens mon souffle avec un cri aigu lorsqu'il prend mon téton dans sa bouche pour le sucer. Je me cambre aussitôt, surprise, et me plie à sa volonté. Au lieu de me sentir captive et à sa merci, je me sens totalement libre.

Ne sachant pas ce que Caine va faire, je suis plus excitée que jamais. Chaque pincement, chaque coup de langue, chaque caresse me rend encore plus désespérée. Je suis haletante, pantelante, et je n'entends pas mon propre souffle.

Caine augmente encore le volume alors qu'un autre morceau démarre. La musique est d'abord lente et douce, mais la mélodie et le rythme s'intensifient peu à peu, en accord avec ses gestes. Il m'embrasse langoureusement, avec tant de passion que j'en ai le souffle coupé. Je suis brûlante de désir. La privation de tous mes sens à l'exception du toucher ne me laisse d'autre choix que de me concentrer sur ses gestes et ce qu'ils me font ressentir.

Il rompt le baiser et se soulève, et je devine qu'il est agenouillé au-dessus de moi pour m'observer. J'imagine ses pupilles et ses narines dilatées et son regard de braise. Je suis allongée sur le dos et ne sais pas ce qu'il se passe – je devrais me sentir vulnérable, mais c'est tout l'inverse. Je me sens puissante.

Je tends la main, sachant où il est sans le voir, et je l'attire à moi. Sa bouche effleure la mienne tandis qu'il s'allonge sur moi. J'écarte les jambes autant que possible, l'invitant à me pénétrer. Son grognement envoie des vibrations le long de ma peau et il approche sa verge de ma fente mouillée. Soudain, le volume de la musique augmente, et Caine me pénètre.

La musique me submerge.

Je ne vois rien.

Mais je ressens tout. Les sensations sont spectaculaires.

Je n'ai jamais rien connu d'aussi décadent, érotique, et merveilleux. Une multitude d'émotions m'accablent et j'ai les larmes aux yeux lorsque le final du morceau retentit et que Caine s'enfouit entièrement en moi.

Je suis excitée depuis si longtemps qu'il faut peu de temps pour que mon sexe se mette à pulser. Ses coups de bassin, brusques et puissants, frottent mon clitoris à chaque aller-retour. Je perds la raison alors que mon orgasme approche à toute vitesse – il n'y a plus que lui et moi, ce moment, nous.

Je gémis à voix haute, longuement, lorsque je jouis, répétant le prénom de Caine en me laissant engloutir par la vague qui s'abat sur moi. Nos hanches ondulent en même temps, au rythme de la musique. Je pensais avoir atteint le nirvana, mais je me suis trompée. Caine met un dernier coup de bassin et je le sens se déverser en moi, ce qui déclenche un nouvel orgasme que je n'avais pas senti venir.

Lorsqu'il cesse ses va-et-vient, je suis totalement épuisée. Mon corps est dépourvu d'énergie et je m'effondrerais par terre si j'essayais de me lever. Caine défait le nœud de sa cravate et enlève le casque.

Il m'observe en attendant que je parle, et j'ai du mal à trouver mes mots.

– C'était incroyable, je dis enfin d'une voix rauque.

Sa lèvre tressaute et il caresse mes cheveux humides en arrière.

– Oui.

– Je n'ai jamais…

Je ne sais pas comment décrire ce que j'ai ressenti.

– Ça n'a jamais… C'était…

Caine me sourit tendrement.

– Ouais. Pour moi aussi, dit-il.

J'éclate de rire.

– C'est toujours comme ça… avec un casque et les yeux bandés ?

– Je n'en ai aucune idée.

– T'avais jamais fait ça ? je demande en fronçant les sourcils.

– Non.

Je suis bouche bée.

– Alors comment tu peux être aussi doué pour ça ?

– Je ne le suis pas, répond-il en riant. C'est nous.

– Nous ?

– Ensemble. Ça marche, c'est tout. Je l'ai senti le soir où on s'est rencontrés. C'est juste que je n'étais pas prêt à l'accepter.

Caine a raison. Le lien qui nous unit est présent depuis le début – une étincelle qu'on a essayé de piétiner et d'éteindre, mais qui n'a fait que grandir jusqu'à s'embraser.

– Et tu l'acceptes, maintenant ?

Sa bouche effleure la mienne et il chuchote contre mes lèvres.

– Je n'ai pas eu le choix, Tigresse.

***

La sonnerie du téléphone me tire d'un profond sommeil.

– Merde, je grogne en me redressant sur les coudes.

Un rayon de soleil m'aveugle et je tends le bras pour prendre mon téléphone, mais j'arrive trop tard. Je regarde l'heure et me tourne vers Caine, qui dort sur le ventre.

– Caine, je chuchote.

– Mmm ? répond-il sans ouvrir les yeux.

– Il est presque dix heures. T'as cours dans une heure.

– Non, c'est faux. C'est ma chargée de TD qui me remplace.

– Ta chargée de TD n'est pas dans le planning et doit être à son autre travail à midi, je réponds en souriant.

– Ma chargée de TD est nulle, grogne-t-il.

Il me saisit par la taille et me ramène contre lui avant de s'allonger sur moi, plaquant son érection contre ma cuisse.

– T'es…

– Dur.

– Oui, c'est ça.

– C'est le matin, et je viens de me réveiller à côté de toi. Mon corps veut te dire bonjour comme il se doit.

– On n'a pas le temps. Il te faut au moins trente minutes pour te doucher et aller à la fac.

Il m'embrasse dans le cou.

– Je serai en retard, pas grave.

– En retard ? Toi ? Monsieur Ponctualité ne peut pas être en retard !

Sa main glisse entre nous et il masse mon clitoris avec son pouce.

– Si, *moi* je peux être en retard. Ce sont mes étudiants et ma chargée de TD qui n'en ont pas le droit.

– C'est super hypocrite, je réponds alors que j'ai déjà capitulé.

Il cesse de me caresser et sourit d'un air moqueur.

– T'as raison, il vaut mieux que je parte.

– C'est hors de question, je réponds en saisissant son poignet. Mais fais vite.

Quinze minutes plus tard, Caine nous a fait tous les deux jouir et s'est déjà douché. Je me rince l'œil en le regardant rassembler ses vêtements, vêtu d'une simple serviette, lorsque mon téléphone sonne de nouveau.

– C'est encore ma sœur. C'est elle qui nous a réveillés.

– Dis-lui merci de ma part.

Je souris et réponds à l'appel.

– Salut.

– Salut, je commençais à croire que j'allais devoir envoyer les flics à ta recherche. Ça fait longtemps que je n'ai pas eu de tes nouvelles.

– Désolée, j'ai été super occupée, entre le bar, la fac, et mes nouveaux TD, je ne vois pas le temps passer.

– Comment ça se passe, avec l'ogre ?

– L'ogre ?

– Le nouveau prof dont tu m'as parlé.

J'avais oublié que la dernière fois que j'ai parlé à Riley, c'était mon premier jour de cours avec Caine. Je lève la tête et croise son regard alors qu'il boutonne sa chemise.

– Il n'est pas si mal, finalement.

Caine hausse les sourcils.

– Ah, tant mieux. Je suis contente que ça se passe bien. T'as pas oublié qu'on dîne ensemble, ce soir, n'est-ce pas ?

Merde, j'ai complètement oublié.

– Comment pourrais-je oublier notre dîner mensuel entre sœurs ? je réponds en secouant la tête pour indiquer à Caine que je mens.

Il ricane en rentrant sa chemise dans son pantalon.

– Je termine à dix-neuf heures donc je devrais être chez toi pour dix-neuf heures trente.

– Ça marche.

– Super, à ce soir alors. Faut que je file me doucher sinon je vais être en retard.

Je suis sur le point de raccrocher lorsqu'une idée me vient.

– Attends, ça te dérangerait que je vienne avec quelqu'un ?

– Tu sors avec quelqu'un et je ne suis pas au courant ?

– C'est très récent.

– Bien sûr, avec plaisir ! J'ai hâte de le rencontrer.

– Je ne sais pas encore s'il pourra venir. Je te dis ça par message, ok ?

– Ça roule.

Caine finit de s'habiller et prend son téléphone pour suivre l'avancée de son Uber.

– La voiture est presque là, faut que j'y aille, dit-il.

Je suis encore assise dans le lit et il vient à moi, caressant ma joue avant de m'embrasser.

– Je viens te chercher au boulot à dix-neuf heures.

– Tu veux bien venir avec moi chez ma sœur ?

– J'ai cru comprendre que c'est ce que tu voulais, non ?

– Si, carrément.

– Alors on se voit à dix-neuf heures.

Je souris pendant encore longtemps après qu'il est parti. Il ne sait pas à quel point ça me fait plaisir qu'il vienne sans que je n'aie eu à insister. J'ai l'impression que nous avons franchi une grosse étape, et j'ai hâte de découvrir la prochaine.

CHAPITRE 31

CAINE

J'adore son sourire lorsqu'elle me voit. Rachel est en train de prendre une commande lorsque j'arrive au bar avec quelques minutes d'avance. Ça ne fait même pas douze heures qu'on a fait l'amour, et tout mon corps frémit en la voyant.

Charlie me salue lorsque j'approche du comptoir et serre fermement ma main pour attirer mon attention.

– Elle est sur un nuage, aujourd'hui. J'imagine que c'est à cause de ce qu'il se passe entre vous ?

– Si vous me demandez si on est ensemble, la réponse est oui.

– Vous n'êtes pas marié, si ?

– Non, je ne suis pas marié.

– Vous prenez de la drogue ?

– Jamais.

– Vous avez un casier judiciaire ?

Même si c'est un ancien flic qui m'interroge, je n'ai aucune raison de lui parler d'un événement aussi lointain, qui a d'ailleurs été effacé des registres.

– Non.

Charlie pointe son index et son majeur vers moi et fronce les sourcils.

– Je vous ai à l'œil.

– Charlie, qu'est-ce que tu fais ? demande Rachel en arrivant à mes côtés.

Il sort le bac du lave-vaisselle et commence à ranger les verres propres sur l'étagère derrière lui. Apparemment, il ne fait pas le dur avec Rachel.

– Je parlais juste au gentil professeur.

– Ah ouais, tu parlais ? Alors tu ne lui faisais pas subir un interrogatoire ?

Charlie se tourne et me regarde droit dans les yeux.

– On parlait des Yankees, dit-il. Leur troisième joueur de base s'est blessé en essayant de marquer. Il aurait dû rester sur sa base tant qu'il n'avait pas l'accord du coach. N'est-ce pas, professeur ?

Rachel semble dubitative, et elle a raison de l'être.

– Absolument, Charlie, je réponds.

Je ne sais pas si elle gobe son histoire ou si elle choisit de l'ignorer. Quoi qu'il en soit, je suis contente qu'elle ait quelqu'un qui la protège.

– La table trois a presque fini, dit-elle à Charlie. Je leur ai dit de t'apporter la note, ajoute-t-elle en regardant sa montre. Ava n'est pas encore là, tu veux que j'attende ? La cinq a commandé un apéritif mais n'a pas encore regardé le menu.

– Je gère, t'en fais pas. Amusez-vous bien, les enfants.

– T'es sûr ?

Charlie désigne la porte avec son pouce.

– Allez, file. Je ne veux pas que les clients voient ton prof ici et pensent que c'est devenu un endroit chic.

– Bonne soirée, Charlie, je dis en éclatant de rire.

La sœur de Rachel vit dans le Queens et il y a encore beaucoup de bouchons, à cette heure-ci.

– Y avait du monde au bar, aujourd'hui ? je demande, alors qu'elle semble emmurée dans son silence.

– Non, il n'y a eu presque personne, en fait.

Elle regarde par la fenêtre et n'en dit pas plus.

– Quelque chose ne va pas ?

Elle décroise et recroise ses jambes.

– Il y a quelque chose que j'aurais dû te dire à propos de ma sœur.

– Ok.

– Elle est toxicomane. Enfin, elle est désintoxiquée, mais on reste toxicomane toute sa vie, comme quand on est alcoolique, non ? Les gens se disent encore alcooliques même si ça fait cinq ans qu'ils n'ont pas bu une goutte d'alcool. D'ailleurs, est-ce qu'il y a un délai après lequel on peut arrêter de se décrire comme ça ? Peut-être avec les jetons de sobriété, il y en a peut-être un qui dit qu'on est guéri ? Est-ce que chaque jeton a une signification différente ? Je pensais qu'ils n'indiquaient qu'une durée de sobriété, mais peut-être…

Elle n'a pas respiré depuis qu'elle s'est lancée. Elle est nerveuse.

– Rachel ?

– Quoi ?

– Je me fiche que ta sœur soit toxicomane. Qu'elle soit en rémission ou pas. Je ne suis pas là pour la juger. Je viens parce que tu voulais que je vienne. C'est toujours le cas ?

– Oui.

Je tends ma main pour prendre la sienne.

– Très bien.

Du coin de l'œil, je vois ses épaules se détendre un peu. Elle regarde par la fenêtre, plongée dans ses pensées, et se tourne vers moi.

– Elle a perdu la garde de son fils à cause de son addiction.

– Je suis navré de l'entendre.

– Elle ne le voit que deux fois par semaine en présence d'une assistante sociale. Son ex-mari l'a quittée il y a quelques années et a pris le fils de Riley avec lui.

– Le fils de Riley ? Ce n'est pas le fils de son ex-mari ?

– Non. C'est une longue histoire, mais elle a eu Adam quand elle était très jeune.

Je serre plus fort sa main.

– Ce genre de chose arrive, Rachel. La toxicomanie est un cauchemar.

Je suis bien placé pour le savoir, après ce qui est arrivé à Liam.

– Je sais. Je voulais juste te le dire.

– Merci de t'être confiée à moi.

J'avais beau le penser lorsque j'ai dit à Rachel que je ne jugerai pas sa sœur, je dois admettre que je l'imaginais différemment. Je m'attendais à ce qu'une toxicomane ouvre la porte et nous accueille dans un minuscule appartement sale. J'imaginais même qu'elle aurait des dents affreuses.

Or la femme qui nous ouvre n'a rien à voir. Riley est une version plus âgée de Rachel, tout simplement. Elle est en bonne santé et souriante, et elle nous accueille en nous prenant dans ses bras.

– Je suis ravie de vous rencontrer. Ma sœur ne m'a strictement rien dit de vous.

Rachel éclate de rire.

– Ne fais pas attention à elle, c'est une peste.

– Alors vous avez beaucoup de choses en commun, en plus de votre physique, je réponds.

Riley ferme la porte derrière nous, souriant jusqu'aux oreilles.

– Il me plaît déjà, dit-elle à sa sœur.

La porte d'entrée donne directement sur la cuisine, où nous restons un moment à discuter pendant que Riley jette un œil au repas qui cuit dans le four. Il faisait particulièrement chaud dans ma salle de classe, aujourd'hui, et j'ai besoin de me soulager après les deux litres d'eau que j'ai engloutis en cours.

– Excusez-moi, mais j'ai besoin d'aller aux toilettes.

– Pas de souci, répond Riley sans quitter des yeux sa casserole. Traversez le salon, puis c'est la première porte à gauche au fond du couloir. Il n'y a que deux portes, vous ne pouvez pas vous tromper.

En passant dans le salon, je remarque un mur couvert de cadres, comme chez Rachel, mais je fonce d'abord aux toilettes. En revenant, je note que la plupart des photos sont celles d'un petit garçon blond, à divers âges. Je suppose que c'est Adam, le fils de Riley, mais je ne pose pas la question au cas où ce serait un sujet sensible.

Je suis presque arrivé à la porte de la cuisine lorsqu'une petite photo attire mon attention. C'est une photo de deux fillettes dans l'herbe – la plus petite doit avoir trois ou quatre ans, et la plus grande a sans doute une dizaine d'années, et je devine aussitôt que c'est Rachel et sa sœur.

Je m'arrête et me concentre sur la plus jeune. La photo est vieille et granuleuse, mais une alarme retentit dans ma tête et je me crispe aussitôt.

– Elle insistait toujours pour faire sa propre queue-de-cheval. Elle était toujours de travers, mais elle refusait que quelqu'un l'aide, explique Riley en me tendant un verre. C'est du thé glacé.

Je prends le verre sans quitter le mur des yeux. La photo me semble familière. Enfin, c'est normal, puisque Rachel n'a pas beaucoup changé… Mais il y a autre chose. Je parcours le mur des yeux.

– Est-ce que t'as d'autres photos de vous deux ?

– T'as demandé à voir une photo de moi quand j'étais petite, l'autre jour, dit Rachel en nous rejoignant. Si Riley te montre des photos gênantes de moi, t'as intérêt à m'en montrer de toi, ricane-t-elle d'un ton enjoué.

Je crois que j'acquiesce, mais je n'en suis pas sûr. Je suis trop obnubilé par le visage de Rachel sur le cliché. Riley revient quelques minutes plus tard avec un album.

– Allez, viens voir les bourrelets de ma sœur quand elle était petite. Notre mère adorait la prendre en photo pendant qu'elle lui donnait son bain. Rachel avait des fossettes, mais pas sur le visage !

On s'assoit tous les trois sur le canapé, une sœur de part et d'autre de moi, et Riley feuillette le vieil album photo. Elle s'arrête pour en désigner une dans laquelle elle tient un nouveau-né.

– Je la détestais quand maman l'a ramenée à la maison. Elle accaparait toute son attention.

– Ma mère lui a dit de ne pas laisser traîner de petits objets près de mon berceau, et Riley y jetait des pièces d'un cent, dit Rachel.

– C'est faux, répond Riley en me faisant un clin d'œil. C'était des quarters. Elles étaient trop grosses pour qu'elle s'étouffe avec.

J'essaie de paraître intéressé, mais quelque chose me taraude et j'essaie de me convaincre que ce n'est que mon imagination débordante. Toutefois, je n'arrive pas à lâcher l'affaire. Riley a presque atteint la fin de l'album, mais Rachel est très jeune sur tous les clichés.

– Il n'y a pas beaucoup de photos de nous après ça. Notre mère est tombée malade quand Rachel avait six ans.

– Oui, elle me l'a dit. Je suis vraiment navré.

– Merci. Les deux années qui ont suivi sa mort, avant qu'on n'emménage chez les Martin, n'étaient pas joyeuses et ne méritaient pas qu'on les immortalise, de toute façon.

– Je ne savais pas que vous n'aviez pas tout de suite emménagé chez votre tante. Vous étiez en famille d'accueil ?

Rachel et Riley échangent un regard lourd de sens.

– Non, on a vécu avec notre beau-père, dit Rachel.

– Je croyais que t'avais dit que ta mère ne s'était pas remariée.

Riley nous regarde tour à tour et referme l'album photo.

– On préfère toutes les deux faire comme s'il n'avait jamais existé, dit-elle. Je vais touiller la sauce.

Lorsque Riley est partie, Rachel prend ma main.

– Je suis désolée. Je ne voulais pas te mentir. C'est juste que… ma sœur a raison. On préfère penser qu'il n'y a jamais eu de Benny, dit-elle d'une voix douce. Ce n'était pas un mec bien.

Benny.

Benny, putain.

Le prénom me fait l'effet d'une douche froide.

Je ne sais pas si je tiendrai jusqu'à la fin du dîner. Je regarde sans cesse Rachel et à chaque fois, je vois la fillette du confessionnal. Ça me paraît tellement évident, à présent. Soudain, je ne peux pas m'ôter de l'esprit la seule fois où je l'ai vue de façon nette, lorsqu'elle priait dans l'église. Je m'oblige à penser à autre chose, mais je remarque le regard insistant et inquiet de Rachel et je me lève brusquement de table.

– Excusez-moi un instant.

Je retourne à la salle de bains et me regarde un moment dans le miroir. Je ne sais combien de temps j'y reste, mais lorsque j'en sors, Rachel m'attend dans le couloir.

– Est-ce que ça va ? demande-t-elle en posant sa main sur mon front en sueur. T'as pas l'air en forme.

– Non, ça ne va pas trop, en fait. Ça a commencé en cours et j'ai supposé que c'était la chaleur, mais je pense que ça doit être un virus.

– Oh, je suis désolée, qu'est-ce que je peux faire ? Tu veux un gant d'eau froide ? Peut-être que tu devrais t'allonger sur le canapé.

– Ça va aller, mais je pense que je devrais rentrer.

– Ah, ok. Je comprends. Je préviens Riley et j'attrape mon sac.

– Non, je réponds un peu trop vite.

– Non ?

– Tu devrais rester. Je ne veux pas gâcher ta soirée. Ta sœur pourra te ramener chez toi ?

– Je suppose, oui…

– Je suis désolé. On se voit demain, en cours. Ok ?

– Oui, ok, dit-elle alors que son visage trahit son inquiétude.

Je ne suis même pas sûr qu'elle me croie lorsque je dis que je suis malade, mais j'ai désespérément besoin de partir d'ici.

Je m'excuse auprès de Riley et m'enfuis aussi vite que possible. Je me sens tellement mal que j'hésite à prendre le volant. Et quand j'arrive chez moi sans me souvenir d'un seul détail du trajet, je me rends compte que c'était une piètre idée.

Je me sers un grand verre de scotch et fais les cent pas dans mon salon, repensant à la dernière fois que j'ai vu la petite fille – le jour où je l'ai suivie jusque chez elle. Après tout ce qu'il s'est passé, ce jour-là, mes parents avaient tout fait pour me protéger, faisant appel à tout leur réseau d'amis et de connaissances, y compris des flics et des politiques. La plupart des événements sont flous, à présent. Mais je n'ai pas oublié ma détermination. J'avais menti à cette petite fille pendant des mois, au lieu de faire tout ce que je pouvais pour la sortir aussi vite que possible du cauchemar qu'elle vivait.

CHAPITRE 32

RACHEL

Cela fait dix minutes, et les étudiants commencent à s'impatienter. J'écris à Caine et décide qu'il vaut mieux que je commence le cours avant que la salle ne se vide. Je suis inquiète. Il n'a pas répondu au message que je lui ai envoyé hier soir en rentrant de chez ma sœur, alors que je sais qu'il l'a lu.

Je parle pendant un moment avant de marquer une pause pour faire écouter quelques morceaux à la classe afin de les analyser ensuite. La musique retentit dans les haut-parleurs, et je jette un œil à mon téléphone. Rien. Or ce message aussi, a été lu.

J'ai d'abord pensé que l'état de Caine avait empiré et qu'il était à l'hôpital. Toutefois, s'il est en état de lire mes messages, pourquoi ne peut-il pas y répondre ?

Au bout d'une heure et demie de cours, je suis tellement préoccupée que je décide de finir plus tôt. Ça ne plaira sans doute pas à Caine, mais peu importe. Je suis si stressée que je l'appelle avant même que la salle ne se soit vidée. Ça sonne une fois, puis je tombe sur son répondeur.

Lorsqu'un téléphone est éteint, on tombe directement sur la messagerie. Quand quelqu'un ne peut pas répondre, ça sonne un bon nombre de fois. Mais quand ça ne sonne qu'une fois avant de passer sur le répondeur, c'est que la personne choisit d'ignorer l'appel. Que se passe-il ?

– Caine, c'est Rachel. Je m'inquiète. Tu n'as pas répondu à mes messages et tu n'es pas venu à ton cours. Est-ce que tu peux me confirmer que tout va bien, histoire que je n'appelle pas tous les hôpitaux de la ville comme une tarée ?

J'ai envie d'aller chez lui pour m'assurer qu'il va bien, mais je dois être au bar dans une heure, et ça ne me laisse pas le temps de faire l'aller-retour. Et le mardi est le seul jour où je suis seule au pub. Je fais l'ouverture pour Charlie car c'est le jour où il fait ses courses et se rend sur la tombe de sa femme. Il est hors de question que je chamboule la vie de mon patron parce que mon mec ne répond pas à mes appels.

D'ailleurs, est-ce que Caine est mon mec ? Je passe le trajet à me poser mille et une questions à son sujet. Est-ce qu'il suffit vraiment d'un minuscule changement pour que je devienne parano ? Lorsque je me gare devant le bar, j'ai tout envisagé et conclu qu'il ne m'évite pas : il ne se sent pas bien, tout simplement. Hélas, lorsque je consulte mon portable, ma conclusion part en fumée.

Je me sens mieux.
Merci de m'avoir remplacé en cours.

C'est tout ? Pas d'explication ? L'angoisse qui forme un nœud dans ma gorge depuis ce matin se transforme en colère. Je mérite mieux que ça. Je jette mon téléphone dans mon sac, déverrouille la porte, et passe en mode automatique. J'allume les lumières et le four, vide le lave-vaisselle, et range les verres propres avant de compter la caisse. À midi pétante, je tourne la pancarte sur la porte pour indiquer que le bar est ouvert. Je consulte mon portable : rien.

Après ça, les heures passent avec une lenteur effroyable. Ava arrive à seize heures, une heure avant le début de son service, alors que je suis à deux doigts de craquer. Elle s'installe au bar, à l'opposé de l'endroit où est assis un client habituel ; un ami de Charlie, ancien flic également, qui ne dit pas grand-chose et commande seulement une bière par heure.

– Alors t'es toujours en vie ? dit-elle. Je me suis dit que le prof t'avait peut-être baisée à mort.

Elle lève la tête vers moi et son air moqueur disparaît aussitôt.

– Oh non, qu'est-ce qu'il s'est passé ? Il t'a fait un sale coup ? S'il est marié, je vais le tuer de mes propres mains.

– Non, ce n'est rien de tout ça, je soupire.

– Alors quoi ?

– Si seulement je savais.

Je raconte alors à mon amie les événements des derniers jours, déversant sur elle mes doutes et mes angoisses, omettant les détails de notre vie sexuelle, que je préfère garder pour moi.

– Tu crois qu'il a eu peur parce que tu l'as emmené chez Riley ? Y a des mecs qui ont une peur bleue de rencontrer la famille. Ils pensent que c'est l'étape juste avant de se dire oui à l'église.

– C'est possible… mais je ne pense pas. Il n'a pas paru inquiet de venir avec moi, et les premières dix minutes chez ma sœur se sont bien passées.

– Alors que s'est-il passé entre votre arrivée et le moment où il a dit qu'il ne se sentait pas bien ?

– Ben, rien. Je me suis repassé la soirée dans ma tête et je ne vois pas. On regardait des photos de mon enfance dans le salon, c'est tout.

Je regarde dans le vide en nous revoyant assis sur le canapé, tous les trois. Les photos. Les queues de cheval. La mort de ma mère. Benny. Je ne devrais pas être surprise que mon bonheur vole en éclat en mentionnant ce prénom. Soudain, une idée me vient. Est-ce que Caine pourrait m'en vouloir d'avoir menti à propos de mon beau-père ? Ça m'étonnerait, c'est tellement insignifiant.

– Des photos de famille ? demande Ava. Il a paniqué parce qu'il a eu la pression.

– Mais je ne l'y ai pas forcé. C'est lui qui voulait voir une photo de moi quand j'étais petite.

– Peu importe, répond-elle en haussant les épaules. Il a peur de l'engagement.

– Je ne crois pas, vraiment.

– Dans ce cas, peut-être qu'il était réellement malade ? Peut-être qu'il a été aux toilettes, qu'il a eu une diarrhée fulgurante, et qu'il a eu peur de boucher les W.-C. de ta sœur.

– T'es dégoûtante, je dis en grimaçant.

– Faut savoir, je croyais que tu voulais que je lui trouve une excuse pour que tu n'aies pas à admettre qu'il a peur de s'engager avec toi ?!

Honnêtement, tout ce que je veux, c'est me débarrasser de cette angoisse. Si Caine a réellement peur de s'engager et qu'une simple visite chez ma sœur le fait paniquer, je peux l'encaisser. Mais j'ai besoin qu'il soit honnête et qu'il me le dise.

CHAPITRE 33

CAINE

Quinze ans plus tôt

C'est la quatrième fois qu'elle s'arrête pour cueillir des fleurs alors qu'elle rentre chez elle. Elle vit un enfer à la maison, mais ça ne l'empêche pas de voir la beauté cachée parmi les mauvaises herbes.

Je reste une cinquantaine de mètres en arrière et je ne crois pas qu'elle m'ait vu. Ça me fait penser qu'il faudra que je m'entretienne avec mon agneau à propos du fait qu'il faut toujours être sur ses gardes. N'importe quel psychopathe pourrait la suivre.

En même temps…

Elle a parcouru un peu plus de trois kilomètres quand elle s'arrête enfin devant une jolie petite maison. Je m'attendais à un vieux mobile home au bout d'un chemin de terre, avec des draps sur les fenêtres, et pourquoi pas trois ou quatre voitures rouillées sur la pelouse. Or la petite allée pavée mène à un joli bungalow bardé de bois, la pelouse est tondue, les rideaux sont ouverts, et les voisins sont dans leur jardin, vaquant à leurs occupations. La voiture garée dans l'allée est récente, et sur le pare-chocs arrière, il y a un de ces autocollants en forme de poisson symbolisant Jésus. Ce n'est absolument pas ce à quoi je m'attendais.

J'observe la petite fille tandis qu'elle longe la maison et revient quelques secondes plus tard sans son vélo. Elle gravit les marches du perron et entre sans hésiter.

Je reste là une trentaine de minutes, observant l'habitation et le quartier, et je me demande pour la première fois si elle n'a pas tout inventé. Peut-être que la gamine a une imagination débordante. Toutefois, j'ai beau avoir un petit doute, mon instinct me dit qu'elle m'a dit la vérité. Je regarde une dernière fois la maison et fais demi-tour pour rentrer chez moi. Au moins, je n'ai pas à attendre longtemps pour savoir la vérité – du moment qu'elle vient avec sa sœur, demain.

***

Ça fait six heures que j'attends. Vers treize heures, je me rends enfin à l'évidence : elle ne viendra pas. Avant de la suivre chez elle, hier, j'étais convaincu qu'il se passait quelque chose de glauque dans la vie de cette gamine. Or après avoir vu sa maison normale, dans son quartier normal, j'ai commencé à me poser des questions. Cela dit, Ted Bundy avait l'air normal, lui aussi. Je pousse un grognement et me lève du banc où je suis assis au fond de l'église. J'ai assisté à trois messes, ce matin, les yeux rivés sur la porte. Je ne sais pas ce que je compte faire, mais je sais où je dois aller.

À quatre rues de chez elle, je me rends compte que je suis presque sur la réserve. Et dans la mesure où je n'ai pas décidé quoi faire, je m'arrête dans une station-service pour faire le plein et mettre au point un plan d'attaque. Je m'apprête à entrer dans la petite boutique pour payer lorsque, du coin de l'œil, quelque chose retient mon attention. Je connais la voiture garée devant – c'est la même que celle qui était garée devant la maison de la fillette.

Benny est mécanicien.

Je ressors et fais le tour du véhicule. Même autocollant. Je tourne la tête vers la boutique et vois qu'un garage y est accolé. Il y a deux portes métalliques dont l'une est entrouverte, et les lumières sont allumées.

Je poireaute dans la boutique, faisant mine de lire les ingrédients d'un paquet de chips en attendant que les deux autres clients aient payé. Lorsqu'il n'y a plus que moi et la caissière, je prends une canette et une barre chocolatée et me dirige vers la caisse.

– Est-ce que le garage est encore ouvert ? Ma voiture fait un bruit bizarre et j'aurais aimé que quelqu'un y jette un œil.

Elle lève la tête vers la pendule.

– Il ferme à midi, aujourd'hui. Mais je pense que Benny est encore là.

Je me crispe de la tête aux pieds.

– Merci. Il y a un accueil, ou quelque chose ?

La caissière désigne la porte au fond de la boutique.

– Passez par là, il doit être sous un des ponts.

Plus j'avance, plus ma respiration se fait difficile. Je vois un tournevis sur le couvercle d'une boîte à outils et je m'en empare avant de le glisser dans la poche arrière de mon jean.

– Bonjour ?

Il y a quatre voitures dans le garage, mais je ne vois personne.

Un homme sort sa tête du capot d'une des voitures et me fait sursauter.

– Qu'est-ce que je peux faire pour vous ?

Je le dévisage bêtement – je n'ai pas le moindre plan d'attaque.

Il sort un chiffon de sa poche et s'essuie les mains.

– On est fermés. Faut que je rentre retrouver mes filles. Il y a un garage à deux bornes d'ici, si vous avez des problèmes de bagnole.

Ses filles.

– Vous êtes Benny ?

– Oui. Qui le demande ?

Il faut que je trouve un moyen de le provoquer. Soudain, une idée me vient.

– Je suis ami avec votre fille.

Voilà qui attire son attention. Tout son langage corporel se transforme. Il cesse de s'essuyer les mains et me regarde droit dans les yeux.

– Ma fille n'a pas le droit d'avoir des garçons pour amis.

– Pourquoi ça ?

Son visage est soudain déformé par la colère.

– Parce que c'est une petite pute.

Nous sommes de part et d'autre de la voiture, mais il fait le tour et vient vers moi.

– Tu t'intéresses à ma fille ? Laisse-moi te donner un conseil. Trouve-toi une fille bien. Celle-là… elle ne vaut rien. Elle n'a que quinze ans et elle ne m'attire que des ennuis.

– Laisse-les tranquilles, toutes les deux.

Benny semble choqué et il arrête d'avancer. Mais un sourire machiavélique se dessine lentement sur ses lèvres, me donnant la chair de poule. Je suis face à un monstre.

– Tu crois savoir quelque chose ? Vas-y, crache le morceau.

– T'aimes les petites filles. Tu te faufiles dans la chambre de la plus grande, la nuit, et tu menaces de faire la même chose à sa sœur si elle le dit à quelqu'un. Laisse-les tranquilles, sinon j'irai voir les flics.

Il me dévisage en silence, cherchant à ressembler les pièces du puzzle. Lorsqu'il comprend, il sourit de nouveau, et sa voix est aussi monstrueuse que son visage.

– C’est à cause de toi qu’elles ont fait leur sac pour s’enfuir, c’est ça ?

Je ne réponds rien, et il fait un pas en avant.

– Elles ne vont s’enfuir nulle part, après hier soir. Je leur ai appris la leçon, et je vais t’apprendre la même.

Il plonge la main dans la poche de sa salopette et en sort un petit boîtier. Sans me quitter des yeux, il le pointe sur la porte du garage, qui se ferme lentement. Je suis son regard alors qu’il se pose sur une pile d’outils à la portée de sa main. Après ça, tout semble se dérouler au ralenti.

Il saisit une clé à molette.

Je sors le tournevis de ma poche arrière.

Je suis mort de trouille, jusqu’à ce qu’il parle et que la haine, la fureur et la colère s’emparent de moi :

– Trouve-toi ta propre putain de chatte à fourrer.

CHAPITRE 34

CAINE

– Qu'est-ce que tu regardes, comme ça ?

Murphy pose sa tête sur mon genou et me fixe de ses grands yeux marron. Je le gratouille derrière l'oreille, et il soupire longuement.

– Bon sang, tu pues de la gueule, mon pote.

Cela dit, ce n'est peut-être pas l'haleine de Murphy, que je sens. C'est peut-être la mienne.

Je referme mon ordinateur portable et enlève mes lunettes pour me frotter les yeux. Qu'est-ce que je vais lui dire, bon sang ? Ça fait deux jours que je suis enfermé chez moi, que je ne me suis pas douché, que je n'ai pas mangé. Je me sens minable. Rachel semble avoir compris le message, car elle ne m'a pas écrit depuis hier.

Lorsque j'envisage pour la centième fois de ne rien lui dire, je comprends combien je tiens à elle. Ce ne serait pas une décision difficile, si je n'avais pas autant à perdre. Or je sais que je la perdrai. Comment pourrait-elle avoir confiance en moi en apprenant qu'on s'est connus il y a quinze ans ? Que je lui ai menti pendant des mois ? Que j'ai pris quelque chose de sacré à ses yeux – sa foi en l'église – et que je l'ai manipulée toutes les semaines ?

Si je lui dis, je la perdrai. Après tout, moi, je ne pourrais pas faire confiance à quelqu'un qui est capable de faire ça.

Mais si je ne lui dis pas, notre histoire et notre avenir reposeront sur des mensonges.

De façon purement égoïste, j'ai cherché des raisons de ne pas lui dire, essayant de me convaincre que je lui ferais du mal parce qu'elle tient à moi, mais aussi parce que je rouvrirais de vieilles blessures. Pourquoi remuer le couteau dans la plaie ?

Toutefois, il y a une chose que je n'arrive pas à accepter : je ne veux pas être un énième mec qui la déçoit. Elle mérite mieux que ça. Merde ! Elle mérite mieux que moi, bon sang. Je me tire les cheveux pour la millième fois.

Dis-lui la vérité et accepte de la perdre – tout en lui faisant du mal.

Mens-lui et essaie de construire quelque chose alors que le mensonge sera toujours entre vous.

J'ai beau avoir passé deux jours à retourner le problème dans tous les sens, au fond de moi, je sais que je n'ai pas le choix. Je ne peux pas continuer à lui mentir.

Ma seule consolation est qu'une fois qu'elle me détestera, elle n'aura pas de mal à m'oublier.

Au moins, ce sera facile pour l'un d'entre nous. Et je suis égoïste de repousser l'inévitable.

Je saisis mon téléphone au moment où l'écran s'allume. Ça fait plus de vingt-quatre heures qu'on ne s'est pas écrit, et son timing est impeccable.

Une soupe, ça te dit ?
Je peux passer après le boulot,
ce soir.

Je regarde longtemps l'écran, me demandant quoi répondre. C'est une chose de vivre dans le couloir de la mort, c'en est une autre de connaître sa date de mise à mort. Je n'ai pas encore eu le cran de répondre lorsque je reçois un second message.

Je finis à vingt heures.

Je ne veux pas qu'elle reprenne le volant ce soir, quand elle sera en colère ou triste. Il est grand temps d'avoir un peu de courage.

Je passe chez toi
vers vingt et une heures.

***

Je prends enfin une douche et décide de promener Murphy pour me changer les idées et faire passer le temps. On n'a fait qu'une centaine de mètres lorsqu'une idée me vient.

– Tu dirais quoi d'un petit road trip ?

Murphy remue la queue, et je prends ça pour un « oui ». Je ne peux pas rester enfermé chez moi toute la journée, sinon je vais devenir fou. Autant en profiter pour faire une bonne action…

Une heure plus tard, nous sommes à Regency Village. J'ai appelé pour m'assurer que je pouvais passer, et l'infirmière a dit qu'elle préviendrait Lydia et Umberto de ma venue. Lydia m'attend à l'accueil et son visage s'illumine lorsqu'elle me voit avec Murphy.

– Il ressemble à Max, dit-elle en s'accroupissant pour le caresser.

– Il s'appelle Murphy. J'ai pensé que ça ferait plaisir à Umberto.

– Vous n'avez pas idée. Ça va être le plus beau jour de sa semaine – voire de son année. Peu importe où s'évade son esprit, il n'oublie jamais ce foutu chien, dit Lydia. Rachel est avec vous ?

– Non, je suis seul. J'étais dans le coin.

– C'est très gentil, monsieur West.

– Appelez-moi Caine, je vous en prie.

– Très bien, Caine, acquiesce-t-elle en se relevant. Umberto fait la sieste, mais il ne devrait pas tarder à se lever. Est-ce qu'on peut aller se promener ? Ça va vous sembler bizarre, mais j'adorerais faire un tour du parc en tenant la laisse. Mon mari et moi marchions tous les après-midi avec Max, juste avant de prendre le thé.

– Bien sûr.

Je tends la laisse à Lydia et lui offre mon bras, et nous sortons tous les deux dans le parc.

– Alors, dites-moi, Caine. Vous êtes marié ?

– Non, je ne suis pas marié.

– Un bel homme comme vous, avec un chien aussi mignon ? Les femmes doivent se jeter à vos pieds.

Je n'ai jamais été du genre à parler des femmes que je fréquente – pas même à la fac quand tous les mecs faisaient les malins. Mais… pourquoi pas ?

– Il y a bien une femme dans ma vie, mais j'ai fait une erreur et j'ai tout gâché.

– Ah ? Je suis navrée de l'apprendre. Vous voulez en parler ? J'ai plus de cinquante ans d'expérience, je peux peut-être vous aider.

– Ça ne va pas être facile à réparer.

Lydia reste silencieuse un long moment.

– Est-ce que vous aimez cette femme ?

Ça fait plusieurs jours que j'évite de répondre à cette question. Mais je ne sais pourquoi, il m'est impossible de mentir à Lydia.

– Je pense, oui. Mais je ne sais pas quand c'est arrivé.

– C'est toujours comme ça, répond-elle en souriant. Un jour, on tourne la tête, et on est frappé en plein visage, comme si on avait toujours été amoureux mais qu'on était trop aveuglé pour le voir. C'est comme ça, avec le grand amour : on n'en voit ni le début, ni la fin.

Super. Le grand amour ne finit jamais. C'est bien ce que j'ai besoin d'entendre avant que Rachel ne me largue.

Lydia voit ma mine défaitiste et me serre le bras.

– Ne vous en faites pas, mon chéri. Tout va s'arranger. Quand on est amoureux, toutes les erreurs sont réparables.

– Je n'en suis pas certain, hélas.

– Est-ce que vous lui avez dit ce que vous avez fait ?

Je secoue la tête.

– On fait tous des erreurs. Dans la vie, il n'y a pas de notice d'utilisation. Si elle vous aime, elle vous les pardonnera. Mais quand on les cache ou que l'on ment, ce ne sont plus des erreurs. Ce sont des décisions.

– Pour être honnête, ça fait plusieurs jours que je l'évite parce que je sais qu'elle va souffrir quand je le lui dirai.

– Hélas, la vérité fait mal, parfois. Après cinquante ans de mariage, c'est une autre femme qui rend mon mari heureux. Ce n'est pas toujours facile. Mais en fin de compte, il vaut mieux blesser quelqu'un avec la vérité, que rendre quelqu'un heureux avec des mensonges. Parce qu'il n'y a que comme ça qu'elle peut décider d'accepter la vérité.

Lydia ne plaisantait pas en disant qu'elle avait appris une ou deux choses de son mariage. Je n'ai plus aucun doute quant au besoin de dire la vérité à Rachel.

– Umberto a de la chance, je lui dis en serrant sa main.

Le visage resplendissant d'Umberto lorsqu'il voit Murphy est sans doute la plus belle chose que j'aie vue de toute ma vie – même si je m'en veux de ne pas être venu avec Rachel. Elle aurait adoré voir ça, et j'aurais adoré voir son sourire.

La deuxième femme d'Umberto n'est pas là aujourd'hui et, Lydia à ses côtés, Umberto n'a cessé de rire en grattant la tête de Murphy. Mon infidèle compagnon à quatre pattes a savouré d'être chouchouté. Je suis resté en retrait pour les regarder et leur donner un peu d'intimité. Au moins, aujourd'hui, une de mes décisions aura été la bonne.

***

Je profite du trajet du retour pour réfléchir à ce que je dois faire. Je rentre à la maison et me douche en répétant ce que je vais dire – comment je vais expliquer ce que j'ai fait sans passer pour un affreux connard.

J'ai même réussi à me convaincre que je vais y arriver lorsque j'arrive chez elle. Puis… je ne sais plus par où commencer. C'est comme si je venais de redécouvrir qui elle est. Tout ce à quoi j'ai pensé, tous les mots que j'ai pesés, semblent m'échapper alors que je reste planté à côté de ma voiture et regarde en direction de sa fenêtre.

Il fait particulièrement doux en cette soirée d'automne, et sa fenêtre est ouverte. La lumière est allumée dans sa chambre, et je n'arrive pas à décoller mes pieds du sol. Mon cœur cesse de battre un instant lorsque sa silhouette apparaît derrière le store fermé. Elle est de profil et elle regarde au loin, comme si elle était perdue dans ses pensées. Puis je la vois toucher son poignet et je devine qu'elle joue avec sa montre.

Ouais, moi aussi je suis nerveux, Tigresse. Je suis désolé de t'avoir fait subir ça, ces derniers jours.

Il faut que je m'active, pour notre bien-être à tous les deux. Je prends une grande inspiration et avance enfin vers la porte de son immeuble. L'ascenseur met longtemps à arriver et semble mettre des heures à grimper jusqu'au troisième étage. Lorsque j'en sors, mon front est en sueur et j'ai le plus grand mal à aller jusqu'à sa porte.

Je frappe et attends qu'elle m'ouvre, les yeux rivés sur le sol, les mains dans les poches, et je fais même une petite prière, non sans percevoir l'ironie de la situation.

Rachel ouvre la porte et mon sang ne fait qu'un tour. Elle est plus belle que jamais dans sa robe d'été verte à fines bretelles. Ses cheveux sont lâchés et ramenés sur une épaule, et je crève d'envie de dévorer son cou. Contrairement à d'habitude, elle s'est beaucoup maquillée, ce soir. Elle a mis du gloss rouge sur ses lèvres charnues, ses cils sont longs et noirs, et son eye-liner donne l'impression que ses yeux en amande sont immenses. Je suis soudain triste à l'idée que je ne sentirai peut-être plus jamais ses lèvres contre les miennes.

Je plonge mon regard dans le sien et mon cœur bat la chamade. *Je suis tombé amoureux d'elle*. En cet instant, je ne veux rien d'autre que le lui avouer. Mais je ne veux pas que la première fois que je lui dis ces mots soit gâchée par la conversation qu'on est sur le point d'avoir. J'espère seulement avoir l'occasion de les lui dire un jour.

– Bonsoir, Rachel.

CHAPITRE 35

RACHEL

– Salut.

Caine me regarde bizarrement, comme s'il ne me voyait pas vraiment.

– Caine ?

Il cligne plusieurs fois des yeux et se ressaisit.

– Pardon. Tu es magnifique.

– Merci.

Je fais un pas de côté pour le laisser entrer, notant qu'il ne m'a pas embrassée. J'essaie de ne pas m'attarder sur ce détail, mais ça ne fait qu'aggraver mon angoisse.

La situation devient encore plus gênante une fois que Caine est entré – comme le pire premier rencard au monde. Il y a quelques jours, cet homme me préparait un petit déjeuner ici même, et maintenant c'est comme si on se rencontrait pour la première fois.

– Comment tu te sens ? je demande, essayant de lancer une conversation.

– Mieux. Merci. Je suis désolé d'être parti comme ça de chez ta sœur et de t'avoir laissée te débrouiller pour rentrer chez toi.

– T'en fais pas. Je comprends. Tu ne te sentais pas bien.

Caine hoche la tête et plonge les mains dans ses poches. Un silence pesant s'installe et il finit par se racler la gorge.

– Écoute, Rachel, il faut qu'on parle.

– Ok. Tu ne veux pas qu'on s'asseye ? Je peux t'offrir quelque chose à boire ?

– Non merci, ça va.

Il me suit dans le salon et je m'installe sur le canapé, lui laissant largement la place de s'asseoir à côté de moi, mais il choisit le fauteuil.

Il regarde ses pieds et se passe la main dans les cheveux. Ça lui va bien, mais j'ai comme l'impression que ça fait plusieurs jours qu'il fait ça, et que ce n'est pas un nouveau look. Il expire longuement et lève la tête vers moi.

– Je ne peux pas commencer une relation basée sur des mensonges.

Mon Dieu. Mon mensonge à propos de Benny n'a pas cessé de me tourmenter depuis que j'ai raconté à Ava ce qu'il se passait. Mais je refuse que ce monstre m'enlève une énième part de bonheur.

– Je suis désolée d'avoir menti. C'est juste… Ce n'est pas facile pour moi d'en parler.

Caine s'apprête à me couper la parole, mais je l'en empêche et me lance dans une tirade.

– Je t'ai dit que je n'avais pas eu de beau-père parce que c'est ce que j'aurais souhaité. J'ai tout fait pour oublier que j'en ai eu un. C'était un homme affreux. Quand ma mère est morte… il a abusé de ma sœur et moi.

– Il abusé de *toi* ? gronde Caine alors que sa mâchoire se crispe.

Je hoche la tête en baissant les yeux.

– Ce n'était pas pareil, pour ma sœur et pour moi. Il…

Ça fait quinze ans, mais j'ai toujours autant de mal à prononcer ces mots.

– Il a abusé de ma sœur, sexuellement, mais moi j'étais trop jeune.

– Alors il ne t'a pas touchée ?

– Pas comme il touchait ma sœur, non, je réponds en secouant la tête.

– Dieu merci, dit-il d'un ton profondément soulagé.

– Mais quitte à être honnête, je t'ai dit un autre mensonge. La cicatrice dans mon dos n'est pas due à une chute. C'est à cause de mon beau-père. Le soir avant que la police ne vienne nous chercher, il est rentré plus tôt du travail. Riley faisait sa valise parce qu'on avait enfin décidé de demander de l'aide, le lendemain. Benny a fouillé dans ma chambre et il a trouvé mon sac. Il est devenu fou et il s'est mis à me mettre des coups de pied avec ses bottes cloutées. C'est pour ça que j'ai cette cicatrice.

Ça fait trop longtemps que je m'interdis de pleurer, mais je n'ai rien oublié de ce qu'il s'est passé ce soir-là. Je revois ma sœur se faufiler dans ma chambre après que Benny s'était endormi, pour s'occuper de ma blessure. Mes larmes me semblent glacées tandis qu'elles coulent sur mes joues.

– Ma sœur a fait ce qu'elle a pu, mais il m'aurait sans doute fallu une bonne dizaine de points de suture.

Caine vient s'agenouiller à mes pieds et j'enfouis mon visage dans son cou pour cacher ma détresse.

– Je suis désolé, Rachel. Je suis tellement désolé. Je ne savais pas.

Les vannes sont ouvertes et je ne contrôle plus mes larmes. Dans les bras de Caine, je me sens en sécurité pour la première fois depuis longtemps – suffisamment pour pleurer. C'est donc ce que je fais. Je pleure encore et encore, m'autorisant enfin à tout lâcher. Mes larmes se transforment en sanglots horribles et je n'arrive plus à respirer. Caine me tient contre lui, caressant mes cheveux en répétant combien il est désolé. Lorsque je me calme enfin, je me redresse et découvre qu'il a lui aussi les larmes aux yeux.

– Désolée, je ne pensais pas m'effondrer comme ça. Je n'ai jamais raconté cette nuit à personne, à part à l'assistante sociale qui est venue nous chercher le lendemain. Je n'ai même jamais dit à voix haute que ma sœur avait été violée. C'est pour ça que je t'ai menti en te disant que ma mère ne s'était pas remariée, je dis en regardant Caine dans les yeux. C'est plus facile de faire comme si ces années cauchemardesques n'avaient jamais eu lieu.

Caine semble profondément triste et sa voix est hésitante.

– Vous avez été voir une assistante sociale le lendemain, après ce qu'il vous a fait ?

– En fait, c'est elle qui est venue chez nous. Benny s'est battu avec quelqu'un au garage, le lendemain, donc la police a débarqué à la maison avec une assistante sociale.

– Il s'est battu ?

– Ouais, c'était un homme très colérique. J'aurais aimé que ça arrive plus tôt ; pour ma sœur. On avait toutes les deux trop peur de le dire à qui que ce soit. Mais l'assistante sociale a tout de suite compris que quelque chose n'allait pas. Benny était à l'hôpital, et on nous a emmenées chez ma tante. Ma sœur a fini par dire à l'assistante sociale ce qu'il se passait, et Benny a été arrêté alors qu'il était encore aux urgences. Un mois plus tard, il est mort d'une crise cardiaque alors qu'il était en détention provisoire. Puis, la vie a repris son cours. Notre tante nous a adoptées et on n'a plus jamais regardé en arrière.

– Je suis tellement désolé, Rachel.

– Arrête de dire ça, je ricane en reniflant. Ce n'est pas de ta faute. Je voulais juste t'expliquer pourquoi j'ai menti, parce que je sais que ça t'a blessé. Maintenant, j'aimerais qu'on continue de faire comme si Benny n'avait jamais existé. C'est possible ?

Caine hésite et semble sur le point de refuser. Il ouvre la bouche, la referme, l'ouvre de nouveau, et il finit par hocher la tête.

Je fais un saut dans la salle de bains pour laver mon visage couvert de mascara, et je réalise combien je me sens légère, tout à coup. Hélas, je ne peux pas en dire autant de Caine. Si pleurer toutes les larmes de mon corps a ôté un poids de mes épaules, c'est comme si c'était lui qui l'endossait, désormais. On décide d'allumer la télé et de se détendre devant un film, mais à chaque fois que je le regarde, il est perdu dans ses pensées.

À la fin du film, je m'attends à ce que tout redevienne normal. Or quand je dis à Caine que je suis fatiguée et prête à me coucher, il me surprend en annonçant qu'il doit dormir chez lui car il doit se lever tôt pour une réunion.

Ainsi, lorsque je le raccompagne à la porte, l'angoisse qui me suit depuis des jours est de retour.

– Est-ce que tout va bien entre nous, Caine ?

Je déteste lui poser la question car je parais affreusement désespérée, mais ça fait déjà deux nuits que je ne dors pas et celle-ci sera la troisième s'il s'en va sans qu'on ait parlé.

– Tu es la femme la plus merveilleuse que j'aie rencontrée, dit-il en prenant mon visage dans ses mains. Ne l'oublie jamais, Rachel.

Il effleure mes lèvres avec sa bouche et me souhaite une bonne nuit.

Je referme la porte et m'appuie dessus en pensant à ses paroles. C'est un compliment magnifique, bien sûr, surtout après ce que je viens de lui dire, mais… pourquoi ai-je l'impression que Caine me disait adieu ?

CHAPITRE 36

CAINE

Je n'ai pas eu le cœur de lui avouer la vérité après qu'elle s'est effondrée sous mes yeux. En tout cas, c'est ce que je me dis : que je la lui cache pour son propre bien, et pas parce que je suis un horrible égoïste dépourvu de courage.

Toutefois, après une semaine d'hésitation, je comprends que je lui fais la même chose aujourd'hui qu'il y a quinze ans. Je la mène en bateau, semaine après semaine, ne décidant rien, parce que je doute de moi-même.

Or à l'époque, j'étais un ado un peu perdu. Aujourd'hui, je suis censé être un homme, même si je ne me comporte pas comme tel. J'ai évité Rachel presque tous les soirs de la semaine, ne la voyant qu'en cours, lorsque je n'ai pas le choix. Et elle sait que quelque chose ne va pas.

– Que se passe-t-il ? demande ma sœur.

Elle avait un autre rendez-vous médical, cet après-midi, et elle m'a demandé de garder ses filles. Evelyn devait être sacrément désespérée pour faire de nouveau appel à moi après que j'ai failli tuer sa progéniture, la dernière fois.

– Rien de spécial.

Elle se lève pour mettre mon assiette dans l'évier avant de reprendre son interrogatoire.

– Ne mens pas, je sais que quelque chose ne va pas.

– Ah, et comment ?

– Tout d'abord, t'es encore là, dit-elle en me regardant dans les yeux. Normalement, quand tu gardes les filles, tu t'enfuis dès que je rentre, comme si le fait d'avoir des enfants était contagieux.

Je suppose qu'elle n'a pas tort, mais je nie quand même.

– J'avais faim, c'est tout.

– Où est la femme qui était avec toi la dernière fois ? Les filles n'ont pas cessé d'en parler pendant une semaine. Rachel, c'est ça ?

– Comment tu veux que je le sache ?

– Ne joue pas à ça, ta tronche a changé dès que j'ai dit son nom.

– Tu te fais des films.

– Ah oui ? *Rachel*, dit-elle en approchant son visage du mien pour m'étudier. Rachel. Rachel. Rachel.

– Je crois que tu devrais ajouter un psy à la liste des médecins que tu consultes.

Je me lève et débarrasse le reste de la table pour mettre de la distance entre le bulldog et moi.

Mes nièces sont parties dans le salon avec une boîte de macaronis et un tube de colle, et je n'ai pas l'habitude de les voir aussi silencieuses. Où sont ces pipelettes quand on a besoin d'elles pour interrompre une conversation ?

Ma sœur et moi faisons la vaisselle et rangeons la cuisine et, étonnamment, elle ne dit plus rien. J'aurais dû me douter qu'elle était en train de recharger ses batteries.

Elle ferme le lave-vaisselle et s'appuie contre le plan de travail, me coinçant dans la cuisine alors que je range les dernières assiettes dans le placard.

– Qu'est-ce que t'as fait ?

– De quoi tu parles ?

– Soit elle t'a largué, soit t'as fait une connerie. Ça se voit. Tu boudes. Et comme t'as tendance à t'énerver quand quelqu'un te fait un sale coup, je tends à penser que c'est *toi* qui as fait une connerie.

Merde. Elle me connaît trop bien.

– Je suis dans le pétrin, j'admets en soupirant.

– Tu veux en parler ?

– Pas vraiment.

– Ok. Donc : comment vas-tu te sortir de ce pétrin ?

– Je ne peux pas. Pas sans lui faire du mal.

– Tu l'as trompée ?

– Non, ce n'est pas ça.

Evelyn m'étudie une minute en silence.

– Écoute, petit frère, t'as la fâcheuse tendance à te sentir coupable même quand tu n'as rien fait de mal. T'assumes des responsabilités qui ne sont pas les tiennes. T'es sûr que t'as fait une connerie ?

Ma sœur a toujours été partiale, avec moi. Je ne réponds pas, et elle secoue la tête avant de poursuivre.

– T'es un mec bien. Quoi qu'il se passe, je sais que tu prendras la bonne décision. Je sais que tu ne ferais pas volontairement de mal à quelqu'un à qui tu tiens.

Ma sœur n'a pas totalement tort. Je n'ai jamais voulu faire de mal à Rachel. Ni à Liam, d'ailleurs. Mais j'ai pris énormément de mauvaises décisions, au fil des ans, et mes proches en ont souffert. Je n'ai pas fait ce qu'il fallait pour Liam – je ne me suis rendu compte que la pression du groupe et du contrat avec le label était trop grande qu'une fois qu'il était trop tard. Quant à Rachel, j'aurais dû parler à quelqu'un de ce que je suspectais le jour où elle est entrée dans le confessionnal. Au lieu de ça, j'ai menti à une petite fille en me faisant passer pour un prêtre pendant des mois. Mes erreurs ont laissé des cicatrices – sur elle et en elle. Je lui ai déjà fait assez de mal comme ça.

***

Je déteste voir son regard s'illuminer lorsque je lui propose d'aller boire un café, le lendemain, après les cours.

– Au fait, d'après le magazine *Cosmo*, je te kiffe, déclare-t-elle.

Nous sommes assis dans un coin calme de la salle après avoir commandé deux cafés. Rachel fait comme si tout allait bien, mais j'entends sa voix trembler et elle n'arrête pas de trifouiller sa montre.

– Encore des tests ?

– Ouais. La neuvième question était louche. Je devais dire si je serais quand même attirée par toi si tu prenais trente kilos, que tu devenais chauve, et que tu te retrouvais au chômage. J'ai mis un moment à répondre avant de me rappeler que t'aimais me bander les yeux, de toute façon, dit-elle en souriant.

Son sourire me fend le cœur. Comme je ne réponds pas, Rachel suppose que je suis vexé.

– Je plaisante, tu sais.

Je hoche la tête et me racle la gorge, mais elle n'en est pas moins nouée.

– Écoute, Rachel… Je ne peux pas continuer.

Son sourire s'évanouit. Elle comprend ce que je dis, mais elle s'accroche néanmoins à un espoir infime.

– Tu parles de se voir sur le campus ? Personne ne trouve ça louche, tu sais. Mes amis chargés de TD voient fréquemment leurs profs autour d'un café.

– Je ne parle pas de se voir *ici*. Je parle de se voir, *tout court*. Il faut qu'on arrête, Rachel.

– Pourquoi ? Je ne comprends pas.

Après avoir parlé à ma sœur, j'ai décidé qu'il ne servait à rien de lui parler de nos échanges à l'église, il y a quinze ans. Pourquoi lui faire du mal inutilement en ressassant le passé ?

– T'es mon étudiante. Ce qu'il s'est passé entre nous n'aurait jamais dû avoir lieu.

Sa tristesse se change en colère.

– Je ne te crois pas. Je sais que tu t'en fous. Puis, le semestre est presque fini.

– Je suis désolé.

Je baisse les yeux, car la regarder me fait trop de mal.

– Ça n'aurait jamais dû aller aussi loin.

– Va te faire foutre.

– Je continuerai à encadrer ta thèse. Tout ça est de ma faute et ça ne devrait pas t'affecter.

– *M'affecter* ?

– Rachel…

– Tu sais quoi, Caine ? dit-elle en se levant de sa chaise. Pendant longtemps, j'ai pensé que je ne méritais pas d'être aimée. J'avais honte de ce qu'il m'est arrivé, et je regrettais mes choix. Ça ne fait que quelques semaines que j'ai enfin compris que je ne suis pas mon passé. Je ne veux jamais être un regret pour quelqu'un. Va te faire foutre.

Elle me tourne le dos et, instinctivement, je saisis son poignet. Elle a les larmes aux yeux et je sais qu'elle veut partir avant de s'effondrer. Bon sang, si seulement je pouvais retirer tout ce que je viens de dire… Mais au lieu de ça, je lâche son bras et la laisse s'en aller. C'est la meilleure chose que je puisse faire pour elle, même si ce n'est pas l'impression que j'ai en cet instant.

Je n'ai pas le courage de me tourner pour la regarder partir. Je ferme les yeux et écoute le bruit de ses pas s'éloigner, jusqu'à ce que je n'entende plus rien.

Rachel a raison sur un point : elle est un regret pour moi. Mais pas celui qu'elle croit. Je regretterai toujours de l'avoir laissée partir.

CHAPITRE 37

RACHEL

Je me dirige sans y penser vers le siège que j'ai eu l'habitude d'occuper tout au long du semestre, mais je me ressaisis. Je n'ai strictement aucune raison de prendre place au premier rang. Je ferai mon boulot, j'irai aux cours où je suis forcée d'aller, j'encadrerai les cours de soutien, je noterai les copies, et tout le reste. Mais je n'ai plus à m'asseoir là où il le souhaite. Plus maintenant.

Je regarde autour de moi et ricane en décidant de m'installer à côté de monsieur Ludwig pour lui offrir un gros plan sur moi afin qu'il me dessine – autant que quelqu'un en profite, non ?

Il fait presque vingt-cinq degrés, aujourd'hui, mais mon camarade n'a pas quitté son bonnet en laine.

– Salut, dit-il en me souriant. Alors, Monsieur J'ai-un-balai-dans-le-cul t'a enfin libérée ? J'ai eu peur de devoir m'asseoir au premier rang rien que pour te proposer d'aller boire un café, un de ces quatre.

– T'as besoin d'aide ? Tu n'es jamais venu aux cours de soutien.

Monsieur Bonnet sourit. Il est plutôt mignon dans son genre.

– Non, je n'ai pas besoin de soutien. Juste d'un café avec toi.

Je sens quelqu'un derrière moi et, voyant le regard de braise de Ludwig quitter mes seins en même temps que son sourire disparaît, je sais tout de suite de qui il s'agit.

Je continue de l'ignorer, espérant qu'il comprenne. Raté.

– Rachel, dit Caine en se raclant la gorge. On peut se voir après le cours, s'il te plaît ?

Je ferme les yeux, mourant d'envie de lui répondre d'aller se faire foutre. Mais je ne veux pas lui donner la satisfaction de me voir aussi affectée. Et je ne veux pas non plus faire partie d'une des nombreuses rumeurs que j'avais entendues à son sujet avant même de le rencontrer.

– Bien sûr, monsieur West, je réponds en me tournant vers lui, armée de mon meilleur faux sourire.

J'étais déterminée à lui montrer que je vais bien, mais ce que je découvre quand je lève la tête fait immédiatement disparaître mon sourire forcé. Caine fait peur à voir. Ses yeux sont rouges, son teint est pâle, et il est négligé – or tout ça n'est pas un nouveau look. Non ; Caine ressemble à quelqu'un qui a passé quarante-huit heures à boire et ne s'est arrêté il n'y a que trente minutes, ou à quelqu'un qui est malade comme un chien et s'est traîné hors du lit pour la première fois depuis des jours.

J'ai beau lui en vouloir, j'espère que c'est la deuxième option.

Caine hoche la tête et pose sur Ludwig un regard glacial qui dure plusieurs secondes. Il faut croire que je suis encore plus instable que je ne le pensais, car je suis aussitôt furieuse qu'il pense avoir le droit d'être jaloux d'un mec qui flirte avec moi. Je ne lui dois rien.

Je passe les quatre-vingt-dix minutes suivantes à éviter de regarder Caine, faisant mine de prendre des notes alors que mon esprit vagabonde loin d'ici. Lorsque le cours est enfin terminé, je reste à ma place en attendant que les étudiants s'en aillent, puis je me lève pour descendre vers l'estrade, m'arrêtant à deux mètres de lui.

– J'ai pensé qu'on ferait mieux de parler dans mon bureau.

– Ça me va très bien, ici.

Caine lève la tête vers moi.

– J'aimerais te parler en privé.

– Et moi j'aimerais beaucoup de choses, mais on n'a pas toujours ce qu'on veut, n'est-ce pas ?

Il hoche la tête.

– Très bien. Est-ce qu'on peut s'asseoir, au moins ?

Il désigne le premier rang et j'obéis à contrecœur.

Je me comporte comme une ado insolente, refusant de le regarder. Il attend, pensant que je vais bientôt arrêter de trifouiller mon téléphone pour lui accorder mon attention, mais il se trompe. Au bout de plusieurs minutes, il finit par parler.

– J'ai reçu un e-mail de la part du directeur, m'informant que tu avais demandé de changer de directeur de thèse.

– Et ?

– Ce n'est pas nécessaire. T'as presque fini, et si tu ne veux pas me voir, on peut traiter la plupart des sujets par e-mail.

Je lève enfin la tête vers lui.

– Je ne veux pas de ton avis sur mon travail. Et je ne veux pas préparer ma soutenance de thèse avec toi. Je ne veux rien faire avec toi.

Caine tend la main pour toucher mon bras.

– Rachel.

– Ne me touche pas, je rétorque en me tournant pour l'éviter.

– Je suis désolé, dit-il en levant les mains en signe de capitulation. Je ne voulais pas te contrarier.

– C'est un peu tard pour ça, tu ne crois pas ? je ricane.

Il inspire profondément avant d'expirer lentement.

– Laisse-moi reformuler. Si on peut rester professionnel quand on est en cours, à quoi bon alourdir ta charge de travail en demandant un nouveau directeur ? La plupart des profs vont vouloir ajouter leurs touches à tes recherches, et tu vas passer des mois à tout réécrire.

– Je suppose que toi tu préfères toucher à mon travail d'une autre manière.

J'entends à sa voix que Caine commence à perdre patience, et c'est justement ce que je veux. Je veux le rendre furax. Notre rupture a été tellement décevante. J'ai eu l'impression de ne jamais avoir mérité son attention, et c'est horrible.

– J'essaie d'être professionnel, Rachel.

– Moi aussi, Monsieur le professeur, je gronde en me tenant plus droite. Si ça ne tenait qu'à moi, je ne serais pas ta chargée de TD et tu ne serais pas mon directeur de thèse. Or si j'ai pu demander à en changer, c'est parce que ça ne fait pas longtemps qu'on travaille ensemble et que personne ne va se douter de quoi que ce soit. En revanche, je n'ai aucune raison valable de demander à ne plus être ta chargée de TD. Je me voyais mal leur dire qu'on a baisé pendant un moment, mais que maintenant c'est terminé.

Caine se passe la main dans les cheveux.

– Je suis désolé de t'avoir fait du mal, Rachel. Je ne sais pas comment réparer les choses et faire en sorte qu'on redevienne amis.

– On n'a jamais été amis, Caine. Quant à réparer la situation ; il faut être deux pour faire marcher une relation. On ne peut rien réparer, parce qu'il n'y a qu'un de nous deux qui sait ce qui a été cassé. Je ne comprends toujours pas ce qui est cassé, j'ajoute d'une voix plus calme.

Ma voix tremblante lui fait lever la tête vers moi. J'ai envie de le dévisager, de le fusiller du regard, mais lorsque je plonge mes yeux dans les siens, je n'y vois que de la souffrance.

Et dans ce moment de faiblesse, je m'autorise à être vulnérable.

– Que s'est-il passé, Caine ? Pourquoi m'as-tu rejetée ? Un jour tout allait bien, et le lendemain…

Au lieu de fuir mon regard comme il en a pris l'habitude, Caine se livre à moi. Nos regards se verrouillent et je vois que l'homme que j'ai rencontré est encore là, quelque part. Il a disparu si vite que je commençais à croire que je l'avais inventé.

– T'es une femme géniale, Rachel. Tu mérites mieux.

Ma vulnérabilité n'était que passagère. Je me sens soudain dure et impénétrable, et je me lève si vite que je perds presque l'équilibre.

– Ce n'est pas à toi de me dire ce que je mérite. C'est moi qui choisis ce que je veux.

Caine se lève également et saisit mes coudes alors que je lui tourne le dos. Or la lourde porte de la salle s'ouvre et des voix retentissent dans l'amphithéâtre tandis que des étudiants viennent pour le prochain cours. J'attends, curieuse de savoir s'il va me forcer à rester.

Quand il me lâche, mon cœur se brise de nouveau.

– Penses-y, Rachel. N'alourdis pas ta charge de travail à cause de moi.

Les étudiants sont encore en haut des marches, mais je me penche quand même pour m'assurer que personne n'entendra.

– Allez vous faire foutre, monsieur West.

***

– Parle-moi.

Charlie s'accoude au bar et cherche mon regard. Il a fini sa journée, mais il n'est pas parti. Je crois savoir pourquoi, maintenant.

La fonction « séchage » du lave-vaisselle a rendu l'âme il y a plus d'un an et Charlie n'a pas l'intention de la réparer. Et bizarrement, ça me va bien, car je trouve l'action d'essuyer les verres étonnamment relaxante. Surtout aujourd'hui. Je sors un verre à soda du bac et y fourre le torchon.

– De quoi veux-tu parler ? Des actualités ? De musique ?

– Ne fais pas l'idiote, princesse. Tu sais de quoi je parle.

Je souris à Charlie d'un air faussement innocent.

– Je ne crois pas, non.

– Ça fait une semaine que tu fais une tête d'enterrement. Qu'est-ce qu'il se passe ? T'as des problèmes de cœur ?

Charlie a beau faire le dur, à l'intérieur, c'est un véritable bisounours – c'est ce que je préfère chez lui.

– Tout va bien, Charlie. C'est juste une semaine chargée.

– N'importe quoi. J'ai été flic pendant vingt-huit ans. Je sais quand quelqu'un me ment.

Je suis sur le point de le contredire quand une idée me vient.

– Comment tu sais, quand on te ment ? Il y a des signes révélateurs ?

– Avec la plupart des gens, si on fait attention, on le voit dans leur langage corporel.

– Comme quoi, par exemple ?

– Eh bien, il y a les signes classiques, comme quand la personne refuse de te regarder dans les yeux, qu'elle s'agite ou se met à se toucher le visage ou la bouche. Cela dit, la plupart des personnes qui sont douées pour mentir connaissent ces signes et font en sorte de les maîtriser. Mais il y a d'autres détails qui sont de bons révélateurs. D'abord, leurs épaules vont se soulever et ils vont se tenir plus droit, parce que le souffle devient superficiel lorsqu'ils mentent, et c'est la réaction naturelle du corps pour ajuster sa respiration. Certaines personnes se tiennent parfaitement immobiles. Quand les gens parlent, ils ont un mouvement naturel, mais quand ils mentent, ils perdent ce réflexe. En dehors de ça, il y a souvent des indices dans le langage, comme répéter les mêmes mots ou les mêmes phrases. Comme « C'est pas moi. C'est pas moi. »

– Hmmm, c'est intéressant.

– Pourquoi, qui te ment ?

Je soulève mes épaules de façon exagérée et me répète.

– Personne. Personne.

– Espèce de peste.

Charlie tient à moi, et je sais qu'il ne posera pas autant de questions qu'Ava, qui n'a aucune limite, donc je décide d'être honnête avec lui.

– Le mec que je fréquentais a rompu avec moi. J'ai l'impression qu'il ne me dit pas la vraie raison. Mais… peut-être que je cherche une raison qui n'existe pas parce que mon ego en a pris pour son grade. Je ne sais pas.

– On parle du prof ?

– Ouais.

– Tu veux savoir s'il tient encore à toi ? Tu crois qu'il s'est mis quelque chose en tête qui ne colle pas avec ce qu'il ressent ?

– Peut-être, ouais.

– Eh bien, il n'y a qu'un moyen de savoir si un mec qui te dit au revoir t'aime vraiment.

– Comment ?

Charlie me regarde droit dans les yeux.

– Tourne la page. Passe à autre chose. Les hommes reviennent vite à la raison quand ils pensent que la femme qu'ils aiment ne les attend plus.

CHAPITRE 38

CAINE

Je suis un énorme menteur.

Mais cette fois, je me mens à moi-même, aussi. Le directeur du département m'a contacté par e-mail pour me demander de mettre à l'écrit mes remarques sur la thèse de Rachel, afin qu'il les fasse passer aux professeurs qui pourraient être intéressés de la suivre. Je traînais des pieds pour lui laisser l'occasion de changer d'avis, et maintenant, je m'en sers comme excuse pour la voir, prétendant devoir le faire rapidement alors que je n'ai aucune intention de rédiger mes commentaires.

Ce sont les vacances de mi-semestre, et ça fait six jours que je n'ai pas vu Rachel. C'est mon maximum. Si quelqu'un savait à quoi je suis réduit, je passerais pour un fou. D'ailleurs, j'ai peut-être perdu la tête, mais ça fait six jours et je m'en fous.

Ce mois-ci, le magazine *Rolling Stone* contient un de ces tests que Rachel adore. Je l'ai vu il y a quelques semaines, et je l'avais mis de côté pour le lui donner. Ce matin, elle me manque tellement, que je décide de faire le test moi-même.

Ce que dit votre musique de votre vie pose une série de questions en rapport avec les chansons qu'on aime. Quand j'additionne mes points, l'avenir qui m'est prédit est, bien sûr, ridicule. Toutefois, ma curiosité est éveillée et je lis les autres prédictions. L'une semble parfaite pour moi, mais je n'ai pas obtenu un score entre 52 et 68. J'aurais rêvé que Rachel la lise :

Vous avez déjà rencontré votre destinée ! Mais vous ne le savez peut-être pas. Vous êtes une âme sage et vous connectez aux gens à un niveau cosmique. Vous avez des problèmes de confiance, et vous évitez les relations sérieuses parce que vous écoutez votre tête au lieu de votre intuition. En amour, il faut parfois se jeter à l'eau sans réfléchir. Cela fait longtemps que vous connaissez votre âme sœur, mais ce n'est que récemment que vous l'avez compris. Cessez de vous battre, et faites plaisir à votre âme.

Le test comporte quinze questions et je le refais en répondant à la place de Rachel. Je compte ses points en agitant les glaçons dans mon verre de scotch. Son score est entre 40 et 43. *Vous n'avez pas encore rencontré l'âme sœur !*

– Mouais, c'est mort, je marmonne.

Je vide mon verre en me disant qu'il lui faut vingt points supplémentaires pour avoir la prédiction qu'elle mérite. Je choisis donc les quatre réponses dont je suis le plus sûr et ajoute cinq points à chacune.

– Voilà qui est mieux.

Mon Dieu, je suis tombé tellement bas...

Je jette le magazine sur la table et frotte mes mains sur mon visage. Qu'est-ce que je fous, bon sang ? J'en suis réduit à truquer un test pourri en me mettant à la place de Rachel. J'ai grandement besoin de ne *pas* boire un autre verre, de me doucher, de mettre des vêtements propres, et d'aller chez *O'Leary* avant de me mettre à la harceler au téléphone juste pour entendre sa voix.

Après avoir pris mon courage à deux mains, c'est donc ce que je fais.

Je décide de ne pas lui écrire avant de me pointer pour qu'elle ne puisse pas me dire de la contacter par e-mail. J'arrive au bar juste avant la fin de son service et réalise que je suis soudain de bonne humeur, rien qu'à l'idée de la revoir.

Ava est derrière le comptoir lorsque je passe la porte. Je me souviens que Rachel m'a dit que son amie ne passait derrière le bar que pour la remplacer brièvement, donc je présume qu'elle est aux toilettes ou occupée en réserve.

Je m'installe sur un tabouret où il n'y a personne, à l'opposé d'Ava, qui est dos à moi tandis qu'elle discute avec un client. Toujours de bonne humeur, je tapote mes doigts sur le bar en rythme avec le morceau *Better Together* de Jack Johnson que joue la chaîne hifi.

Hélas, ma bonne humeur s'évanouit lorsque je me tourne vers la salle du restaurant. Rachel est à une table, mais elle n'est pas en train de la servir. Je serre les poings en la voyant assise sur la banquette avec un mec. Leurs mains sont jointes sur la table et ils semblent plongés dans une conversation très sérieuse. Je regarde fixement le mec jusqu'à ce qu'il tourne un peu la tête – soudain, je le reconnais. Davis.

C'est quoi ce bordel ?

Mon premier réflexe est d'aller les voir pour savoir ce qu'il se passe. Je vais même jusqu'à me lever et à faire quelques pas dans leur direction. Puis, je vois quelque chose qui me fige sur place et ma colère disparaît. Rachel penche la tête en arrière et éclate de rire. Et je me sens anéanti et coupable. Elle sourit au lieu d'avoir l'air triste. N'est-ce pas ce que je voulais pour elle ?

Je suis profondément tiraillé. Je les observe de loin jusqu'à ce que je n'en puisse plus. Je tourne les talons et sors du bar d'un pas déterminé. Je suis furieux, mais je sais que je n'ai pas le droit de l'être. Ma colère est mêlée à de lourds regrets.

C'est de ma faute si elle tient la main d'un autre mec. Je l'ai quittée parce que je ne la méritais pas, mais personne ne la mérite. Mes pensées sont incohérentes. J'aurais bien besoin de dire à voix haute ce qu'il se passe dans ma tête, mais personne ne comprendrait ma décision.

J'ai passé les vacances enfermé dans mon appartement. Ma seule activité quotidienne, en dehors d'aller à la salle de sport, était d'écouter de la musique. Si je ne me force pas à rester dehors au moins quelques heures, il y a de fortes chances que Rachel reçoive une playlist créée par mes soins. J'en suis vraiment réduit à ça. Je suis à ce point accro à cette femme.

N'ayant aucune envie particulière, je décide de prendre la route et me laisse guider par ma voiture. Je n'ai pas besoin d'être au travail avant lundi. Peut-être que je devrais quitter la ville pour une ou deux nuits. Je fais donc demi-tour et traverse le pont au lieu de rentrer chez moi. Honnêtement, je n'ai aucune destination particulière en tête. Donc je roule. Et lorsque j'arrive, je comprends que je suis là où je dois être.

***

Les marches ont été changées. La vieille brique usée a été remplacée par du marbre blanc. Certains buissons sont nouveaux et il y a une petite clôture autour de la statue de la Vierge. Mais en dehors de ça, la chapelle Saint-Killian est exactement comme la dernière fois que je l'ai vue, il y a quinze ans. Je me souviens encore de ma visite. Je m'étais échappé en douce de chez moi, puni après tout ce qu'il s'était passé avec Benny, la semaine précédente. Je savais qu'elle était partie. Mes parents avaient accepté de me le dire, parce que je refusais de leur expliquer quoi que ce soit tant que je ne savais pas si elle était en sécurité. Mais peu importe, j'avais besoin de venir, ce samedi-là, au cas où elle reviendrait me parler. Je voulais tout lui expliquer.

J'étais resté assis dans le confessionnal pendant six heures. Bien sûr, elle n'était pas venue. J'avais donc compris que je devais accepter de me sentir coupable de l'avoir trahie, et espérer qu'elle était passée à autre chose.

C'est ironique, puisque je me retrouve ici, aujourd'hui, après avoir vu Rachel passer à autre chose, justement.

Je passe la porte et découvre que l'église est vide. Je ne sais pas pourquoi je suis venu ni ce que j'avais l'intention de faire en venant. Je cherche tout de suite le vieux confessionnal du regard, même si je n'ai aucune intention d'y entrer. Je décide de m'asseoir sur un banc, au fond, et je regarde autour de moi. C'est paisible, ce soir, et l'odeur d'encens me réconforte. Je ferme les yeux et prends plusieurs inspirations. J'étends mes bras le long du dossier du banc et baisse la tête. Je reste dans cette position un long moment, ne levant la tête que lorsque j'entends des bruits de pas, découvrant qu'un prêtre âgé vient vers moi.

– Comment allez-vous, mon enfant ?

– Je vais bien, je réponds en souriant. J'espère que ça ne dérange personne que je sois là.

– Il n'y a pas de verrou sur les portes. On a de la chance. C'est rare, de nos jours. Cette communauté est merveilleuse. Vous pouvez venir quand vous voulez.

– Merci.

– Est-ce qu'il y a quelque chose dont vous souhaitez parler ?

– Je ne crois pas.

– Vous êtes sûr ? Je suis doué pour écouter les gens.

– Sans vouloir vous vexer, mon père, c'est à propos d'une femme. Je ne pense pas que ce soit votre domaine d'expertise.

Le prêtre m'offre un sourire chaleureux et s'assoit sur le banc devant le mien. Il se tourne de côté et pose son genou sur le siège, appuyant son bras sur le dossier pour me faire face.

– Je suis peut-être marié à Dieu, mais j'ai une mère et quatre sœurs. *Quatre sœurs.* Et elles sont toutes incapables de se taire, donc j'en sais beaucoup, sur les femmes. Puis on est au vingt et unième siècle, fiston. Je regarde même les *Real Housewives* avec ma sœur Mary, quand je vais chez elle. Elle est accro à ces émissions.

– Ça m'a tout l'air d'une pénitence.

– Oui, eh bien, les voies du Seigneur sont impénétrables.

– Ça, je veux bien le croire.

– Alors, qu'est-ce qui vous amène ici en cette belle soirée ? Je ne crois pas vous avoir déjà vu aux messes. Vous êtes nouveau dans le coin ?

– Non, en fait j'ai grandi ici. Je venais quand j'étais gamin.

– Ah, alors vous rendez visite à votre famille ?

– Non. Mon père est décédé il y a quelques années, et ma mère n'habite plus ici. J'étais… Je…

Allez mec, tu ne peux pas mentir à un prêtre !

– J'ai voulu rouler pour me changer les idées, et je me suis retrouvé ici.

– Parfois, notre chemin est déjà tracé, et nous n'avons d'autre choix que de le suivre.

– Je suppose…

– Alors, parlez-moi de cette femme. Comment s'appelle-t-elle ?

– Rachel.

– Le Livre de la Genèse, répond-il en hochant la tête.

– Si vous le dites.

– Alors, que se passe-t-il avec Rachel pour que vous soyez aussi perdu ?

– C'est une longue histoire, mon père.

– Je n'ai rien d'autre que du temps, mon fils.

– Ça ne va pas vous plaire. Je n'ai pas fait honneur à l'Église, ni aux prêtres, d'ailleurs.

Son sourire est sincère et dépourvu de jugement, même après ma mise en garde.

– On commet tous des erreurs, mon fils. Parfois, ça fait du bien d'en parler.

Je n'ai rien à perdre en dehors de son respect. Je n'en ai déjà plus pour moi-même. Peut-être aurais-je dû me confesser il y a longtemps.

Je prends donc une profonde inspiration avant de me lancer.

– Je vous aurai prévenu…

***

Le prêtre enlève ses lunettes et se frotte les yeux.

– Eh bien, je n'entends pas ce genre d'histoire tous les jours.

– J'imagine, oui.

– Alors, reprenons au début, à ce que vous avez fait il y a toutes ces années. Même si ça a commencé pour de mauvaises raisons, c'est-à-dire que vous vous cachiez dans le confessionnal pour ne pas travailler, vous êtes revenu, même quand vous n'étiez plus obligé d'être là.

– Ouais.

– Dites-moi, pourquoi reveniez-vous chaque semaine ?

– Parce que je savais que quelque chose n'allait pas. La fillette… Rachel, avait peur. Elle semblait vraiment avoir besoin de quelqu'un à qui parler.

– Et vous vouliez l'aider ?

– Oui.

C'est la vérité, je voulais réellement l'aider.

– Mais je m'y suis mal pris. J'aurais dû le dire à quelqu'un dès le premier jour et parler à la police de ce que je soupçonnais. Au lieu de ça, j'ai joué au détective, et elle en a souffert.

Le prêtre reste silencieux un moment.

– Pourquoi vous n'en avez pas parlé à un adulte ? Il devait bien y avoir une raison.

– Elle avait peur, elle était agitée. Je n'étais pas certain que mes soupçons soient justifiés, et je craignais de lui faire encore plus peur et qu'elle ne fasse plus jamais confiance à personne.

– Si vous étiez tout de suite allé voir la police, dès la première fois que Rachel vous a parlé, peut-être qu'elle et sa sœur auraient eu trop peur d'admettre la vérité. Elles auraient peut-être tout nié.

Je secoue la tête.

– Mais peut-être qu'elles auraient dit la vérité et qu'elles auraient fui ce cauchemar plus vite.

– Parfois, dans la vie, la souffrance est inévitable, mon fils. On fait du mieux qu'on peut. Il me semble que vous avez mis un terme à leur cauchemar. Si vous n'étiez pas revenu la semaine suivante et toutes celles d'après, peut-être que ça aurait duré des années. Beaucoup de garçons de votre âge n'auraient pas sacrifié leurs samedis pour parler à une petite fille.

Je me passe la main dans les cheveux.

– Je ne sais pas.

– Est-ce que vous croyez en Dieu, mon fils ?

Ça fait des années que je n'ai pas été à l'église, mais ça ne change pas ma foi. J'ai beau être misérable et mon lien avec l'Église a beau être tordu, ça ne m'empêche pas de croire en une puissance divine.

– Oui.

– C'est bien. Il faut accepter le destin qu'Il a choisi pour vous. Et le seul moyen d'honorer Sa volonté est de l'accepter.

– Je ne suis pas sûr de comprendre.

– Les coïncidences n'existent pas. On croit toujours qu'il s'agit d'une concomitance d'événements qui ne sont pas liés. Mais il y a toujours un lien. Et ce lien est toujours Dieu.

Je suis sceptique.

– Alors vous pensez que c'est Dieu qui nous a mis dans ce confessionnal au même moment ?

– Oui, répond-il d'un ton confiant. Et plus encore, je crois que c'est Dieu qui a voulu que vos chemins se croisent de nouveau.

– Et pour quelle raison ?

– Eh bien *ça*, dit-il en pointant son index sur moi, c'est à vous de le comprendre. Il semblerait que Dieu vous offre une deuxième chance. C'est à vous de décider ce que vous en faites.

Je secoue la tête, mais peut-être qu'il a raison. Peut-être que Rachel et moi nous sommes retrouvés pour que je lui dise la vérité, ou peut-être que cette deuxième chance sert à autre chose – quelque chose de plus grand encore. Quoi qu'il en soit, ça fait quinze ans que Rachel mérite de savoir la vérité.

– Merci, mon père.

Le prêtre me tend la main.

– Je vous laisse faire ce pour quoi vous êtes venu ici : réfléchir.

– Merci, je réponds en serrant sa main.

Il se lève et fait quelques pas dans l'allée avant de se tourner vers moi.

– Vous direz quatre « Je vous salue Marie », deux « Notre Père », et ferez un acte de foi.

Il voit mon air confus et s'explique.

– C'est votre pénitence. Je ne suis pas de ceux qui pensent qu'une prière suffit à réparer vos péchés. Parfois, je demande un acte de foi comme pénitence. Je suis gentil avec vous sur les prières, mais je veux que votre acte de foi soit important.

Je reste assis sur mon banc pendant presque une heure, perdu dans mes pensées. Je décide alors qu'il est temps de partir, mais ma curiosité prend le dessus. Je ne peux pas résister. Je retourne donc sur la scène du crime.

Je souris lorsque la porte grince, comme à l'époque. L'intérieur est exactement le même, peut-être un peu plus usé. Je m'assois sur le fauteuil où tout a commencé, et je regarde autour de moi. La déco n'a pas changé, non plus. Je regarde longtemps la croix dorée fixée sur le mur et ferme les yeux en posant mes mains sur mon visage.

Tant de questions se bousculent dans mon esprit. *Est-ce que Rachel et sa sœur auraient tout nié si j'étais tout de suite allé parler à la police ? Pourra-t-elle pardonner mes mensonges de l'époque et d'aujourd'hui ? Et même si elle le peut, Rachel est-elle passée à autre chose ? Est-ce mieux, si c'est le cas ?*

La voir aussi heureuse avec Davis m'a fait un mal de chien. Je veux être celui qui la fait sourire. Peut-être que c'est ça, mon acte de foi – mon sacrifice en guise de pénitence.

Je ne sais pas ce que je suis censé faire, et je me demande si je ne suis pas encore plus confus maintenant qu'avant de venir. *Je sais que je suis un piètre paroissien, mais un indice serait sympa.*

Défaitiste, j'ouvre les yeux et regarde la moquette usée. Une petite pièce rouge scintille par terre, et je la ramasse en riant. Même après toutes ces années, j'entends encore sa voix comme si c'était hier.

Trouve une pièce et ramasse-la, et la chance te sourira.

Mon Dieu, elle est toujours avec moi. Même après toutes ces années et tout ce qu'on a traversé. Comment pourrais-je la laisser partir ?

Soudain, je comprends.

Je pourrais la laisser partir, physiquement, mais elle emporterait mon cœur avec elle. Il faut que je lui dise la vérité et que je la laisse décider quoi en faire.

Tout comme il y a quinze ans, je fais tourner la pièce entre mon index et mon pouce. Au bout d'une minute, je ferme le poing et la serre dans ma main en levant les yeux vers la croix.

– Merci. Je vais en avoir besoin.

CHAPITRE 39

RACHEL

S'il tenait vraiment à moi, il aurait fait quelque chose.

C'est dur à avaler. Même si Caine ne m'a donné strictement aucune raison d'y croire, j'avais encore eu de l'espoir. Jusqu'à ce soir.

– Ça me tue de te voir comme ça, dit Ava.

On vient de fermer le bar. Comme il n'y a pas eu grand monde, j'ai terminé tout mon travail avant même de fermer la porte à clé. Il ne me reste plus qu'à compter la caisse, ce que je suis en train de faire lorsqu'Ava vient me voir.

– Ça va aller. La soirée a été rude, c'est tout.

– Peut-être que tu n'aurais pas dû dire à Davis que tu ne voulais pas être avec lui, dit-elle en s'asseyant sur un tabouret. C'est un mec sympa. Ça t'aurait aidé à oublier l'autre tocard.

Je souris à mon amie. Ava était du côté de Caine jusqu'à ce que je lui dise qu'il m'avait quittée.

Maintenant, elle fait appel à toutes les injures qu'elle connaît pour le désigner.

– C'est juste que je ne comprends pas pourquoi il est venu ici, ce soir.

– Caine ? Je ne sais pas. Mais il n'avait pas l'air heureux. Il vous a regardé tous les deux pendant un moment, et il ne m'a même pas entendu l'appeler. J'étais persuadée qu'il allait mettre une droite à Davis.

Même si ça avait été horrible, ça aurait eu le mérite de me prouver qu'il ressent quelque chose pour moi. Aucun homme ne peut voir la femme à qui il tient dans la situation qu'il a vue et tourner les talons sans rien dire. Ça me prouve que c'est vraiment fini. Je pensais avoir perçu quelque chose dans son regard, mais Charlie avait raison : si on veut savoir ce que ressent un homme, le meilleur moyen est de lui montrer qu'on a tourné la page. Je percevais ce que je voulais voir, et non la vérité.

– Eh bien, ce n'est pas ce qu'il a fait. Et c'est bien plus révélateur que tout le reste.

– Les hommes sont tous nuls.

Je finis de compter la caisse et range l'argent dans le sac en cuir qu'on met dans le coffre-fort.

– Ça résume bien les choses, oui.

***

Je profite du trajet jusque chez moi pour me faire un petit discours d'encouragement. Caine

West n'est plus rien pour moi – d'ailleurs je n'ai jamais vraiment été amoureuse de lui. C'était juste un béguin. Mon abstinence de neuf mois m'a fait confondre l'amour et le désir. C'est pour le mieux. Adieu, Caine West. Demain est un autre jour, avec ou sans toi, et je n'ai pas besoin de toi pour avancer.

J'allume le lecteur CD de la voiture et me prescris ma propre thérapie musicale. Et grâce à *Fight Song* de Rachel Platten, je ne sais pas seulement que je vais aller mieux – je sais que je suis mieux *sans Caine.*

Je me gare dans le parking hors de prix près de chez moi et soupire longuement. J'ai beaucoup moins de mal à convaincre ma tête que mon cœur. Et, les deux n'étant pas d'accord, je ressens tout et son contraire. J'étais gonflée à bloc dans ma voiture, mais ma bulle de joie se dégonfle dès que je sors du parking sous-terrain et marche jusque chez moi.

Perdue dans mes pensées, je ne fais pas attention au monde extérieur. Mes pas sont lents, lourds, et je suis soudain saisie de panique lorsque j'arrive à l'angle de mon immeuble. Je regarde par-dessus mon épaule, de l'autre côté et d'un bout à l'autre de la rue, mais mon angoisse ne disparaît pas. Au contraire, plus mes pas accélèrent, plus elle s'accroît. Ce n'est que lorsque j'ouvre la première porte de mon immeuble que je comprends pourquoi je suis dans cet état.

Je sursaute et pousse un cri strident lorsque je vois quelqu'un dans le hall, et sans réfléchir, je frappe la personne aussi fort que possible en fermant les yeux.

– Merde ! crie l'intrus.

Cette voix… Je la connais.

– Caine ? Putain, à quoi tu joues ? Tu m'as foutu la trouille ! Encore une fois !

Il porte la main à sa joue, là où je viens de le frapper.

– Oui, je vois ça. T'as un sacré coup de poing, Tigresse.

– Désolée, est-ce que ça va ?

Mon cœur bat la chamade, pour des milliers de raisons différentes.

– Ouais, ça va aller, ne t'en fais pas. Je ne voulais pas te faire peur. Je viens de sonner chez toi. Je pensais que tu serais à la maison, vu que le bar ferme à minuit.

– T'es sûr que ça va ?

Il enlève sa main et je constate que sa joue est déjà rouge et enflée.

– Je le mérite, de toute façon, répond Caine en hochant la tête.

L'adrénaline disparaît peu à peu et je me rends compte que j'ai mal à la main. Très mal. Je l'ouvre et la referme en me demandant si je ne me suis pas cassé quelque chose.

– Tu m'as fait mal à la main, je déclare.

– *Je* t'ai fait mal ? C'est toi qui m'as frappé !

– Ouais, mais c'est de ta faute parce que tu m'as foutu la trouille. Encore une fois. Pourquoi t'aimes autant squatter le hall de mon immeuble, d'ailleurs ?

– Laisse-moi voir ta main.

Je la tends pour la lui montrer. Je ne saigne pas, mais les phalanges de mon index et de mon majeur commencent à gonfler. Caine caresse tendrement mes doigts, déclenchant une décharge électrique qui n'a rien à voir avec la douleur, et je retire ma main d'un geste brusque.

– Ça fait mal ?

– Ouais, je mens.

– On devrait y mettre de la glace.

L'entendre dire « on » me rappelle qu'*il* ne devrait même pas être ici.

– Pourquoi t'es là ?

Caine baisse la tête, puis lève les yeux vers moi, et je suis de nouveau frappée par sa beauté. Il semble fatigué et stressé, et sa pommette est déjà boursouflée, mais il n'en reste pas moins magnifique. Caine a le genre de beauté dont on ne se lasse jamais parce qu'on est sans cesse ébahi par l'effet qu'elle a sur nous.

– J'ai besoin de te parler, dit-il d'une voix tendre. S'il te plaît.

– Il est tard.

– Ça ne peut pas attendre.

J'hésite un instant à ouvrir la porte et il suppose que je ne veux pas l'inviter chez moi.

– On pourrait aller boire un café, ou juste marcher un peu, si tu préfères.

– Non, ça va, je réponds en cherchant mes clés. Je veux enlever mon uniforme, de toute façon.

L'ascension jusque chez moi est particulièrement gênante. Les portes en inox nous reflètent et je vois Caine me regarder, alors je me concentre sur les boutons lumineux des étages, qui s'allument au fur et à mesure qu'on monte.

Une fois chez moi, je sors un sachet de petits pois surgelés du congélateur et le donne à Caine.

– Ta joue est en train de gonfler.

– Ça va, garde-le pour ta main.

Je pose le sachet sur le plan de travail et tourne les talons.

– Je reviens.

Je m'enferme dans ma chambre et essaie de faire le tri dans ma tête.

Il y a vingt minutes, je chantais *Fight Song* dans la voiture en souhaitant bon vent à Caine, et maintenant je suis de nouveau pleine d'espoir parce qu'il s'est pointé chez moi. Je suis pathétique. Qu'est-ce qu'il fait ici ? Est-ce qu'il est saoul ? Il n'a pas intérêt à être là pour un plan cul. *Mmm, du sexe avec Caine*. Argh ! Fichue libido !

J'enfile un legging et un débardeur, je me brosse les cheveux, et me lave le visage. Je mets peut-être même un peu de parfum – j'ai honte. Je suis sur le point de retourner dans le salon quand je réalise que je ne suis pas dans le bon état d'esprit. Je déverrouille donc mon téléphone et parcours ma playlist pour trouver un morceau qui me remettra en colère. Je m'arrête sur *I Hate Everything About You*, de Three Days Grace.

Ça fera l'affaire.

Je m'allonge sur le lit, ferme les yeux, mets mes écouteurs, et redémarre mon cerveau. Quelques minutes plus tard, je me sens plus forte et prête à affronter Caine.

Je le trouve à son poste habituel, face au mur de photos.

– Tu veux boire quelque chose ?

Je lui passe devant pour prendre une bouteille d'eau, même si j'aurais bien eu besoin de quelque chose de plus fort.

– Non merci.

Je dévisse le bouchon et bois une longue gorgée alors qu'il suit mes moindres mouvements.

– Alors, tu veux parler de quoi ?

– On peut s'asseoir ?

Caine attend que je m'installe et, si je suis plus près du canapé, je m'assois délibérément sur le fauteuil pour éviter qu'on se retrouve côte à côte. Nos rôles sont inversés, ce soir. J'ai besoin d'espace pour garder les idées claires.

Il prend place à son tour, joint ses mains, appuie ses coudes sur ses genoux, et baisse la tête, le regard rivé sur ses pieds. Je n'ai jamais vu Caine aussi nerveux. Et plus le silence s'installe, plus je stresse. Ça ne dure sans doute que deux ou trois minutes, mais il me semble que plusieurs heures défilent.

Caine soupire enfin et, lorsqu'il me regarde, ses yeux sont brillants et remplis de souffrance. Je meurs d'envie d'aller vers lui, mais il faut que je me protège. Quoi qui lui fasse du mal, ça va bientôt me faire souffrir, moi aussi.

– Je ne sais pas par où commencer, dit-il d'une voix rauque.

Face à quelqu'un qui semble aussi perturbé que Caine, il n'y a qu'une seule réponse à ça.

– Peut-être par le début ?

– C'est ce que j'aurais dû faire il y a plusieurs semaines, dit-il en hochant la tête. Je sais que tu ne me dois rien, mais, est-ce que tu peux me promettre quelque chose ?

– Quoi ?

– Est-ce que tu peux m'écouter jusqu'à la fin ?

– Ok…

Caine secoue la tête.

– Tu te souviens du soir où on s'est rencontrés ?

– Dans le bar ? Oui.

– Je t'ai dit que j'avais l'impression qu'on s'était déjà croisés quelque part. T'as pensé que c'était une technique de drague. Sur le moment, ça ne m'est pas revenu, et quand j'ai su qu'on travaillait au même endroit, j'ai supposé que c'était ça.

– Tu veux dire qu'on s'était rencontrés avant ? je demande en fronçant les sourcils.

Caine hoche la tête et son visage devient encore plus sérieux.

– C'était il y a longtemps.

– Où ?

– À l'église.

De quoi il parle ?

– À l'église ?

Caine se passe la main dans les cheveux et pose sur moi un regard qui me fend le cœur.

– Est-ce que tu te souviens d'avoir été à la paroisse Saint-Killian pour parler à un prêtre, tous les samedis ?

J'écarquille les yeux et me crispe de la tête aux pieds.

– Comment tu sais ça ?

Il plonge son regard dans le mien.

– Ce n'était pas un prêtre. C'était moi.

***

Je crois que je suis en état de choc. Je ne comprends pas ce que je ressens. Je ne suis ni bouleversée ni en colère. Je suis… anesthésiée. Comme si j'étais perdue dans un épais brouillard et que je ne savais pas dans quelle direction aller. Mes mains sont moites et mes jambes sont lourdes. J'ai le vertige et la nausée, et je m'agrippe aux accoudoirs du fauteuil.

– Rachel ?

J'entends la voix de Caine, mais elle est lointaine.

– Rachel ? Tu devrais peut-être t'allonger.

C'est sans doute ce que je devrais faire, en effet, mais j'ai besoin de réponses.

– Quand est-ce que t'as compris que c'était moi ?

Caine sourit tristement et met la main dans sa poche. Lorsqu'il la sort, il tient une dizaine de pièces d'un cent dans sa paume.

– Je les ai toutes gardées. Je ne sais pas pourquoi, mais je les ai gardées. Pendant toutes ces années.

Je tends la main pour en prendre une, confuse.

– C'est…

– Ce sont les pièces que tu jetais dans le confessionnal pour me porter chance.

– Tu les as gardées ?

– Honnêtement, je savais que je faisais quelque chose de mal, même à l'époque. Mais quand j'ai compris que tu croyais à la chance en dépit de ce que tu vivais, je n'aurais pas pu arrêter même si je l'avais voulu. Je ne sais pas pourquoi je les ai gardées, mais quand je t'ai vue jeter des pièces dans ma chambre, il y a quelques semaines, ça a fait tilt dans ma tête.

– Pourquoi tu ne me l'as pas dit, ce jour-là ?

– Je n'étais pas sûr. Et je suppose qu'une part de moi ne voulait pas croire que c'était toi ; que la femme que je venais de rencontrer avait vécu avec ce monstre. Je voulais être positif, et ça aurait pu être une coïncidence. Donc, quand on s'est revus, la fois suivante, je t'ai demandé si ta mère s'était remariée.

– Et j'ai dit non, j'admets d'un ton lugubre.

Caine hoche la tête.

– Puis, chez ta sœur…

– Elle a parlé de Benny.

Il acquiesce de nouveau.

– Ce n'est pas tout, il y a autre chose, Rachel.

Mon Dieu, que peut-il encore cacher d'autre ?

– Autre chose ?

– Tu sais, quand Benny s'est battu, au garage ?

– Oui ?

– Ce n'était pas avec un client. C'était moi. Ce samedi-là, quand je t'ai dit de venir me voir le lendemain matin, je t'ai suivie jusque chez toi, au cas où tu ne viendrais pas. En ne te voyant pas arriver, le dimanche, j'ai décidé de venir voir si t'allais bien. Je me suis arrêté à quelques rues de chez toi pour faire le plein, et j'ai vu la voiture qui était garée devant chez toi, la veille. Je m'étais arrêté à son travail, sans le savoir.

– Que s'est-il passé ?

– Je lui ai dit de ne plus vous toucher, ta sœur et toi. Il a dit des trucs horribles, et il m'a attaqué avec une clé à molette.

– Il t'a blessé ?

– J'ai eu quelques égratignures, mais rien de méchant.

Ma tête se met à tourner.

– Je ne me sens pas très bien.

– Je suis vraiment désolé, Rachel. Pour tout. De t'avoir menti il y a toutes ces années. De ne pas avoir été voir les flics pour vous faire aider. Je suis désolé qu'il t'ait blessée à cause de moi. Si je ne t'avais pas dit de venir me voir, ce monstre ne t'aurait pas surprise avec ta valise, et il… Il ne t'aurait pas fait mal. Je suis désolé, conclut Caine d'une voix agonisante.

J'ai beau détester de voir Caine dans cet état, j'ai besoin d'être seule. J'ai besoin de réfléchir. C'est trop, en trop peu de temps.

Tout ça s'est passé dans une autre vie. Je ne me souviens pas de tout ce que j'ai dit au prêtre, mais à l'époque, j'étais perdue. C'était le seul avec qui je me sentais en sécurité. Maintenant que je sais que rien de tout ça n'était vrai, je me sens… confuse. En colère. Trahie.

Pire que tout, j'ai honte. J'ai toujours regretté d'avoir caché aussi longtemps ce que ma sœur et moi vivions, et je me sens responsable de ce qu'a souffert ma sœur.

– J'ai besoin de m'allonger.

Je sens le regard de Caine sur moi, mais je garde les yeux rivés par terre.

– Tu devrais y aller.

Il reste silencieux un moment, puis je l'entends se lever.

– Je suis désolé, Rachel. Tellement désolé, chuchote-t-il.

CHAPITRE 40

RACHEL

Ça fait des années que je pense à revenir, mais cette partie de ma vie était rangée dans une boîte fermée à double tour, et j'avais peur de l'ouvrir et d'y trouver des choses que je ne pourrais plus y enfouir. Or depuis quelques jours, depuis les révélations de Caine, le besoin de venir ici s'est fait si fort que je ne pouvais plus l'ignorer.

Il n'y a pas de messe, mais depuis dix minutes que je suis là, des gens entrent peu à peu pour s'installer près du confessionnal. Peut-être attendent-ils que le prêtre arrive. Assise de l'autre côté, je reste perdue dans mes pensées pendant une bonne heure, regardant les gens entrer et ressortir de l'isoloir. Une femme entre avec une petite fille et s'assoit sur un banc. Elle doit avoir une dizaine d'années – elle n'est guère plus âgée que moi lorsque j'ai commencé à venir ici le samedi.

Après qu'un vieil homme sort du confessionnal, la femme chuchote quelque chose à l'oreille de la petite fille, et y entre à son tour. Ça me rappelle les fois où je venais avec ma mère avant qu'elle ne tombe malade. Je ferme les yeux et nous revois, maman et moi, assises sur ce même banc, vingt ans plus tôt.

– Tu sais, quand tu as mal au ventre et qu'on va voir le docteur ? me demande-t-elle alors qu'elle attend d'entrer dans l'armoire bizarre.

– Oui.

– Eh bien, c'est ici qu'on vient quand quelque chose nous dérange à l'intérieur, dit-elle en tapotant sa poitrine.

– Comme quand Riley a eu la namonie ?

Maman rit tendrement.

– La pneumonie, mais non. Ce n'est pas dans tes poumons. Je veux dire que parfois, on a quelque chose à l'intérieur qui nous donne des sentiments différents.

– Qu'est-ce que j'ai à l'intérieur ? je demande en grimaçant.

– Ton âme. C'est une chose qu'on ne peut pas nommer. C'est la vérité qui fait que tu es toi.

– Je ne comprends pas, je réponds en riant.

– Ce n'est pas grave. Rappelle-toi simplement qu'ici, tu peux venir parler à Dieu. De tout.

– Et s'Il est occupé ?

Elle se penche pour m'embrasser sur la tête.

– Dans ce cas, un de Ses anges t'écoutera.

Je ne me rends compte que je pleure que lorsqu'une larme atterrit sur ma main. J'ouvre les yeux et regarde en direction de la petite fille, mais elle n'est plus là. Sa mère non plus. Elles sont parties sans que je ne les voie. Mon regard s'arrête sur la porte ouverte du confessionnal. Tournant la tête, je réalise qu'il n'y a plus que moi dans l'église. Les souvenirs de ma mère écrasent ma poitrine et j'ai du mal à respirer.

– *C'est ici qu'on vient quand quelque chose nous dérange à l'intérieur.*

– *Qu'est-ce que j'ai à l'intérieur ?*

– *La vérité qui fait que tu es toi.*

Je ne réfléchis pas et me lève pour entrer dans le confessionnal.

Je n'en reviens pas d'être ici après toutes ces années. J'ai beau avoir vingt-cinq ans, c'est la petite fille de dix ans qui s'assoit. Rien n'a changé – c'est exactement comme la dernière fois que je suis venue. J'entends un souffle de l'autre côté de la grille – le prêtre attend. Et cette fois, je l'ai vu entrer. Je sais que c'est un vrai prêtre.

Après avoir hésité à ressortir plusieurs fois, je prends une profonde inspiration et fais glisser le volet de bois qui couvre la grille.

– Bénissez-moi, mon père, parce que j'ai péché. Ça fait quinze ans que je ne me suis pas confessée.

***

En dehors de quelques « poursuivez » et « dites-m'en plus », le prêtre reste relativement silencieux. J'ai eu du mal à savoir par où commencer, mais j'ai finalement parlé sans m'arrêter pendant une bonne trentaine de minutes. Je n'ai jamais autant parlé de ma sœur, de ma mère, de ma culpabilité, de toutes ces années durant lesquelles j'ai honte d'avoir laissé souffrir Riley.

– Qu'est-ce qui vous a fait venir aujourd'hui ? Vous semblez avoir beaucoup réfléchi, ces derniers temps.

J'ai beau être venue parce que j'étais confuse à propos de Caine, j'ai à peine parlé de lui. Je réalise alors que ce qui me dérange a moins à voir avec lui qu'avec moi.

– C'est une très longue histoire.

– Je n'ai rien d'autre que du temps, mon enfant.

Il faut croire que les prêtres ont vraiment tout entendu, car lorsque je termine mon histoire surréaliste, il n'a pas l'air choqué le moins du monde.

– Est-ce qu'il y a autre chose que vous souhaitez confesser, aujourd'hui ?

– Eh bien, ça fait longtemps. Je suis sûre qu'il y a plein de choses. Je jure fréquemment, par exemple.

Il reste silencieux un moment.

– Pour votre pénitence, je veux que vous disiez un « Je vous salue Marie », et un « Notre Père », et que vous accomplissiez deux actes de pardon.

– D'accord.

Je me lève et regarde fixement la grille. Le prêtre est face à la porte et je ne vois que son profil.

– Merci de m'avoir écoutée, mon père.

J'ai une main sur la poignée lorsqu'il m'arrête.

– Rachel ?

– Oui ?

– Le premier pardon devrait être facile. Vous n'avez rien fait de mal. Vous devez vous pardonner vous-même.

Lorsque j'ai fait mes prières, je retourne à ma voiture. Ce n'est qu'à mi-chemin que je réalise quelque chose : je ne lui ai pas dit mon prénom, mais il a su comment je m'appelais.

***

Je réfléchis énormément sur le trajet du retour. Je décide de m'arrêter chez *O'Leary* pour poser quelques jours de congé, car je me sens perdue, et j'ai besoin de travailler sur ma thèse, de toute façon. C'est la fin de l'après-midi et le bar est calme – il n'y a que quelques anciens collègues de Charlie à leurs places habituelles.

– Salut, Charlie. T'as une minute ?

– Bien sûr, ma puce. T'es bien plus agréable à regarder que ces vieux schnoques, dit-il en désignant ses amis.

Je m'assois à l'autre bout du bar, et Charlie me sert un soda avant de venir me voir.

– Est-ce que je peux prendre quelques jours de congé ? Je peux demander à Ava de me remplacer.

– Tout va bien ?

– J'ai juste besoin de rattraper du retard à la fac.

– D'accord. Oui, bien sûr. Et ne t'inquiète pas pour ton service, je vais te remplacer.

– Merci, Charlie. J'apprécie énormément.

– Ah, au fait…

Il va à la caisse et soulève le tiroir où sont les pièces pour en sortir une enveloppe.

– Je suis content que t'aies rompu avec le prof. J'ai fait mes recherches, et il a un casier.

– T'as enquêté sur lui ?

Il jette l'enveloppe sur le comptoir.

– Ouais. Je t'avais dit que j'allais le faire pour tous les mecs qui s'intéressaient à mes princesses. Ton prof a été arrêté pour agression. C'était sous scellé parce qu'il était mineur, mais les gens ne changent jamais complètement.

Plutôt que d'expliquer à Charlie ce que je sais, je le remercie. C'est une fin parfaite pour cette journée. Des clients arrivent et Charlie part en cuisine pour leur préparer des wings ; je décide donc d'ouvrir l'enveloppe.

Je n'en reviens pas de lire un rapport de police qui implique Caine et Benny. Le haut de la page n'indique rien d'intéressant : les noms, la date, le lieu, et l'heure de l'incident. En bas, un texte rédigé à la main résume ce qu'il s'est passé :

Le 08/03/2002 à 15 h 35, le suspect a agressé un homme de trente-neuf ans qu'il n'avait jamais rencontré. Il n'y a pas de témoins, mais lorsque je suis arrivé sur place, le suspect se tenait debout au-dessus de la victime, qui était inconsciente. J'ai noté des plaies et du sang sur les phalanges du suspect, ce qui correspond aux blessures de la victime. L'ambulance numéro 4631 a été dépêchée et est arrivée à 15 h 48. La victime est revenue à elle pendant que les secours le soignaient. Le suspect a avoué avoir agressé la victime, mais a refusé de faire sa déposition, requérant seulement que la police et une assistante sociale soient envoyés au 3361 Robbins Lane, Pleasantville. Des unités ont été envoyées sur place pour mener l'enquête. Le suspect a été fouillé, menotté, et placé à l'arrière du véhicule de police pendant que la scène était sécurisée. Il y est resté jusqu'à 16 h 50, heure à laquelle il a été transporté au commissariat pour être mis en examen pour agression au second degré.

Je savais déjà tout ça, mais le voir couché noir sur blanc me fait ouvrir les yeux. Caine a d'abord pensé à ma sœur et moi, s'assurant qu'on aurait l'aide dont nous avions besoin avant de se soucier de ce qui allait lui arriver. Et il a fait la même chose il y a quelques semaines – du moins c'est ce qu'il pensait – préférant sacrifier son bonheur pour le mien en rompant avec moi, pour ne pas faire remonter mon triste passé à la surface.

Je ferme les yeux, repensant à ma mère et moi, assises dans l'église. Elle m'avait dit d'aller à l'église si j'avais besoin de parler, et que Dieu m'écouterait.

– Et s'Il est occupé ?

Elle se penche pour m'embrasser sur la tête.

– Dans ce cas, un de Ses anges t'écoutera.

Soudain, tout m'apparaît clairement. Ce n'est pas Caine que je dois pardonner. Il n'a rien fait d'autre que me protéger. C'est *moi* que je dois pardonner afin d'accepter sa place dans mon cœur. Je pourrais m'enfuir, mais c'est trop tard. Mon cœur est déjà à lui.

Charlie me voit perdue dans mes pensées et suppose que je suis triste.

– Ça va ? demande-t-il en désignant l'enveloppe et les documents posés sur le bar.

– Maintenant, oui. Merci, Charlie.

CHAPITRE 41

CAINE

La dernière chose à laquelle je m'attendais était un message de Rachel, et je n'en reviens toujours pas lorsque je relis notre échange, une heure plus tard.

On peut parler, demain, après le cours ?

Bien sûr. Tout va bien ?

Oui. Tout va bien.

Est-ce tu veux parler des cours
ou de ta thèse ?

Non.

Je sais que normalement, elle file directement chez *O'Leary* après les cours, le jeudi.

Tu ne dois pas aller au boulot ?

Non, je suis en congé
jusqu'à la fin de la semaine.

Merde, je ne vais jamais réussir à dormir, ce soir. Je suis trop nerveux. Bien évidemment, mon cerveau se met aussitôt à me jouer des tours, inventant des tonnes de trucs sur ses congés soudains. Je l'imagine dans un avion, en partance pour une destination exotique avec cet imbécile de Davis. Je reprends donc mon téléphone pour essayer d'obtenir une information qui pourrait m'aider à me détendre.

Tu vas quelque part ?

Elle me répond quelques minutes plus tard.

Non. Je ne vais nulle part.

Mes autres stratégies de détente se montrent tout aussi futiles. Je finis par prendre mes clés et décide que je ne peux pas attendre demain pour savoir ce que Rachel souhaite me dire. Je lui ai donné l'espace qu'elle voulait, mais si elle est enfin prête à parler, j'ai moi aussi beaucoup à dire.

***

J'arrive devant son immeuble et me rends compte qu'il est tard. Ne souhaitant pas lui faire peur en sonnant chez elle à presque vingt-trois heures, je lui écris d'abord un message.

T'es réveillée ?

J'ai ma réponse en voyant les points de suspension s'agiter.

Oui.

Tu penses qu'on peut se voir
avant la fin du cours de demain ?
Pourquoi pas. À quelle heure ?

Tout de suite.
Je pense que c'est mieux
qu'on se parle en personne. Moi aussi.
Je suis en bas. Je peux monter ?

Mon téléphone sonne dans ma main.

– Tu plaisantes ?

J'appuie sur le bouton de son interphone.

– C'est moi.

Elle me fait entrer et j'attends devant l'ascenseur. Il met trop longtemps à arriver, et maintenant que je suis ici et qu'elle m'a ouvert, je ne peux plus attendre de la voir et mon cœur bat la chamade. Je regarde autour de moi, cherchant la porte de l'escalier, m'y engouffrant pour monter les marches deux à deux.

La porte de Rachel s'ouvre au moment où j'atteins son étage.

– T'es vraiment ici.

Je n'arrive pas à savoir si elle est contente ou agacée que je sois venu sans la prévenir. Ce qui est certain, c'est qu'elle est surprise.

– Je suis là.

Elle est debout dans l'embrasure de la porte, vêtue d'un t-shirt en coton et d'un petit short. Ses cheveux sont relevés en queue-de-cheval et elle n'est pas maquillée. Je l'ai déjà vue sur son trente-et-un lorsque nous sommes allés à l'opéra, mais elle n'a jamais été aussi belle qu'en cet instant.

– Je peux entrer ?

– Bien sûr. Entre, dit-elle en faisant un pas de côté.

Durant le trajet pour venir ici, j'ai décidé que j'allais lui avouer ce que je ressens pour elle avant qu'elle n'ait eu le temps de m'engueuler, de me dire qu'elle est avec quelqu'un d'autre, de me dire d'aller me faire foutre ou – j'ai le droit de rêver – de m'annoncer qu'elle veut bien me donner une autre chance. Je ne veux plus avoir de secrets pour cette femme.

– Je peux t'offrir à boire ?

J'ai la bouche très sèche après ces heures de stress et mon sprint dans l'escalier.

– Je veux bien de l'eau, merci.

Rachel part me chercher à boire et je regarde autour de moi, m'arrêtant sur le mur de photos qui attire toujours mon attention. Mon regard se fixe sur le cliché de Rachel et de ses colocs – Davis, en particulier. J'ai besoin de savoir. Ainsi, lorsqu'elle m'apporte mon verre d'eau, je lui pose aussitôt la question.

– Est-ce que tu ressors avec Davis ?

– Non.

– Je vous ai vus chez *O'Leary* la semaine dernière.

– Je sais.

– Tu m'as vu ?

– Non, Ava m'a dit que t'étais venu. Pourquoi tu n'es pas venu me parler ?

– Je pensais faire ce qu'il y avait de mieux, je réponds d'un air honteux.

– Ce qu'il y avait de mieux ? Comment ça ?

– Je te laissais être heureuse avec quelqu'un qui est mieux pour toi que moi.

Elle y réfléchit un moment.

– Alors pourquoi t'es ici, maintenant ?

Je soupire longuement.

– Parce que je ne suis qu'un enfoiré égoïste.

– Je ne comprends pas.

J'attends qu'elle me regarde dans les yeux pour lui dire ce que j'aurais dû dire il y a plusieurs semaines.

– Je t'ai menti. Je t'ai caché des choses. Tu en as souffert. C'est à cause de moi que tu as cette cicatrice dans le dos. Tu n'as aucune raison de me faire confiance ou de m'accorder une autre chance, mais il faut que j'essaie, je déclare avant de reprendre ma respiration. Je dois essayer, parce que je t'aime, Rachel. Je suis désespérément amoureux de toi.

Elle semble sur le point de pleurer et ma gorge se noue.

– Je ne te tiens pour responsable de rien, Caine. Ce n'est pas pour ça que je ne voulais pas te voir. Je ne pouvais pas te voir, parce que je ne pouvais pas te regarder. Tu ne sais pas combien j'ai honte de tout ce qu'il s'est passé.

– Honte ? De quoi tu parles ? Tu n'as à avoir honte de rien.

Rachel baisse les yeux.

– Je suis restée muette pendant longtemps au lieu d'aller voir la police. Ou un prof. Si j'avais eu moins peur, peut-être que ma sœur n'aurait pas autant souffert. Peut-être qu'elle n'aurait pas passé la moitié de sa vie en cure de désintox. J'étais la seule à pouvoir faire quelque chose, et je n'ai rien fait.

Je saisis le menton de Rachel et lève sa tête pour qu'elle me regarde ; mon cœur se brise lorsque je vois les larmes couler sur ses joues.

– Tu n'as rien fait de mal. Tu n'as pas à avoir honte. De quoi que ce soit.

– J'aurais dû…

– T'aurais dû être une fillette de dix ans qui fait du vélo sans le moindre tracas. C'est *ça* que t'aurais dû être. La seule personne qui a fait du mal à ta sœur, c'est Benny. T'avais dix ans, et t'avais la trouille, même si tu ne comprenais pas tout ce qu'il se passait. Et encore, t'as quand même essayé d'en parler. T'es venue me voir. Tu me l'as dit. J'étais plus âgé que toi ; c'est moi qui aurais dû vous faire aider.

– Mais c'est ce que t'as fait. Sans toi, je ne sais pas combien de temps ça aurait encore duré.

– J'aurais dû intervenir plus tôt.

Elle secoue la tête.

– L'autre jour, je réfléchissais à ce qui m'a poussée à aller à l'église, et je me suis souvenue d'une conversation que j'ai eue avec ma mère. Elle m'avait dit que c'était là que je devais aller si quelque chose me dérangeait à l'intérieur. Elle m'avait dit que je pouvais y parler à Dieu ; de n'importe quoi. Je devais avoir cinq ans quand elle m'a dit ça, donc j'ai pris ses conseils au pied de la lettre. Je lui ai demandé ce qu'il se passerait si Dieu était occupé. Et tu sais ce qu'elle a répondu ?

– Quoi ?

– Elle m'a dit que s'Il était occupé, un de Ses anges m'écouterait.

Je la regarde fixement, émerveillé de voir à quel point elle était forte et intelligente, déjà à l'époque.

– Ta mère semblait être une très belle personne. Très spirituelle.

– Elle l'était. Et elle avait raison, Caine. Tu ne le vois pas ? Dieu était occupé, donc Il m'a envoyé un ange. Mon propre ange gardien. C'est toi, qu'il m'a envoyé.

Peu importe que je passe pour une mauviette, mes larmes se mettent à couler et je ne les retiens pas.

– Il est temps qu'on laisse notre passé derrière nous, dit-elle en posant une main sur mon cœur.

– Je suis désolé, Rachel. Pour tout.

– Tu n'es coupable de rien.

Je prends son visage magnifique entre mes mains et l'embrasse avec tout mon être. Lorsque je recule enfin, ses joues sont rouges.

– J'ai failli oublier, dit-elle.

– Quoi ?

Rachel fait un pas en arrière et elle enlève son t-shirt. Elle ne porte pas de soutien-gorge et je suis littéralement bouche bée.

– Attendez, professeur, je veux vous montrer autre chose.

Elle me tourne le dos et me regarde par-dessus son épaule. Elle a un gros pansement sur le côté gauche, en bas du dos.

– Que t'est-il arrivé ?

– Enlève le sparadrap. Mais fais-le doucement parce que c'est encore sensible.

Je commence à le retirer et me rends compte que c'est l'endroit où se situe sa cicatrice.

– Ta cicatrice s'est infectée ?

Elle me sourit.

– Ce n'est pas une cicatrice. C'est juste une blessure qui a guéri. Les véritables cicatrices sont celles qu'on ne voit pas. Ce sont celles qui mettent le plus de temps à guérir.

Je suis sans voix lorsque j'ai enfin retiré tout le pansement. Je ne vois plus la cicatrice, car elle l'a recouverte par un tatouage d'ange.

– C'est toi, dit-elle. J'avais tout enfoui pour ne pas avoir à affronter de vieilles souffrances. Ce n'est pas facile de les voir jaillir à la surface, mais j'ai enfin l'impression d'avoir atteint l'autre rive. Mes souvenirs seront toujours là, mais ils sont derrière moi, et non plus devant.

Je suis tellement ému que ma voix tremble lorsque je parle.

– C'est magnifique. Comme toi.

– On peut enlever le bandage, maintenant. Le tatoueur m'a dit de le garder pendant huit heures. Je l'ai fait ce matin.

Rachel se tourne de nouveau vers moi. Ses seins sont si rebondis et alléchants que je ne peux que les regarder.

– Caine ?

– Hmmm ? je demande en levant de nouveau les yeux vers elle, découvrant son regard amusé.

– Il n'y a qu'un seul problème.

– Quoi ?

– Je ne peux pas m'allonger sur le dos.

– Ce n'est pas un problème, Tigresse. Je connais un millier de façons différentes d'être en toi sans que tu sois sur le dos.

Je fais un pas en avant et la soulève pour l'emmener dans sa chambre.

– Alors dis-moi : tu préfères me chevaucher, être à quatre pattes, à genoux face à la tête de lit, ou qu'on se mette en cuillère ? Mais peut-être que tu préfères t'asseoir sur mon visage ?

Je pose Rachel sur le bord du lit, enlève son short et sa culotte, et me déshabille. Lorsque je ne suis plus qu'en boxer, je glisse mes doigts sous l'élastique et le baisse en la regardant dans les yeux.

– Quelle position te ferait plaisir, chérie ?

Rachel se lèche les lèvres.

– Je ne peux en choisir qu'une ?

J'enlève mon boxer et caresse mon sexe lentement.

– Non, ma belle. On choisit juste la première position. On va toutes les faire. Demain, tu vas être tellement courbaturée que tu ne pourras même pas t'asseoir en cours. Et moi, je vais te regarder, et je serai le seul à savoir pourquoi tu gigotes sur ta chaise. Et je vais bander pendant toute la durée du cours. Choisis-en une pour que je commence à te courbaturer.

– Je veux te chevaucher, dit-elle avec un sourire coquin.

Je grimpe sur le matelas et m'installe contre la tête de lit avant de l'asseoir sur mes cuisses. Je veux observer son visage pendant que je m'enfonce en elle.

– T'es prête ? je demande en glissant un doigt entre ses jambes, la trouvant déjà trempée.

Elle hoche la tête.

Je saisis mon sexe et le place à l'entrée du sien.

– Prends-le. Doucement. Lentement. Je veux le regarder disparaître dans ta chatte.

Rachel se dresse sur ses genoux et pose ses mains sur mes épaules. Je meurs d'envie de m'enfouir tout de suite en elle, mais je me retiens. Elle veut me chevaucher, et je veux lui offrir tout ce qu'elle désire.

– Putain, je grogne quand elle s'assoit lentement sur moi.

Elle est étroite et chaude, et je suis captivé par la vue de son sexe avalant le mien. Ça ne fait que quelques semaines qu'on n'a pas été ensemble, mais je suis tellement en manque que ça pourrait faire des années.

Elle se soulève et se rassoit plusieurs fois, me prenant un peu plus en elle à chaque fois, jusqu'à ce que je sois complètement enfoui dans son sexe délicieux. Elle dessine un cercle avec ses hanches et mon pouce imite son geste sur son clitoris.

– Chevauche-moi, Tigresse. *Fort*, je gronde en saisissant sa queue-de-cheval dans mon autre main.

Elle gémit et je la tire plus fort. Maintenant que sa tête est penchée en arrière, sa poitrine merveilleuse est sous mes yeux et je la regarde bondir de haut en bas. Je m'avance pour sucer ses seins tour à tour et Rachel accélère, me chevauchant dans un rythme parfait. Tout est parfait.

Elle gémit et commence à perdre pied lorsque son orgasme s'empare d'elle. Je saisis ses hanches et prends le relais, m'enfonçant en elle alors qu'elle m'accompagne avec le peu de force qu'il lui reste. Sa chatte se contracte sur ma verge et elle répète mon nom en gémissant, me poussant à accélérer mes allers-retours jusqu'à ce qu'elle n'ait plus de voix et ne puisse plus que chuchoter. Puis, je m'enfouis en elle autant que possible et éjacule longuement, violemment.

– Je t'aime, Rachel Martin, je murmure contre sa bouche.

– Je t'aime aussi, Caine West.

Nous restons dans cette position pendant longtemps. Rachel est assise sur mes genoux et ma main caresse son visage.

Je n'en reviens pas que les choses se terminent ainsi. Je suis émerveillé par sa beauté, intérieure comme extérieure, et par le destin qui nous a remis sur le même chemin.

– Quoi ? Tu me regardes bizarrement, dit-elle.

– C'est juste dingue de penser qu'il nous a fallu tout ce temps pour nous retrouver.

Rachel sourit et penche la tête sur le côté.

– Tu sais que c'est grâce à toi qu'on s'est retrouvés, n'est-ce pas ?

– Mmm, je crois surtout que c'est grâce au décès du professeur Clarence, non ?

– Peut-être. Mais sans toi, je n'aurais peut-être pas découvert les bienfaits de la thérapie musicale. Il y a quinze ans, tu m'as donné des écouteurs et tu m'as dit d'écouter de la musique. De me concentrer sur les paroles quand j'étais triste. C'est ce que j'ai fait, et ça m'a vraiment aidée. C'est comme ça que je me suis passionnée pour la musique.

– C'est vrai que je t'ai donné des écouteurs, j'avais oublié.

– Oui. Tu sais, je t'ai écrit une lettre, le matin où tout a explosé. Enfin, pas à *toi*, mais à toi le faux prêtre.

– Ah bon ? Tu l'as amenée à l'église ?

– Non. Je ne sais même pas ce qu'elle est devenue. Je suppose qu'elle a fini à la poubelle quand on est parties chez mon oncle et ma tante.

– Qu'est-ce que tu disais ?

– Je ne sais plus trop, mais je me souviens de t'avoir remercié de m'avoir parlé, toutes les semaines.

– J'y suis retourné plusieurs samedis, au cas où tu reviendrais. À chaque fois que je ne te voyais pas, j'avais une sensation de vide ; comme s'il me manquait quelque chose.

– C'était le cas. Il te manquait un morceau de ton cœur, dit Rachel en souriant. Je l'ai gardé avec moi, et maintenant je te l'ai ramené.

– Non, Rachel. Mon cœur a toujours été avec toi, et je ne veux plus jamais que tu me le rendes.

ÉPILOGUE

RACHEL

– Si tu veux vraiment qu'on fasse abstinence, j'apprécierais que tu mettes un soutif quand t'es à la maison, marmonne Caine en se penchant pour m'embrasser.

Il en profite également pour glisser sa main sous mon t-shirt et pincer mon téton.

– Aïe !

– T'adores ça et tu le sais parfaitement.

Mon fiancé est ronchon, mais il a raison. Au fond de moi, j'adore voir sa mauvaise humeur accroître au fil des jours. Ça fait presque deux semaines que je l'ai forcé à faire vœu de chasteté.

– Tu rentres à quelle heure ? je demande en le regardant tendrement.

– Pas avant dix-huit heures, je pense. Il faut que je passe en revue les notes qu'a filées mon imbécile de chargée de TD avant de les rentrer dans le logiciel.

Caine est particulièrement déçu de l'assistante qu'on lui a assigné cette année, et ça me fait sourire.

– Tout le monde te paraîtra nul, après avoir eu la meilleure chargée de TD de la terre.

– Mouais, t'étais pas mal, mais je crois que j'ai été influencé par tes fesses. D'ailleurs, puisque je n'ai plus le droit d'y toucher, tu pourrais au moins m'aider à corriger les copies…

– C'est impossible, Monsieur le professeur. J'ai une journée chargée devant moi. Il faut que je finisse de faire les cartons ce matin, puis je vais aider ta sœur et ses filles à trouver leurs robes, et on va manger ensemble quelque part. Après ça, je dois aller voir le prêtre pour lui donner nos choix de lecture et de musique. Donc il va falloir que tu te débrouilles comme un grand.

– Ça fait déjà deux semaines que je me débrouille tout seul, râle-t-il.

Je pose mon café et me lève de table pour le prendre dans mes bras et l'embrasser.

– Plus que deux jours. Imagine à quel point on sera excités samedi soir, quand la réception sera finie. Et la prochaine fois que tu me feras l'amour, je serai Madame Caine West.

– Ça a l'air cool, c'est vrai. Cela dit, j'ai accepté d'attendre qu'on soit mariés. Je n'ai jamais dit que j'attendrai la fin de la réception.

– Mais tu croyais quoi, qu'on allait faire l'amour dans la voiture, entre l'église et le restaurant ?

– Je me disais qu'on pouvait faire ça dans le confessionnal, dès que le prêtre annonce que t'es coincée avec moi jusqu'à la fin de tes jours.

– C'est hyper tordu Caine ; même pour toi.

Il éclate de rire.

– Il faut que je file, sinon je vais être en retard. Alors embrasse-moi comme il se doit pour m'aider à supporter un énième jour sans sexe.

Il passe ses mains dans mon dos et saisit mes fesses pour me soulever contre lui. J'entoure sa taille avec mes jambes et sa bouche fusionne avec la mienne. Je gémis d'une voix rauque et il me plaque contre le mur avec son bassin, libérant ses mains pour pouvoir me tripoter partout.

Oui ; mon futur mari sait m'embrasser comme il se doit.

Une fois qu'il est parti en râlant, je regarde autour de moi, notant ce qu'il me reste à faire. Cela fait un mois que nous avons décidé d'emménager chez lui, et que nous y apportons mes affaires peu à peu. En gros, il ne me reste plus qu'à ranger mes cadres photos, mes livres, et deux ou trois affaires dans la salle de bains. Je m'occupe d'abord des livres avant de passer au mur.

J'ai ajouté de nouveaux cadres, depuis un an, comme Caine et moi à ma remise de diplôme. Je suis face à la caméra, souriant fièrement, et Caine me regarde avec le même orgueil. Il y en a aussi une de moi avec l'équipe de *O'Leary*, prise à la fin de mon dernier service. Charlie me tient par l'épaule et se force à sourire. Il a eu du mal à accepter que Caine n'était pas un violent criminel. En fin de compte, un soir, j'ai fini par lui raconter toute l'histoire. Après l'avoir cachée pendant si longtemps, ça m'a fait bizarre d'en parler ouvertement, mais plus j'avançais dans mon récit, plus mon passé me semblait lointain.

Ça me manque, de ne plus bosser au bar, mais j'adore mon nouveau travail de thérapeute. Je travaille comme freelance auprès de plusieurs écoles, mettant en œuvre des thérapies musicales pour des enfants autistes. Et pour moi, ce métier est une récompense plus qu'un gagne-pain. Caine et moi dînons avec Charlie au bar toutes les semaines. Ce n'est peut-être plus mon employeur, mais il est ce qui ressemble le plus pour moi à un père, depuis que mon oncle est décédé. D'ailleurs, c'est Charlie qui va me tenir le bras pour marcher jusqu'à l'autel, dans deux jours. Je suppose que Caine va avoir droit à un regard lourd de menaces, avant que Charlie ne me confie à lui.

J'ai beau avoir terminé ma thèse, nous sommes toujours en contact avec Umberto et Lydia et, le premier dimanche de chaque mois, Caine et moi leur rendons visite avec Murphy. Je ne sais pas à qui cela fait le plus plaisir – eux ou nous.

Je remplis deux cartons de photos et suis très émue de regarder chacune d'entre elles. La dernière que je range est celle de ma mère, sur la balançoire, et j'effleure son visage du bout des doigts. *Merci, maman*. Si elle ne m'avait pas conseillé d'aller à l'église, je n'aurais sans doute jamais rencontré Caine.

Les petites pinces qui maintiennent le dos du cadre ont dû se défaire et il tombe par terre lorsque j'attrape le papier bulle. Or lorsque je tends la main pour ramasser la photo, un petit papier plié en quatre attire mon attention. Supposant qu'il s'agit de la pub que l'on trouve dans tous les cadres, je déplie le papier et me fige en reconnaissant l'écriture.

C'est la mienne.

Elle est moins aboutie et nette que maintenant, mais c'est bien mon écriture. Et je sais exactement ce que c'est. C'est la lettre que j'ai écrite au faux prêtre il y a seize ans. Je ne me souvenais pas de l'avoir mise là. Je prends une grande inspiration et calme les battements de mon cœur avant de la lire.

Cher père,

Je suis désolée de ne pas être venue, comme prévu. Mon beau-père a appris qu'on allait s'enfuir et il s'est beaucoup énervé. Il a dit que s'il attrapait la personne qui allait nous aider, il lui ferait du mal. Alors je ne peux plus venir vous voir le samedi, parce que je ne veux pas qu'il vous fasse du mal. Mais je voulais vous dire merci. Merci pour les écouteurs et pour m'avoir dit d'écouter de la musique pour aller mieux. Merci de m'avoir écoutée, même quand j'avais trop peur pour parler. Mais surtout, merci d'avoir été mon ange, quand Dieu était occupé. J'espère vous revoir un jour.

Rachel.

Je relis la lettre une seconde fois, puis une troisième. Ma mère m'avait envoyé un ange. Je n'en doutais plus.

***

Deux jours plus tard, j'avance vers l'autel pour épouser l'amour de ma vie. Mes nouvelles nièces, Lizzy et Alley, me devancent, jetant des pétales de rose le long de l'allée centrale. Lorsqu'elles arrivent à l'autel, Alley se tourne vers moi en souriant jusqu'aux oreilles et je hoche la tête, lui disant qu'il est temps qu'elle jette les autres choses que j'ai mises dans son petit panier. Elle lève la tête vers son oncle, et jette deux pièces à ses pieds.

Charlie me donne son bras et m'accompagne au rythme de *Full Circle* de Gene Clark. Caine a les larmes aux yeux lorsque je m'arrête à ses côtés et, prenant mes mains dans les siennes alors que le morceau touche à sa fin, nous nous tournons tous les deux en souriant vers notre confessionnal. Comme le dit la chanson, nous avons bouclé la boucle. Nous étions sur des chemins différents, mais ils menaient tous deux au même endroit – ici, où tout a débuté. C'est le premier jour du reste de nos vies, et j'ai hâte que ça commence.

REMERCIEMENTS

Comme toujours, ma gratitude va à mes super lecteurs. Merci de permettre à mon monde de faire partie du vôtre. Je suis flattée que vous soyez aussi nombreux à me suivre sur autant de livres, et j'espère qu'il y en aura encore beaucoup à venir.

À Penelope – l'aventure ne serait pas la même si tu ne voyageais pas à mes côtés. Merci d'avoir supporté ma folie, surtout quand j'ai écrit celui-ci !

À Julie – merci pour ton amitié sans faille.

À Luna – ton soutien et ton amitié sont un don. J'écris l'histoire, mais c'est toi qui lui donnes vie avec ton imagination. Merci pour tout ce que tu fais ; j'ai hâte qu'on soit en octobre !

À Sommer – comme toujours, tu as su couvrir mes mots de beauté.

À mon agent et mon amie, Kimberly Brower – je suis fière que tu sois les deux. J'ai hâte de voir ce que va nous apporter la seconde moitié de 2017 !

À Elaine et Jessica – merci pour votre travail acharné, qui a permis à cette histoire d'atteindre tout son potentiel.

À Dani et Inklinger – merci d'avoir tout organisé pour *Beautiful Mistake* !

À tous les généreux blogueurs – merci beaucoup pour tout votre soutien. J'ai énormément de chance d'avoir des partenaires aussi merveilleux pour partager l'amour des livres. Votre enthousiasme est contagieux et rend chaque nouvelle sortie plus excitante que la précédente. Merci de prendre le temps de lire mon travail, de rédiger vos critiques, de faire des vidéos, de créer des teasers, et de participer au lancement de tant de livres ! Merci ! Merci ! Merci !

Plein d'amour,

Vi

Composition et mise en pages
Nord Compo à Villeneuve-d'Ascq